BIBLIOTHEK DER SCIENCE FICTION LITERATUR

Herausgegeben von Wolfgang Jeschke

RICHARD MATHESON

ICH BIN LEGENDE

Science Fiction-Roman

Illustrierte Sonderausgabe
in ungekürzter Neuübersetzung

WILHELM HEYNE VERLAG
MÜNCHEN

HEYNE-BUCH Nr. 06/12
im Wilhelm Heyne Verlag, München

Titel der amerikanischen Originalausgabe
I AM LEGEND
Deutsche Übersetzung von Lore Strassl
Das Umschlagbild schuf Michael Hasted
Die Innenillustrationen sind von John Stewart

Eine gekürzte Ausgabe dieses Romans
erschien 1963 unter dem Titel
ICH, DER LETZTE MENSCH
als HEYNE-BUCH Nr. 06/3020

Redaktion: Wolfgang Jeschke
Copyright © 1954 by Fawcett Publications, Inc.;
mit freundlicher Genehmigung des Autors und seiner Agentur
Intercontinental Literary Agency, London
Copyright © 1982 der deutschen Übersetzung by
Wilhelm Heyne Verlag GmbH & Co. KG, München
Printed in Germany 1982
Umschlaggestaltung: Atelier Heinrichs & Schütz, München
Satz: Schaber, Wels/Österreich
Druck: Presse-Druck, Augsburg
Bindung: Grimm + Bleicher, München

ISBN 3-453-30803-4

INHALT

I. Teil   Januar 1976 7
II. Teil   März 1976 57
III. Teil   Juni 1978 147
IV. Teil   Januar 1979 201

I. TEIL

Januar 1976

1

An solch wolkenverhangenen Tagen wußte Robert Neville nie so genau, wann die Sonne unterging, und manchmal waren *sie* schon unterwegs, ehe er es nach Hause schaffte.

Mit etwas mehr Überlegung hätte er zumindest die ungefähre Zeit ihrer Ankunft ausrechnen können, aber er gab die lebenslange Gewohnheit nicht auf, vom Himmel abzuschätzen, wann die Nacht hereinbrechen würde – nur funktionierte das eben nicht, wenn eine Wolkendecke den Himmel verbarg. Also zog er es vor, an solchen Tagen in der Nähe des Hauses zu bleiben.

Mit einer Zigarette im Mundwinkel, von der der Rauch sich wie ein Faden über die Schulter zog, ging er im düsteren Grau des Nachmittags um das Haus herum. Er vergewisserte sich, daß der Bretterverschlag vor den Fenstern noch festsaß. Nach besonders schlimmen Angriffen waren die Planken oft gespalten oder losgerissen, dann mußte er sie auswechseln – das war eine Arbeit, die ihm gar keinen Spaß machte. Heute war nur ein Brett locker. Erstaunlich, dachte er.

Im Hinterhof sah er nach dem Treibhaus und dem Wassertank. Manchmal war der Aufbau um den Tank beschädigt, und die Regenrinnen waren verbogen oder abgebrochen. Hin und wieder warfen *sie* Steine über den hohen Zaun um das Treibhaus, dann konnte es schon vorkommen, daß das Schutznetz einriß, und die Folge war, daß er zumindest eine neue Scheibe einsetzen mußte.

Doch heute waren Tank und Treibhaus glücklicherweise unbeschädigt geblieben.

Er ging ins Haus, um Hammer und Nägel zu holen. Beim Öffnen der Tür blickte ihm sein verzerrtes Ich aus dem gesprungenen Spiegel an, den er vor einem Monat an der

Haustür befestigt hatte. In ein paar Tagen würden sich wahrscheinlich die gezackten Stücke zwischen den Sprüngen des silberbeschichteten Glases zu lösen beginnen. Sollen sie doch, dachte er. Das war der letzte verdammte Spiegel, er würde keinen mehr aufhängen, es war die Sache nicht wert. Statt dessen würde er Knoblauch verwenden. Knoblauch wirkte immer.

Gemächlich schritt er durch die dämmerige Stille des Wohnzimmers, dann nach links in den kleinen Gang und wieder nach links in sein Schlafzimmer.

Früher einmal war es anheimelnd eingerichtet gewesen – früher: in einer ganz anderen Zeit. Jetzt war es ein rein funktioneller Raum. Da Nevilles Bett und Kleiderschrank so wenig Platz einnahmen, hatte er den Rest des Zimmers zur Werkstatt gemacht.

Eine lange Werkbank nahm fast eine ganze Wandseite ein. Auf der Hartholzplatte standen bzw. lagen eine größere Bandsäge, eine Drechslerbank, eine Schleifscheibe und ein Schraubstock. Darüber, in einfachen Wandregalen, bewahrte Robert Neville immer sein vielbenutztes Werkzeug auf.

Er griff nach einem Hammer und kramte ein paar Nägel aus einer der nicht sehr ordentlichen Kleinteilladen. Damit kehrte er vors Haus zurück und nagelte das lockere Brett vor dem Fenster fest. Die übriggebliebenen Nägel warf er auf den Trümmerhaufen des Nachbargrundstücks.

Eine Weile blieb er auf der Rasenfläche vor dem Haus stehen und schaute nach beiden Seiten die stille Cimarron Straße entlang. Neville war ein hochgewachsener Mann, sechsunddreißig, von englisch-deutscher Abstammung, mit einem Gesicht, dem nur die breite entschlossene Mundpartie und das klare Blau der Augen seine Eigenheit verliehen.

Sein Blick wanderte nun über die verkohlten Ruinen der Häuser links und rechts von seinem Domizil. Er hatte sie niedergebrannt, um zu verhindern, daß *sie* von einem Nachbardach auf seines springen konnten.

Nach ein paar Minuten holte er noch einmal tief Luft und kehrte ins Haus zurück. Den Hammer warf er achtlos auf die Wohnzimmercouch, dann zündete er sich eine Zigarette an und gönnte sich seinen Vormittagsdrink.

Später zwang er sich, den Abfall von fünf Tagen im Spülbecken in der Küche zu zerkleinern. Er sollte eigentlich auch die Papierteller und den anderen Kram verbrennen, die Möbel abstauben, Badewanne, Waschbecken und Toilette saubermachen, und das Bettzeug wechseln, aber er hatte absolut keine Lust dazu.

Und schließlich war er ein Mann und allein, und dergleichen fand er nicht so wichtig.

Es war fast Mittag. Robert Neville holte sich einen Korbvoll Knoblauch aus seinem Treibhaus.

Anfangs hatte sein Magen sich beim Geruch von so viel Knoblauch umgedreht. Jetzt fiel er ihm kaum noch auf, denn alles roch nach Knoblauch: die Zimmer, seine ganze Kleidung, und er selbst ebenfalls.

Als er genügend Knollen beisammen hatte, kehrte er ins Haus zurück und schüttete sie ins Abtropfsieb des Spülbeckens. Er drückte auf den Wandschalter. Das Licht flackerte erst unsicher, ehe es in normaler Stärke brannte. Verärgert fluchte er zwischen den Zähnen. Der Generator hatte wieder mal seine Mucken. Das bedeutete, daß er das verdammte Handbuch studieren und die Leitungen überprüfen mußte. Wenn die Reparatur sich als zu schwierig erwies, blieb ihm nichts übrig, als einen neuen Generator anzuschließen.

Verärgert zog er sich einen hohen Hocker zum Spülbecken, griff nach einem Messer, und setzte sich leise fluchend.

Er schälte die Knollen ab, bis die Zehen auseinanderfielen, dann halbierte er jede der klebrigen rosigen Zehen. Der aufdringliche Geruch verteilte sich in der ganzen Küche, bis er es nicht mehr aushielt und den Dunstabzug einschaltete, der zumindest soviel ins Freie sog, daß es in der Küche wieder einigermaßen erträglich war.

Darauf holte er sich ein Cocktailspießchen, bohrte ein Loch in jede Zehenhälfte, und reihte sie auf Draht auf, bis er etwa fünfundzwanzig penetrant riechende Halsketten beisammen hatte.

Anfangs hatte er diese Knoblauchketten vor die Fenster gehängt. Doch *sie* hatten sie aus der Ferne mit Steinen bombardiert, bis er sich gezwungen sah, die zerbrochenen Scheiben mit Sperrholzplatten zu bedecken. Eines Tages hatte er dann das Sperrholz heruntergerissen und die Fenster mit Brettern verschlagen. Dadurch war das Haus zwar zur düsteren Gruft geworden, aber das fand er immer noch besser, als wenn ständig Steine unter einem Hagel zersplitternden Glases in seine Zimmer flogen. Und nachdem er drei Klimaanlagen eingebaut hatte, war es auch gar nicht mehr so schlimm. Man konnte sich wirklich an alles gewöhnen, wenn es sein mußte.

Mit den Knoblauchketten ging er hinaus und nagelte sie an die verschlagenen Fenster. Die alten nahm er ab, denn der Geruch, der noch von ihnen ausging, war schon viel zu schwach.

Zweimal in der Woche mußte er all das tun. Solange er nicht etwas Besseres fand, war das seine vorderste Verteidigungslinie.

Verteidigung? dachte er oft. Wozu?

Den ganzen Nachmittag fertigte er Pfähle an.

Er drechselte sie aus dickem Dübelholz, das er mit der Bandsäge in gut handlange Stücke geschnitten hatte, und hielt sie an die sich schnell drehende Schleifscheibe, bis ihre Spitzen scharf wie die von Dolchen waren.

Es war ermüdende, eintönige Arbeit, die die Luft mit heißriechendem Holzstaub füllte, der in Poren, Nase, Mund und Lunge drang und ihn zum Niesen und Husten reizte.

Einen wirklichen Vorrat schaffte er nie. Egal, wie viele Pfähle er machte, sie waren im Nu alle. Und an Dübelholz war immer schwerer heranzukommen. Bald würde er sich mit Latten begnügen müssen und die bearbeiten. Das wird erst ein Vergnügen sein, dachte er mißmutig.

Es war alles so schrecklich bedrückend, daß er sich vornahm, eine bessere Methode zu finden, sich ihrer zu entledigen. Aber wie konnte er sie finden, wenn sie ihm nie Zeit ließen, sich damit zu beschäftigen?

Beim Drechseln hörte er sich Schallplatten über den Lautsprecher an, den er im Schlafzimmer installiert hatte – Beethovens 3., 7. und 9. Symphonie. Er war froh, daß er schon früh, von seiner Mutter, gelernt hatte, diese Art von Musik zu schätzen. Sie half die schreckliche Leere so mancher Stunde zu füllen.

Ab sechzehn Uhr blickte er immer öfter auf die Wanduhr. Er arbeitete stumm, mit zusammengepreßten Lippen, einer Zigarette im Mundwinkel und den Augen auf der Schleifscheibe, von der der mehlige Staub auf den Boden niedersank.

Sechzehn Uhr fünfzehn. Sechzehn Uhr dreißig. Sechzehn Uhr fünfundvierzig.

In einer Stunde würden sie wieder am Haus sein, die verdammten Bastarde – sobald das Tageslicht erloschen war.

Er stand am riesigen Tiefkühlschrank und überlegte, was er zu Abend essen sollte. Seine Augen wanderten müde über die Fächer mit Fleisch, allen möglichen Gemüsesorten, Brot, Torten, Kuchen und anderem Gebäck, Obst und Eiskrem.

Er entschloß sich für zwei Lammkoteletts, Brechbohnen und eine kleine Packung Orangeneis, nahm alles aus dem Schrank und stieß die Tür mit dem Ellbogen zu.

Als nächstes trat er vor die nicht sehr ordentlich bis zur Decke gestapelten Dosen. Er holte sich von ganz oben eine Dose Tomatensaft herunter und verließ das Zimmer, das einst Kathy gehört hatte und jetzt so ziemlich alles für sein leibliches Wohl barg.

Bedächtig durchquerte er das Wohnzimmer und betrachtete die Fototapete, die die ganze Rückwand bedeckte. Eine Klippe fiel steil zu einem grünblauen Gewässer ab, das über spitze Steine und gegen die schwarze Felswand brandete; Möwen segelten im Wind über einen strahlend blauen Himmel; und rechts hing ein knorriger Baum über den Klippenrand und schien seine dunklen Äste hilfesuchend auszustrecken.

In der Küche setzte Neville die ganzen Sachen auf dem Tisch ab, während sein Blick wieder einmal zur Uhr wanderte. Siebzehn Uhr vierzig. Nun würde es nicht mehr lange dauern.

Er füllte ein bißchen Wasser in einen kleinen Topf und stellte ihn auf eine der Kochplatten. Als nächstes taute er die Koteletts auf und gab sie in den Grill. Inzwischen siedete das Wasser, er warf die noch gefrorenen Brechbohnen hinein und deckte den Topf zu. Vermutlich ist der Elektroherd an den Mucken des Generators schuld, dachte Neville.

Am Tisch schnitt er zwei Scheiben Brot ab und schenkte sich ein Glas Tomatensaft ein. Er setzte sich nieder und starrte auf den roten Sekundenzeiger, der langsam ums Zifferblatt wanderte. Die Bastarde müßten bald hier sein.

Nachdem er seinen Tomatensaft getrunken hatte, ging er zur Haustür und hinaus auf die Veranda, dann ein paar Stufen hinunter zum Rasen. Er schlenderte zum Bürgersteig.

Der Himmel verdunkelte sich, und es wurde kühl. Er schaute die Cimarron Straße auf und ab, während die Abendbrise mit seinem blonden Haar spielte. Das war das Dumme an diesen trüben Tagen, man wußte nie, wann sie kamen.

Aber besser ein verhangener Himmel als diese verdammten Staubstürme. Mit einem Achselzucken kehrte er über den Rasen ins Haus zurück, sperrte die Tür hinter sich zu und verriegelte sie und schob auch noch den dicken Sperrbalken vor. In der Küche drehte er die Koteletts um und schaltete die Herdplatte aus.

Er breitete gerade sein Essen auf einen Teller, als er mittendrin anhielt und schnell auf die Uhr schaute. Heute war es also achtzehn Uhr fünfundzwanzig geworden. Ben Cortman brüllte:

»Komm raus, Neville!«

Robert Neville setzte sich seufzend an den Tisch und fing zu essen an.

Er saß im Wohnzimmer und versuchte zu lesen. An seiner kleinen Hausbar hatte er sich einen Whisky Soda gemixt. Jetzt hielt er das kalte Glas über dem Physiologiebuch. Aus dem Lautsprecher über der Gangtür schallte Musik von Arnold Schönberg.

Aber nicht laut genug, dachte Neville. Er konnte sie immer noch draußen hören, ihr Gemurmel, ihre Schritte, wenn sie hin und her stapften, ihre Schreie und ihr Knurren, wenn sie untereinander kämpften. Hin und wieder prallte ein Stein oder ein Ziegel gegen das Haus. Manchmal bellte ein Hund. Und alle waren sie des gleichen wegen dort draußen.

Robert Neville schloß einen Moment lang die Augen und kniff die Lippen zusammen. Dann hob er die Lider, zündete sich eine Zigarette an und machte einen tiefen Lungenzug.

Er wollte, er hätte die Zeit, das Haus schalldicht zu isolieren. Das Ganze wäre nicht so schlimm, wenn er sie nicht hören müßte. Selbst nach fünf Monaten nahm es ihn noch ganz schön mit.

Er schaute überhaupt nicht mehr hinaus zu ihnen. Anfangs hatte er ein Guckloch in einem Fenster zur Straße freigelassen und sie beobachtet. Doch das hatten die Frauen schnell gemerkt und sich in geile Posen geworfen, um ihn aus dem Haus zu locken. Das wollte er nicht sehen.

Er legte das Buch zur Seite und starrte blicklos auf den Teppich, während aus dem Lautsprecher *Verklärte Nacht* klang. Natürlich brauchte er sich bloß Watte in die Ohren zu stopfen, um *sie* nicht mehr hören zu müssen, doch dann konnte er auch der Musik nicht mehr lauschen – und er wollte sich von ihnen nicht zu etwas zwingen lassen, das seine Annehmlichkeiten noch mehr beschnitt.

Wieder schloß er die Augen. Die Frauen waren es, die es so schwierig machten, dachte er, die Frauen, die Stellungen aus Pornoheften nachahmten, in der Hoffnung, er würde sie sehen und vielleicht doch zu ihnen hinauskommen.

Er schüttelte sich. Jeden Abend war es das gleiche. Er las und hörte Musik, dann dachte er daran, das Haus schalldicht zu machen, und schließlich wanderten seine Gedanken zu den Frauen ab.

Schweiß brach ihm aus, und tief in ihm verkrampfte sich alles. Er preßte die Lippen zusammen, bis sie sich verfärbten. Nur zu gut kannte er dieses Gefühl, und es machte ihn rasend, daß er nicht dagegen ankam. Es wurde immer stärker,

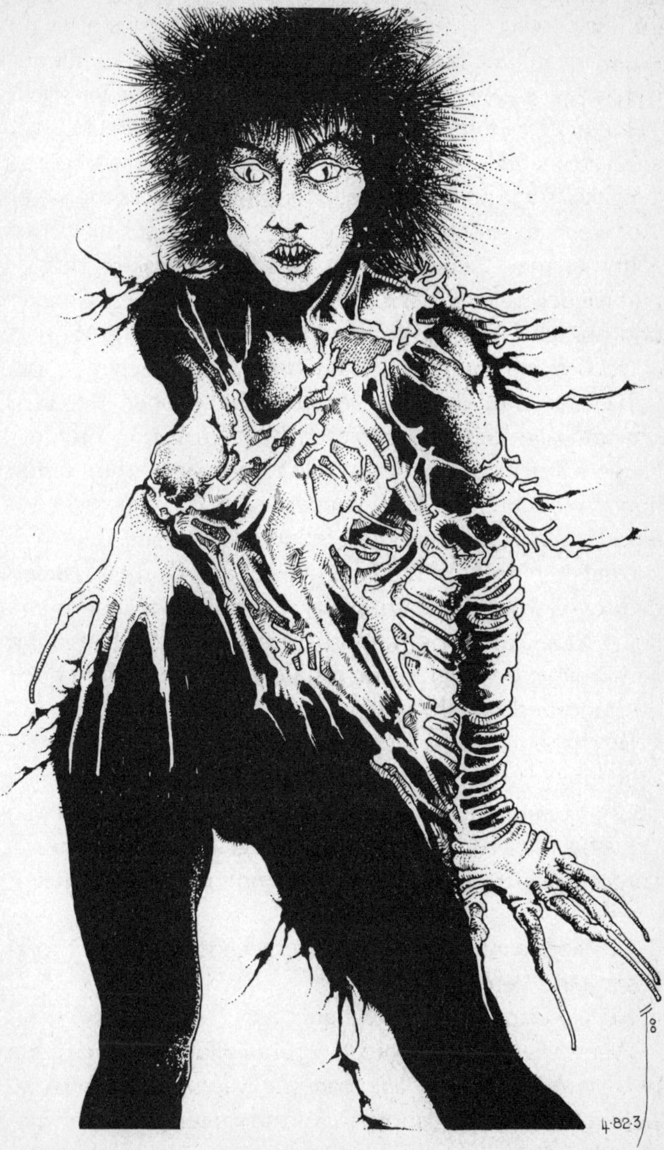
4·82·3

und schließlich konnte er nicht mehr ruhig sitzen. Dann sprang er auf und rannte hin und her, die Fäuste, deren Knöchel sich weiß abhoben, fest an die Seiten gepreßt. Vielleicht stellte er den Projektor auf und sah sich einen Film an, oder er aß etwas, oder trank zu viel, oder er schaltete die Musik so laut, daß seine Ohren schmerzten. Irgend etwas mußte er tun, wenn es so schlimm wurde.

Immer mehr verkrampften seine Bauchmuskeln sich. Er griff wieder nach dem Buch, versuchte laut zu lesen. Gequält und unsagbar langsam formten seine Lippen jedes Wort.

Doch gleich darauf lag das Buch wieder auf seinem Schoß, und er starrte auf das Bücherregal ihm gegenüber. Alles Wissen und alle Weisheit in diesen Büchern vermochten die Feuer in ihm nicht zu löschen; alle Worte von Jahrhunderten konnten das brennende Verlangen seines Fleisches nicht stillen, das nichts mit seinem Verstand zu tun hatte.

Die Erkenntnis machte ihn krank. Er empfand es als Beleidigung. Gewiß, dieser Trieb war nur natürlich, aber es gab keine Möglichkeit mehr, ihn zu befriedigen. Sie hatten ihn zum Zölibat genötigt, damit mußte er leben. Du hast doch Verstand und Willen, sagte er sich. Also *nutze* sie!

Er schaltete die Musik noch lauter, zwang sich ohne Unterbrechung eine Seite zu lesen – über Blutzellen, die sich durch Membranen drängen, über bleiche Lymphe, die das Gewebe mit Nahrungsstoffen versorgt und nicht verwertbare Substanzen entfernt, über Lymphozyten und Phagozyten.

»... fließen in der linken Schultergegend, nahe des Thoraxes in eine Vene.«

Neville klappte das Buch heftig zu.

Warum ließen sie ihn nicht in Ruhe? Bildeten sie sich denn ein, sie könnten ihn *alle* haben? Waren sie wirklich so dumm, daß sie das glaubten? Warum kamen sie immer wieder, jede Nacht? Nach fünf Monaten sollte man doch meinen, sie würden aufgeben und es anderswo versuchen.

Er ging zur Bar und mixte sich noch einen Drink. Als er sich wieder seinem Sessel zuwandte, hörte er, wie Steine ratternd über das Dach rollten und in die Hecke neben dem Haus plumpsten. Und Ben Cortmans Stimme übertönte diese Geräusche.

»Komm raus, Neville!« brüllte er.

Eines Tages schnapp' ich mir diesen Bastard, dachte er, während er einen tiefen Schluck seines bitteren Drinks nahm. Eines Tages schlag' ich ihm einen Holzpflock mitten in sein verdammtes Herz. Und für ihn mach' ich ihn extra dreißig Zentimeter lang und bind' ein Schleifchen rum!

Morgen – morgen würde er das Haus schalldicht machen. Er ballte die Hände zu Fäusten mit weißen Knöcheln. Er hielt es nicht mehr aus, an diese Frauen zu denken. Wenn er sie nicht mehr hörte, würde er vielleicht auch nicht an sie denken. Morgen – morgen!

Die Musik endete. Er nahm die Schallplatte vom Plattenwechsler und steckte sie in ihre Hülle zurück. Jetzt konnte er sie draußen noch deutlicher hören! Er legte die nächstbeste Platte auf und stellte das Gerät auf höchste Lautstärke.

The Year of the Plague von Roger Leie schallte in seine Ohren. Geigen wimmerten, Tympana pochten wie der Schlag eines sterbenden Herzens, Flöten bliesen unheimliche atonale Melodien.

In einem Wutanfall packte er die Schallplatte und brach sie über sein rechtes Knie. Schon lange hatte er sie zerbrechen wollen. Mit steifen Beinen ging er in die Küche und warf die Stücke in den Abfalleimer. Dann blieb er in der dunklen Küche stehen, kniff die Augen ganz fest zusammen, knirschte mit den Zähnen und preßte die Hände auf die Ohren. Laßt mich in Ruhe! *Laßt mich in Ruhe!* LASST MICH IN RUHE!

Es war sinnlos, Nachts waren sie nicht zu schlagen. Warum es überhaupt versuchen? Es war ihre Zeit! Dumm von ihm, sich so zu benehmen, auch nur zu versuchen, sie zu schlagen. Sollte er sich einen Film ansehen? Nein, er hatte keine Lust, den Projektor aufzustellen. Es war besser, er ging ins Bett und stopfte sich Wattepfropfen ins Ohr. So endete jeder seiner Abende.

Er bemühte sich, überhaupt nichts zu denken, und ging schnell ins Schlafzimmer. Er zog sich aus, dann schlüpfte er in seine Pyjamahose, ehe er sich ins Badezimmer verzog. Nie trug er das Pyjamaoberteil. Das hatte er sich in Panama während des Krieges angewöhnt.

Beim Waschen schaute er in den Spiegel, betrachtete seine breite Brust, die dunklen Haare um die Warzen und die Mitte der Brust hinunter bis zur Pyjamahose, und das verschnörkelte Kreuz, das er sich im Suff eines Nachts in Panama auf die Brust hatte tätowieren lassen. Welch ein Narr war ich doch damals, dachte er. Aber vielleicht hatte ihm das Kreuz das Leben gerettet?

Er bürstete sich sorgfältig die Zähne und reinigte die Zwischenräume noch zusätzlich mit Bindfaden. Er mußte gut auf sich aufpassen, denn er war jetzt sein eigener Zahnarzt. Mochte auch so manches zum Teufel gehen, seine Gesundheit war wichtig. Warum hörst du dann nicht auf, Alkohol in dich hineinzugießen? dachte er. Ach, halt doch die Klappe, dachte er dann.

Er ging durchs Haus und schaltete überall das Licht aus. Ein paar Minuten lang blieb er vor der Fototapete stehen und versuchte sich vorzumachen, daß es wirklich das Meer war. Aber wie konnte er das, mit all dem Schlagen, dem Scharren, dem Heulen und Knurren und den Schreien in der Nacht?

Dann knipste er auch noch die Wohnzimmerlampe aus

und tastete sich ins Schlafzimmer, wo er kurz noch einmal Licht machte.

Verärgert brummte er vor sich hin, als er sah, daß das Bett mit Sägemehl bestäubt war. Er wischte es mit der Handkante weg und dachte, daß es angebracht wäre, eine Trennwand zwischen dem Schlaf- und dem Werkstatteil des Zimmers zu errichten. Was soll ich denn noch alles tun? fragte er sich verdrossen. So viele verdammte Dinge gab es zu tun, daß er nie Zeit für das wirkliche Problem hatte.

Er schob sich die Wattepropfen in die Ohren, und eine gewaltige Stille setzte ein. Nach einem Griff zum Lichtschalter kroch er unter die Bettdecke. Ein Blick auf die Leuchtziffern des Weckers verriet ihm, daß es erst ein paar Minuten nach zehn war. Auch gut, dachte er. Dann mach' ich mich eben früher an die Arbeit.

Tief atmete er im Bett die Dunkelheit ein und hoffte auf Schlaf. Doch die Stille half nicht. Immer noch konnte er sie vor seinem inneren Auge dort draußen sehen: die bleichen Männer, die um das Haus herumstapften und ruhelos nach einer Möglichkeit suchten, an ihn heranzukommen. Einige von ihnen saßen vielleicht zusammengekauert wie Hunde, mit glitzernden Augen auf das Haus starrend, und ihre Zähne knirschten langsam vor und zurück, vor und zurück.

Und die Frauen ...

Mußte er denn schon wieder an sie denken? Er rollte sich fluchend auf den Bauch und drückte das Gesicht ins warme Kissen. So lag er, er atmete schwer und sein Körper wand sich auf dem Bettuch. Laß Morgen werden! Jede Nacht stieß er stumm diese Worte hervor. Lieber Gott, laß Morgen werden!

Er träumte von Virginia und schrie auf im Schlaf, während seine Finger sich verzweifelt in die Kissen krallten.

2

Der Wecker schrillte um halb sechs. Robert Neville tastete benommen danach und brachte ihn mit einem Knopfdruck zum Verstummen.

Noch schlaftrunken griff er nach seinen Zigaretten und zündete sich eine an, dann setzte er sich auf. Nach einer Weile kletterte er aus dem Bett. Er ging ins dunkle Wohnzimmer und hob die Klappe des Gucklochs.

Draußen standen die dunklen Gestalten Posten wie stumme Soldaten. Während er sie beobachtete, zog sich erst der eine, dann der andere zurück. Er hörte ihr unzufriedenes Murmeln. Wieder war eine Nacht zu Ende.

Er kehrte ins Schlafzimmer zurück, schaltete das Licht ein und kleidete sich an. Als er in das Hemd schlüpfte, hörte er Ben Cortman brüllen: »Komm raus, Neville!«

Das war alles. Danach schleppte sich auch der Rest davon, schwächer, das wußte er, als sie gekommen waren – außer sie waren über einen der ihren hergefallen. Das taten sie oft. Es gab keinen Zusammenhalt unter ihnen – nur ihr Bedürfnis.

Angekleidet setzte Neville sich auf die Bettkante und stellte seufzend seine Liste für heute auf:

Drehbank von Sears
Wasser
Generator nachsehen
Dübelholz (?)
Übliches

Das Frühstück nahm er hastig zu sich: ein Glas Orangensaft, eine Scheibe Toast und zwei Tassen Kaffee. Es ging viel zu schnell, und er wünschte sich, er brächte die Geduld auf, langsam zu essen.

Als erstes schaute er draußen zum Himmel hoch. Er war

klar, fast wolkenlos. Heute konnte er sich unbesorgt weiter vom Haus entfernen. Gut!

Auf der Veranda trat er auf ein paar Spiegelscherben. Also war das verdammte Ding jetzt endgültig zerbrochen, genau wie er es befürchtet hatte. Er würde die Scherben später wegräumen.

Eine Leiche lag hingestreckt auf dem Bürgersteig, eine andere war halb von der Hecke verborgen. Beides waren Frauen. Es waren fast immer Frauen.

Er sperrte die Garagentür auf und fuhr seinen Kombiwagen rückwärts in die morgendliche Kühle hinaus. Dann stieg er aus, klappte die Hecktür herunter, schlüpfte in dicke Arbeitshandschuhe und holte zuerst die Frau auf dem Bürgersteig.

Im Tageslicht wirkten sie wahrhaftig nicht attraktiv, dachte er, während er die beiden nacheinander über den Rasen schleifte und sie auf die Plane im Wagen legte. Kein Tropfen Blut war mehr in ihnen, beide hatten die Farbe von Fischen im Trockenen. Er schlug die hintere Wagenklappe wieder zu.

Auf dem Rasen sammelte er die Steine und Ziegel in einem Sack ein, den er ebenfalls in den Wagen hob. Dann erst zog er die Handschuhe wieder aus. Er ging ins Haus, wusch sich die Hände und richtete sich zum Mitnehmen zwei belegte Brote, ein paar Kekse und eine Thermosflasche mit heißem Kaffee.

Aus dem Schlafzimmer holte er den Beutel mit Pfählen. Er schlang ihn sich auf den Rücken und schnallte sich den Gürtel um, an dem ein Holzhammer in seiner Hülle hing. Dann trat er aus dem Haus und verschloß die Tür hinter sich.

Heute morgen würde er nicht nach Ben Cortman suchen, dazu hatte er viel zuviel anderes zu erledigen. Die Schallisolierung fiel ihm ein, die er sich vorgenommen hatte. Zum

Teufel damit, dachte er. Das mache ich morgen oder an einem bedeckten Tag.

Er setzte sich in den Wagen und überflog seine Liste. »Drehbank von Sears«, das war das erste – natürlich erst, nachdem er sich der Leichen entledigt hatte.

Er ließ den Wagen an, fuhr rückwärts auf die Straße und dann geradeaus zum Compton Boulevard. Dort bog er rechts ab und hielt sich in Ostrichtung. Die Häuser zu beiden Seiten waren totenstill, und die entlang der Bürgersteige geparkten Wagen leer.

Nevilles Blick fiel auf die Benzinuhr. Der Tank war noch halb voll, aber es konnte nicht schaden, wenn er an der Western Avenue anhielt und ihn auffüllte. An seinen Benzinvorrat in der Garage wollte er erst rangehen, wenn es unbedingt notwendig war.

An der leeren Tankstelle hielt er an. Er rollte eine Tonne Benzin aus dem Lager und füllte seinen Tank mit einem Schlauch auf, und ehe er den Schlauch herausziehen konnte, lief es über, und das Benzin verteilte sich auf dem Betonboden.

Er prüfte den Ölstand, das Wasser, die Batterieflüssigkeit und den Reifendruck. Alles war in Ordnung. Aber damit hatte er auch gerechnet, denn er pflegte seinen Kombi sorgfältig – allein die Vorstellung, daß er eine Panne haben könnte und nicht rechtzeitig vor Sonnenuntergang nach Hause käme ...

Es hatte keinen Sinn, sich darüber Gedanken zu machen. Falls es tatsächlich einmal soweit käme, wäre es das Ende.

Auf dem Compton Boulevard fuhr er an den hohen Ölverladekränen vorbei und durch all die stillen Straßen. Nirgendwo auch nur eine Menschenseele!

Aber Robert Neville wußte, wo *sie* waren.

Das Feuer brannte unaufhörlich. Beim Näherkommen

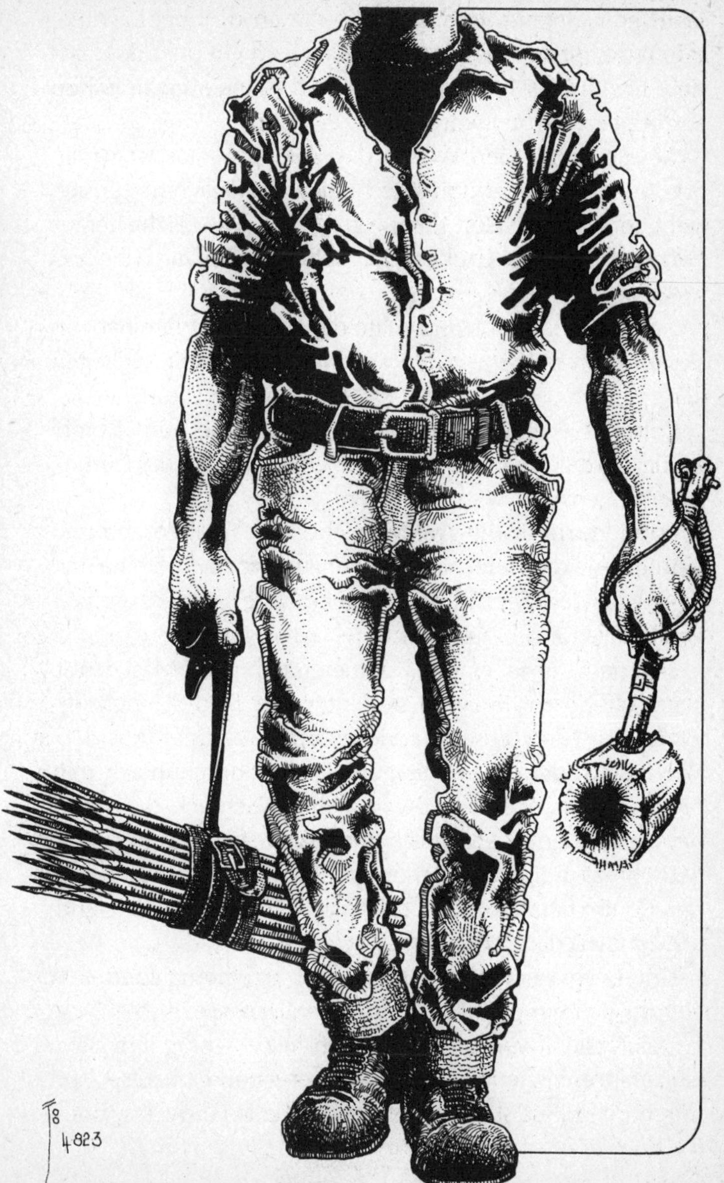
4823

legte er Gasmaske und Handschuhe an und beobachtete durch das dicke Glas die rußige Rauchschicht über dem Boden. Im Juni 1975 war das ganze Feld zu einer gigantischen Grube ausgehoben worden.

Neville parkte den Wagen und sprang hinaus, er wollte den unangenehmen Job so schnell wie möglich hinter sich bringen. Er riß die Hecktür auf, zerrte erst eine Leiche heraus und zum Rand der Grube. Dort stellte er sie auf die Füße und stieß sie hinunter.

Sie überschlug sich und rollte den steilen Hang hinab, bis sie auf dem riesigen Haufen schwelender Asche zu liegen kam.

Robert Neville atmete heftig und hastete zum Kombi zurück. Trotz der Gasmaske hatte er hier immer das Gefühl, zu ersticken.

Dann zerrte er die zweite Leiche zum Grubenrand und kippte sie in die Tiefe. Nachdem er auch noch die Steine und Ziegel aus dem Sack hinuntergeleert hatte, eilte er zum Wagen zurück und brauste los.

Erst nach etwa einem Kilometer nahm er Maske und Handschuhe ab und warf sie hinter sich. Seine Lippen öffneten sich wie von selbst, und er atmete tief ein. Aus dem Flachmann, den er immer gefüllt im Handschuhfach mitnahm, gönnte er sich einen ausgiebigen Schluck, dann zündete er sich eine Zigarette an und machte einen Lungenzug. Manchmal mußte er wochenlang Tag für Tag zur brennenden Grube fahren, und er fühlte sich jedesmal hundeelend.

Irgendwo da unten war Kathy.

Unterwegs nach Inglewood hielt er an einem Supermarkt an, um sich ein paar Flaschen Mineralwasser zu holen.

Der Gestank verdorbener Lebensmittel schlug ihm beim Eintreten entgegen. Schnell schob er einen Einkaufswagen durch die stillen, staubbedeckten Verkaufsstände. Der übel-

4-82.2

keiterregende Fäulnisgeruch ließ ihn durch die zusammengepreßten Zähne atmen.

Ganz hinten im Laden fand er das Mineralwasser und eine Tür zur Treppe. Nachdem er alle Flaschen in das Wägelchen geladen hatte, stieg er die Treppe hoch. Möglicherweise war der Ladenbesitzer oben. Er konnte genauso hier wie anderswo anfangen.

Zwei waren es. Auf der Couch im Wohnzimmer lag eine etwa dreißigjährige Frau in rotem Hauskleid. Ihre Brust hob und senkte sich langsam. Die Augen hatte sie geschlossen, und die Hände über dem Bauch verschränkt.

Zitternd griff Robert Neville nach einem Pfahl und dem Holzhammer. Es fiel ihm immer schwer, wenn sie noch lebten, besonders bei Frauen. Er spürte, wie der blinde Trieb in ihm erwachte. Er biß die Zähne zusammen und kämpfte dagegen an.

Sie gab keinen Laut von sich, als der Pfahl eindrang, nur der letzte Atemzug kam röchelnd.

Als er ins Schlafzimmer trat, hörte er ein Geräusch wie von fließendem Wasser. Was könnte ich denn sonst tun? fragte er sich, denn immer noch mußte er sich selbst überzeugen, daß es das einzig Richtige war.

An der Tür blieb er stehen und blickte auf das Bettchen am Fenster. Seine Kehle war wie zugeschnürt. Er zwang sich zu dem kleinen Bett zu gehen und sich das Kind anzuschauen.

Warum bilde ich mir ein, in ihnen allen Kathy zu sehen? dachte er. Jetzt bebten seine Hände noch mehr, als er einen Pfahl aus dem Beutel holte.

Langsam fuhr er zu Sears und versuchte zu vergessen, indem er darüber nachdachte, weshalb nur hölzerne Pfähle wirkten. Stirnrunzelnd neigte er sich über das Lenkrad. Nur das Brummen des Motors war zu hören. Es erschien ihm plötzlich unglaublich, daß er fünf Monate gebraucht hatte, bis er anfing, sich Gedanken darüber zu machen.

Das brachte ihn auf eine zweite Frage. Wieso gelang es ihm, immer das Herz zu treffen? Der Pfahl mußte genau ins Herz dringen, das hatte Dr. Busch gesagt. Und doch hatte Neville keine anatomischen Kenntnisse.

Sein Stirnrunzeln vertiefte sich. Es verblüffte ihn, daß er dieser grauenvollen Pflicht jetzt schon so lange nachging, ohne sie jemals in Frage gestellt zu haben.

Er schüttelte den Kopf. Ich muß alles genau überlegen, sagte er sich, und erst einmal alle Fragen zusammenstellen, ehe ich versuche, sie zu beantworten. Wenn schon, dann mußte er es richtig angehen, auf wissenschaftliche Weise.

Ja, ja, ja, dachte er, die Schatten des alten Fritz – Fritz war der Name seines Vaters gewesen. Neville hatte seinen Vater nicht ausstehen können und sich dagegen gewehrt, sich seiner Logik und seiner handwerklichen Fähigkeiten zu bedienen, die er von ihm geerbt hatte. Bis zum letzten Atemzug hatte sein Vater sich geweigert, an die Existenz der Vampire zu glauben.

Im Kaufhaus des großen Versandkonzerns holte er sich eine kleine Heimwerker-Drehbank und lud sie in den Wagen, dann erst sah er sich in den Verkaufsräumen um. Erst im Keller fand er fünf, die sich in verschiedene düstere Ecken verkrochen hatten. Einen entdeckte er sogar in einer Ausstellungstiefkühltruhe. Unwillkürlich mußte er lachen, als er den Mann in diesem Emailsarg liegen sah – es war schon ein ungewöhnliches Versteck.

Später mußte er daran denken, wie humorlos sein Leben geworden war, daß ihn etwas so Makabres erheitern konnte.

Gegen vierzehn Uhr parkte er den Wagen und machte Brotzeit. Alles schmeckte irgendwie nach Knoblauch.

Daraufhin dachte er auch über die Wirkung nach, die Knoblauch auf sie hatte. Es mußte der Geruch sein, der sie vertrieb – aber warum?

Seltsam waren sie schon, die Tatsachen über sie: daß sie tagsüber nicht ins Freie kamen; daß sie Knoblauch mieden; daß sie nur durch den Pfahl wirklich getötet werden konnten; daß sie sich offenbar vor Kreuz und Spiegel fürchteten.

Aber letzteres, beispielsweise – nach der Legende sollten sie kein Spiegelbild haben. Er wußte jedoch, daß das nicht stimmte. Diese Behauptung war genauso unwahr wie die, daß sie sich in Fledermäuse verwandelten. Logik und Beobachtung hatten diesen Aberglauben schnell widerlegt. Genauso idiotisch war es zu glauben, sie könnten sich in Wölfe verwandeln. Zweifellos gab es Vampirhunde – sie hatte er des Nachts vor seinem Haus selbst gesehen, aber es waren nur Hunde.

Heftig preßte Robert Neville die Lippen zusammen. Vergiß es, sagte er sich, dazu bist du noch nicht bereit. Doch die Zeit würde schon noch kommen, wenn er sich jede Einzelheit vornahm – nur im Augenblick war es dazu noch zu früh. Es gab viel zuviel anderes zu tun, das dringender war.

Nach seiner Brotzeit ging er von Haus zu Haus und brauchte alle Pfähle auf, es waren siebenundvierzig gewesen.

3

»Die Stärke der Vampire besteht darin, daß niemand an sie glauben will.«

Vielen Dank, Dr. van Helsing, dachte er ironisch und legte den Roman *Dracula* zur Seite. Düster starrte er auf das Bücherregal und lauschte mit einem Whisky Saur in der

Hand und einer Zigarette zwischen den Lippen Brahms Klavierkonzert in B-Dur Opus 83.

Es stimmte. Das Buch war zwar ein Sammelsurium von Aberglauben und melodramatischen Klischees, aber mit diesem einen Satz hatte der Romanheld die Wahrheit ausgedrückt. Niemand hatte an sie geglaubt, und wie konnte man etwas bekämpfen, an dessen Existenz man nicht glaubte?

So hatte es ausgesehen. Schwarze Nachtgespenster aus dem Mittelalter waren plötzlich Wirklichkeit geworden – etwas Unwirkliches, Unglaubliches aus Schauerromanen, etwas, das man allzu lebhafter Phantasie zugeschrieben hatte, trieb mit einemmal sein Unwesen. Und das, obwohl Vampire passé waren, genau wie Summers' Idylle oder Stokers Schauermärlein, beziehungsweise nicht mehr als ein kurzer Absatz in Lexika, oder etwas zum Aufbauschen für Horrorschriftsteller oder für die Filmindustrie – eine Legende, die von Jahrhundert zu Jahrhundert weitergegeben worden war, aber nicht mehr.

Ja, es stimmte.

Robert Neville nahm einen Schluck und schloß die Augen, als die kühle Flüssigkeit durch seine Kehle rann und seinen Magen wärmte. Es stimmte, dachte er erneut, doch niemand hatte die Chance gehabt, es festzustellen. O sicher, sie wußten, daß es *irgend etwas* war. Aber *das,* nein das konnte es nicht sein. *Das* war reine Phantasie, *das* war Aberglaube, *so etwas* gab es ganz einfach nicht.

Und ehe die Wissenschaft die Wahrheit der Legende erfaßt hatte, hatte die Legende die Wissenschaft und alles andere verschlungen.

Er hatte an diesem Tag kein Dübelholz gefunden. Er hatte den Generator nicht nachgesehen. Er hatte die Spiegelscherben nicht weggeräumt. Er hatte auch kein Abendessen zu sich genommen, ganz einfach mangels Appetits. Aber das war nicht das erstemal. Nach allem, was er am Nachmittag getan hatte, konnte er sich nicht zu einem herzhaften Mahl niedersetzen. Selbst nach fünf Monaten noch nicht.

Er dachte an die elf – nein, zwölf Kinder heute, und goß hastig den Rest seines Drinks hinunter.

Er blinzelte, und das Zimmer schien leicht zu schwanken. Hast schon ein bißchen zu viel getrunken, Junge, sagte er zu sich. Na und, antwortete er. Hat jemand mehr Grund dazu als ich?

Er warf das Buch durchs Zimmer. Lebt wohl, van Helsing und Mina und Jonathan. Leb wohl, Graf, mit den blutunterlaufenen Augen. Alle erdichtet, alle faselnde Extrapolationen eines makabren Themas.

Ein hüstelndes Kichern entrang sich seiner Kehle. Ben Cortman stand wieder mal draußen und forderte ihn auf, hinauszukommen. Gleich, Benny, dachte er, muß nur noch meinen Smoking anziehen.

Er schauderte und knirschte mit den Zähnen. Warum eigentlich nicht? Warum soll ich nicht hinausgehen? fragte er sich. Es wäre die wirksamste Methode, sie loszuwerden.

Er brauchte nur einer von ihnen zu werden!

So einfach war das. Er kicherte und stemmte sich aus dem Sessel hoch. Auf nicht ganz geradem Weg ging er an die Bar. Warum nicht? Er kam nicht davon los. Warum sollte er sich all die Mühe machen, wo er doch nur die Tür aufzureißen und ein paar Schritte zu tun brauchte, um mit allem ein Ende zu machen?

Er wußte es wirklich nicht. Natürlich gab es eine ganz, ganz schwache Möglichkeit, daß noch andere wie er irgendwo lebten, daß sie wie er weitermachten und hofften, eines Tages wieder unter ihresgleichen sein zu können. Doch wie sollte er sie je finden, wenn sie weiter als eine Tagesreise von seinem Haus entfernt waren?

Er zuckte die Achseln und schenkte Whisky nach, er hatte schon lange aufgegeben, sparsam damit umzugehen. Knoblauch an den Fenstern, Netze über dem Treibhaus, die Leichen verbrennen, die Steine aufsammeln und wegschleppen, und ihre unheilige Zahl eins um eins, eins um eins dezimieren! Warum versuchte er denn, sich etwas vorzumachen? Er würde nie einen anderen finden.

Schwer ließ er sich in den Sessel fallen. Da sind wir, Kinder, sitzen mollig in unserem Stübchen, umzingelt von einem Bataillon Blutsauger, die nichts anderes wollen, als sich mit meinem originalverpackten 50 %igen Hämoglobin vollaufen zu lassen. Also, wie wär's mit einem Drink, Männer? Die Runde geht wirklich auf mich!

Sein Gesicht verzog sich zu unkontrollierbarem Haß. *Bastarde!* Ich pfähle jeder Mutter Sohn, ehe ich aufgebe! Seine Rechte schloß sich wie eine Zwinge um das Glas, und es zersprang.

Mit stumpfen Augen blickte er auf die Scherben am Boden, auf den ausgezackten Glasrest in der Hand, auf das whiskyvermischte Blut, das von seiner Hand tropfte.

Davon hätten sie wohl gern? dachte er. Er taumelte heftig hoch und hätte fast die Tür geöffnet, um vor ihren Augen mit der blutigen Hand herumzufuchteln und sie heulen zu hören.

Dann schloß er die Lider und erschauderte. Sei vernünftig, Junge! mahnte er sich. Verbind deine verdammte Hand!

Er torkelte ins Badezimmer, wusch vorsichtig die Hand und zuckte zusammen, als er Jod auf die Schnittwunden träufelte. Seine Brust hob und senkte sich unregelmäßig, während er etwas unbeholfen einen Verband anlegte, und Schweiß perlte auf seiner Stirn. Ich brauche eine Zigarette, dachte er.

Im Wohnzimmer wechselte er von Brahms zu Bernstein

über und zündete sich eine Zigarette an. Was werde ich tun, wenn die Sargnägel einmal ausgehen? fragte er sich und betrachtete die blauen Rauchringe. Aber das brauchte er kaum zu befürchten. Er hatte mindestens tausend Stangen im Schrank in Kathys Zimmer ...

Er knirschte mit den Zähnen. Im Schrank der Speisekammer, der *Speisekammer*, der SPEISEKAMMER!

Kathys Zimmer.

Stumpf starrte er auf die Fototapete, während *The Age of Anxiety* in seinen Ohren pochte. Das Zeitalter des Bangens, dachte er. Leonard – Lenny, Junge, du hast geglaubt, Bangnis zu kennen. Lenny und Benny, ihr solltet euch kennenlernen. Komponist trifft Leiche. Mama, wenn ich groß bin, will ich ein Vampir wie Papa werden! Aber gewiß doch, Herzblatt!

Der Whisky gluckerte ins Glas. Neville verzog das Gesicht, weil die Hand schmerzte, und nahm die Flasche in die Linke.

Er setzte sich wieder und nippte. Mögen die gezackten Kanten der Nüchternheit stumpf werden, dachte er. Möge die klare Sicht sich verschleiern – aber schnell. Ich hasse sie!

Allmählich drehte das Zimmer sich um seine Achse und schaukelte um seinen Sessel. Ein wohltuender Schleier, ein wenig dichter an den Rändern, schob sich vor seine Augen. Er stierte auf das Glas, auf den Plattenspieler. Seinen Kopf ließ er einmal rechts, einmal links auf die Schulter plumpsen. Draußen trieben sie sich ums Haus herum, murmelten und warteten.

Arme kleine Vampire, dachte er, arme kleine Burschen schleichen um mein Haus, so durstig, so verloren.

Ein Gedanke. Er hob einen Zeigefinger, der vor seinen Augen verschwamm.

Freunde, ich stehe vor euch, um über den Vampir zu sprechen, eine Minderheit, wenn es je eine gab, und es gab eine.

Aber zur Sache, ich werde meine These darlegen, die da ist: Vampire haben unter Vorurteilen zu leiden!

Die Hauptursache für die Vorurteile ist, daß sie verabscheut werden, weil man sie fürchtet. Deshalb ...

Er schenkte sich nach, füllte das Glas bis zum Rand.

Früher, im finsteren Mittelalter, um genau zu sein, war die Macht des Vampirs groß, die Furcht vor ihm ungeheuerlich. Er war verflucht und bleibt verflucht. Die Gesellschaft haßt ihn ohne Vernunftgründe.

Aber sind seine Bedürfnisse schockierender als die von Tieren und Menschen? Ist sein Handeln empörender als das des Elternteils, das seinem Kind den eigenen Willen raubte? Vielleicht ist es die Schuld eines Vampirs, wenn das Herz hämmert oder sich einem die Haare aufstellen. Aber ist er schlimmer als die Eltern, die der Gesellschaft ein neurotisches Kind schenkten, das zum Politiker wurde? Ist er schlimmer als der Fabrikant, der eine Stiftung mit dem Geld errichtete, das er durch Waffenlieferungen an selbstmörderische Nationalisten erwarb? Ist er schlimmer als der Schnapsbrenner, der schädlichen Kornbrand herstellte, um die Köpfe derer zu verdummen, die schon nüchtern zu keinem progressiven Gedanken fähig gewesen waren? (Ah, ich entschuldige mich für diesen Ausrutscher, damit beiße ich ja die Hand, die mir zu trinken gibt.) Sagen wir lieber: Ist er denn schlimmer als der Verlag, der mit seinen Büchern und Heftchen in allen Auslagen die Sinneslust und Todessehnsucht weckte? Geht in euch, meine nichtvorhandenen Zuhörer – ist der Vampir wirklich so schlimm?

Er trinkt doch nur Blut.

Weshalb also dieses unduldsame Vorurteil? Diese gedankenlose Voreingenommenheit? Weshalb kann der Vampir nicht leben, wo es ihm gefällt? Warum muß er sich in Verstecken verkriechen, wo keiner ihn finden kann? Weshalb wollt ihr ihn vernichten? Seht ihr, ihr habt den arglosen Unschuldigen zum gehetzten Tier gemacht. Man gibt ihm keine Möglichkeit für seinen Unterhalt zu sorgen, für eine anständige Ausbildung, er hat kein Stimmrecht. Kein Wunder, daß er zum nächtlichen Raubtier wird.

Robert Neville brummte etwas Unverständliches. Alles schön und gut, sagte er zu seinen Argumenten, aber würdest du deine Schwester einen heiraten lassen?

Er zuckte die Achseln. Wenn man selbst betroffen war, sah eben alles ganz anders aus.

Die Musik endete. Die Nadel kratzte in den schwarzen Rillen. Er blieb sitzen, seine Beine fühlten sich eisig an. Das kam davon, wenn man zu viel trank, man wurde den Freuden des Rausches gegenüber immun, man fand keinen Trost mehr im Alkohol. Früher war er glücklich im Schwips gewesen und selig eingeschlafen. Aber schon jetzt hörte das Zimmer sich zu drehen auf. Und der Lärm draußen quälte seine Ohren wieder.

»Komm raus, Neville!«

Er schluckte. Zitternd kam der Atem über seine Lippen. Komm raus! Die Frauen waren dort draußen, mit offenen Kleidern oder ganz ohne. Ihre Haut wartete nur auf seine Liebkosung, ihre Lippen warteten auf ...

Mein Blut, mein *Blut!*

Als wäre es die Hand eines anderen, beobachtete er, wie die Faust mit den weißen Knöcheln sich langsam, bebend hob, um wie ein Hammer auf sein Bein hinunterzusausen. Der Schmerz ließ ihn heftig die abgestandene Luft einsaugen. Knoblauch. Überall roch es nach Knoblauch. Der Gestank war in seiner Kleidung, in den Möbeln, in seinem Essen, ja selbst in seinem Drink. Wie wär's mit einem Knoblauch mit Soda? Sein Kopf pochte bei seinem Versuch, über diesen Scherz zu lachen, der keiner war.

Er taumelte hoch und begann schwankend hin und her zu stapfen. Was soll ich jetzt tun? Den gleichen Ablauf wie jeden Abend durchgehen? Das erspar' ich mir. Lesen-trinken-das Haus schalldicht machen – die Frauen. Die Frauen, die provokativen, blutdurstigen, nackten Frauen, die ihn mit ihrem heißen Leib lockten. Nein, nicht heiß.

Ein schauderndes Wimmern quälte sich Brust und Kehle hoch. Verdammt, worauf warteten sie? Bildeten sie sich ein, er würde hinausgehen und sich ergeben?

Vielleicht tu ich es, vielleicht. Tatsächlich überraschte er sich dabei, daß er den Sperrbalken von der Tür hob. Ich komme, Mädchen, ich komme. Benetzt die Lippen!

Sie hörten draußen, wie er den Balken wegnahm. Ein erwartungsvolles Geheul zerriß die Nacht.

Schwindelerfüllt drehte er sich um und hieb mit den Fäusten auf die Wand ein, bis der Verputz herunterbröckelte und seine Haut aufgeschürft war. Am ganzen Körper zitternd und mit klappernden Zähnen hielt er hilflos inne.

Nach einer Weile beruhigte er sich. Er schob den Balken wieder vor – nur gut, daß der Riegel noch eingerastet gewesen war – und schleppte sich ins Schlafzimmer. Er setzte sich aufs Bett und ließ stöhnend den Kopf aufs Kissen fallen. Verzweifelt hieb er – aber nur einmal – mit der Faust auf die Bettdecke.

O *Gott*, dachte er. Wie lange soll das noch so weitergehen?

4

Der Wecker läutete nicht, weil er vergessen hatte, ihn einzustellen. Er schlief tief und reglos, als wäre er aus Gußeisen. Als er endlich die Augen aufzwang, war es zehn Uhr.

Verärgert brummte er etwas, kämpfte sich hoch und schwang die Beine aus dem Bett. Sofort begann sein Kopf zu pochen, als versuchte sein Gehirn sich einen Weg durch die Schädeldecke zu brechen. Großartig, dachte er, ein ausgewachsener Kater. Das hat mir gerade noch gefehlt!

Schwankend stand er auf und taumelte ins Badezimmer. Er steckte das Gesicht in kaltes Wasser und schüttete sich ein paar Zahnputzbecher Wasser über den Kopf. Nutzt nichts, beschwerte sich sein Kopf, nutzt nichts, ich fühl' mich immer noch lausig. Das Gesicht im Spiegel war hager, stoppelbärtig und wie das eines Vierzigjährigen. Liebe, dein Zauber ist überall – die Worte flatterten in seinem Kopf wie ein nasses Bettuch an der Wäscheleine.

Langsam ging er ins Wohnzimmer und öffnete die Haustür. Beim Anblick der zusammengekrümmten Frau auf dem Bürgersteig stieß er eine Verwünschung aus. Er straffte sich und schob das Kinn vor, aber sofort fing sein Schädel wieder wie wahnsinnig zu hämmern an. Mir ist mies, dachte er, Gott, ist mir mies!

Der Himmel war bleien. Wie schön! dachte er. Wieder einen ganzen Tag in diesem verschlagenen Rattenloch eingesperrt! Er knallte die Tür zu und zuckte stöhnend zusammen. Er preßte die Hände an die pochenden Schläfen. Draußen hörte er den Rest des Spiegels auf dem Betonboden der Veranda zersplittern. *Großartig!* Seine Lippen verzerrten sich.

Nach zwei Tassen fast kochend heißen schwarzen Kaffees begehrte sein Magen nur noch mehr auf. Er ging ins Wohnzimmer. Zum Teufel, sagte er sich, ich besauf' mich wieder.

Aber der Whisky schmeckte wie Terpentinöl. Er knurrte mit gefletschten Zähnen wie ein Hund und schmiß das Glas an die Wand. Die bernsteinfarbige Flüssigkeit rann die Tapete hinunter auf den Teppich. Ich werd' bald keine Gläser mehr haben! dachte er gereizt, und sein Atem ging keuchend.

Er ließ sich auf die Couch fallen, setzte sich steif auf und schüttelte vorsichtig den Kopf. Es hatte ja doch keinen Sinn, sie machten ihn fertig, diese blutgierigen Bastarde!

Wieder überwältigte ihn dieses schreckliche Gefühl – dieses Gefühl, als wüchse er in alle Dimensionen, und das Haus zöge sich zusammen. Jeden Augenblick mochte er es in einer Explosion von Holz, Putz und Ziegel sprengen. Er stand wieder auf und lief zur Tür. Seine Hände bebten.

Auf dem Rasen tat er tiefe Atemzüge von der feuchten Morgenluft, das Gesicht vom Haus, das er haßte, abgewandt. Aber er haßte auch die anderen Häuser ringsum, und er haßte das Pflaster und den Bürgersteig und die Rasen und überhaupt alles auf der Cimarron Straße.

Der Haß wuchs. Plötzlich wußte er, daß er weg mußte von hier. Bleigrauer Tag oder nicht, er mußte fort von hier.

Er sperrte die Haustür zu und die Garagentür auf. Dann zog er die schwere Kipptür hoch und fuhr den Kombi rückwärts aus der Garage. Er machte sich nicht die Mühe, die Tür wieder herunterzuziehen. Ich bin ja bald zurück, dachte er. Ich will nur eine kurze Weile weg von hier.

Er wendete, gab Gas und brauste in Richtung Compton Boulevard davon. Er wußte selbst nicht, wohin er eigentlich wollte.

Um die Ecke bog er mit sechzig und beschleunigte auf hundert, noch ehe er den nächsten Block erreicht hatte. Der Wagen schnellte vorwärts, und sein Fuß blieb starr auf dem Pedal. Die Hände klebten wie festgefroren am Lenkrad, und sein Gesicht war das einer Statue. Mit hundertsechzig Stundenkilometer schoß er den leeren Boulevard entlang, ein Heulen in der großen Stille.

Die Natur in ihrer Üppigkeit verschlingt alles, dachte er, während er langsam über die Rasenfläche des Friedhofs stapfte.

Das Gras war so hoch, daß die Halme sich unter ihrem eigenen Gewicht neigten, unter seinen schweren Schuhen knirschte es. Außer diesem Knirschen und dem, wie ihm schien sinnlosen Zwitschern der Vögel war kein Laut zu hören. Früher dachte ich, sie zwitschern und trillern, weil die Welt in Ordnung ist, dachte Neville. Jetzt weiß ich, daß ich mich täuschte. Sie singen, weil sie keinen Verstand haben.

Zehn Kilometer war er dahingesaust, das Gaspedal durchgetreten, ehe ihm klar wurde, wohin er fuhr. Seltsam, wie sein Geist und Körper es vor seinem Bewußtsein verborgen hatten. Er hatte nur gewußt, daß er sich elend und verzweifelt fühlte und aus dem Haus heraus mußte. Daß er Virginia besuchen wollte, war ihm nicht wirklich bewußt gewesen.

Aber er war geradewegs und so schnell wie möglich hierhergefahren, hatte an der Friedhofsmauer geparkt, war durch das verrostete Tor eingetreten, und nun drückten seine Sohlen das hohe saftige Gras nieder.

Wann war er das letztemal hier gewesen? Vor einem Monat? Oder war es noch länger her? Er wollte, er hätte Blumen mitgebracht – aber er hatte ja schließlich nicht einmal gewußt, daß er kommen würde, bis er fast am Tor war.

Er preßte die Lippen zusammen, als ihn wieder einmal die quälenden Gedanken übermannten. Weshalb konnte nicht auch Kathy hier sein? Warum hatte er so blind die Gesetze geachtet, die diese Idioten sich während der Seuche hatten einfallen lassen? Wenn sie nur hier sein könnte, bei ihrer Mutter.

Fang nicht schon wieder damit an! befahl er sich wütend. Als er näher zur Gruft kam, fiel ihm auf, daß die Eisentür einen Spalt offenstand. *O nein,* stieß er zwischen den Zähnen hervor. Er sprintete über das feuchte Gras. Wenn sie sich an ihr vergriffen haben, brenn' ich die ganze Stadt nieder, schwor er sich; bei Gott, ich mach' sie dem Erdboden gleich, wenn sie sie auch nur berührt haben!

Er riß die Tür auf. Mit einem hohlen, widerhallenden Krachen schlug sie gegen die Marmormauer. Hastig flog sein Blick über das Gruftinnere zum Marmorsockel, auf dem der verschlossene Sarg ruhte.

Erleichtert atmete er auf. Er war noch da und schien unberührt zu sein.

Erst als er nähergetreten war, sah er den Mann zusammengekauert in einer Ecke auf dem kalten Boden liegen.

Wutschnaubend rannte Robert Neville zu ihm, packte den Burschen am Kragen, schleifte ihn zum Eingang und warf ihn erbost hinaus ins Gras. Der Schlafende rollte auf den Rücken, sein weißes Gesicht blickte starr zum Himmel auf.

Heftig atmend kehrte Robert Neville in die Gruft zurück. Er schloß die Augen und legte die Hände fast zärtlich auf den Sargdeckel.

Ich bin hier, dachte er. Ich bin zurück. Erinnerst du dich an mich?

Er warf die Blumen, die er das letztemal gebracht hatte, hinaus und sammelte die paar Blätter ein, die durch den Türspalt hereingeweht worden waren.

Dann setzte er sich neben den Sarg und drückte die Stirn gegen die kalte Metallseite.

Die Stille hüllte ihn in ihre kühle weiche Decke.

Wenn ich jetzt sterben könnte, dachte er sehnsüchtig – friedlich, sanft, ohne Furcht, ohne einen Laut. Wenn ich bei ihr sein dürfte. Wenn ich glauben könnte, daß wir wieder zusammenkämen.

Seine Nägel krallten sich in die Handflächen, sein Kopf sank auf die Brust.

Virginia, hol mich zu dir!

Eine Träne fiel auf seine verkrampfte Hand ...

Er hatte keine Ahnung, wie lange er schon hier saß. Doch nach einer Weile wurde ihm leichter ums Herz. Die Zeit lindert selbst das tiefste Leid, dachte er, die schlimmste Verzweiflung verliert ihre schneidende Schärfe; gewöhnte nicht sogar der Galeerensklave sich an die allgegenwärtige Peitsche?

Er richtete sich auf und erhob sich. Ich lebe immer noch, dachte er, mein Herz schlägt aus reiner Gewohnheit, das Blut fließt durch die Adern, die Muskeln, Sehnen, das Gewebe, alles lebt – so ohne Sinn, ohne Zweck mehr.

Einen Augenblick lang blieb er noch stehen und schaute fast andächtig auf den Sarg, dann wandte er sich seufzend ab, ging zur Tür und schloß sie leise hinter sich, um Virginias Schlaf nicht zu stören.

Den Mann hatte er vergessen. Er stolperte fast über ihn. Mit einer unterdrückten Verwünschung ging er um ihn herum.

Abrupt drehte er sich um.

Das gibt es doch nicht! Ungläubig starrte er den Mann an. Er war tot, wirklich tot! Aber wie war das möglich? Es war so schnell gegangen, doch schon jetzt umgab ihn Leichengeruch, als wäre er seit Tagen schon tot.

Aufgeregt überschlugen sich Nevilles Gedanken. Etwas hatte den Vampir umgebracht, etwas auf brutale Weise äußerst Wirkungsvolles. Das Herz war unversehrt, kein Knoblauch war in der Nähe, und doch ...

Schon wurde es Neville klar. Natürlich – das Tageslicht!

Nagende Beschämung folgte. Seit fünf Monaten wußte er, daß sie tagsüber nie ins Freie kamen, doch nicht ein einziges Mal hatte er Folgerungen daraus gezogen! Verärgert über seine geistige Trägheit schloß er die Augen.

Die Sonnenstrahlen, die infraroten und ultravioletten. An

ihnen mußte es liegen. Aber wieso? Verdammt, weshalb wußte er nichts über die Auswirkung des Sonnenlichts auf den menschlichen Körper?

Noch etwas: dieser Mann war einer der echten Vampire gewesen, der lebenden Toten. Ob die Sonne die gleiche Wirkung auf die hatte, die noch lebten?

Diese erste wirklich positive Erregung seit Monaten trieb ihn eilig zum Kombi.

Kaum hatte er die Wagentür zugeschlagen, fragte er sich, ob er den Toten nicht lieber hätte fortbringen sollen. Würde die Leiche die anderen anziehen? Würden sie vielleicht in die Gruft einbrechen? Nein, so nahe trauten sie sich gewiß nicht an den Sarg heran – er war mit Knoblauch eingerieben und behangen. Außerdem war das Blut des Mannes bereits geronnen, es ...

Wieder unterbrach er seinen Gedankengang, als er zu einer neuen Folgerung kam: die Sonnenstrahlen mußten irgendwie auf ihr Blut einwirken!

Hieß das, daß alles irgendwie eine Beziehung zum Blut hatte? Der Knoblauch, das Kreuz, der Spiegel, der Pfahl, das Tageslicht, die Erde, in der manche den Tag verschliefen? Er verstand zwar nicht wie, aber ...

Er mußte eine Menge nachlesen, sich über alles genau informieren! Vielleicht war es gerade das, was er brauchte! Schon vor langem hatte er es sich vorgenommen, doch in letzter Zeit so gut wie vergessen. Diese neue Idee hatte den Wunsch danach, ja das Bedürfnis, wieder geweckt!

Er fuhr los, raste die Straße hoch, bog in die nächste Wohngegend ab und hielt vor dem ersten Haus an.

Aufgeregt rannte er durch den Vorgarten zur Haustür, doch sie war verschlossen, und er hatte keine Möglichkeit, sie aufzubrechen. Vor Ungeduld fluchend lief er zum nächsten Haus. Hier war die Haustür nicht versperrt. Nach einem schnellen Blick durch die Parterrezimmer eilte er die Treppe hoch, zwei Stufen nahm er auf einmal.

Er fand die Frau im verdunkelten Schlafzimmer. Ohne Zögern riß er die Bettdecke zurück und zerrte die Schlafende an den Handgelenken aus dem Bett. Sie atmete hörbar ein, als sie auf dem Boden aufschlug, und während er sie zur Treppe und die Stufen hinunterschleifte, entrangen sich ihr leise wimmernde Laute. Als er sie durch das Wohnzimmer zog, fing sie an sich zu rühren.

Ihre Finger klammerten sich um seine Handgelenke, und sie begann sich auf dem Boden zu drehen und schwach dagegen zu stemmen. Ihre Augen waren noch geschlossen, doch sie keuchte nun laut und murmelte vor sich hin, während sie sich seinem Griff zu entwinden suchte. Ihre dunklen Fingernägel gruben sich in seine Haut. Er riß sich fluchend los und zog sie den Rest des Weges an den Haaren hinter sich her. Gewöhnlich quälten ihn Gewissensbisse, wenn er daran dachte, daß diese Menschen – von ihrem erschreckenden Gebrechen abgesehen – seinesgleichen waren. Doch jetzt war er so versessen darauf, sich zu vergewissern, ob seine Überlegungen auch wirklich stimmten, daß er gar nicht fähig war, an etwas anderes zu denken.

Trotzdem schüttelte es ihn unwillkürlich bei ihrem Entsetzensschrei, nachdem er sie ins Freie geschleift hatte.

Hilflos zuckend und sich windend, die Hände verzweifelt öffnend und schließend, die Lippen über die Zähne zurückgezogen, lag sie auf dem Bürgersteig.

Robert Neville beobachtete sie angespannt. Er schluckte. Die Begeisterung des Forschers, dessen Gedanken nur seinem Experiment galten, würde bald nachlassen. Er biß sich auf die Lippe. Stimmt, sie leidet, sagte er sich, aber sie ist eine von ihnen und würde dich ohne Skrupel umbringen, wenn sie die Möglichkeit hätte. So mußt du es sehen, nicht anders! Mit zusammengebissenen Zähnen sah er zu, wie sie starb.

Nach ein paar Minuten hörte sie auf, sich zu winden, hörte sie auf zu wimmern, und ihre Hände öffneten und entspannten sich, bis sie wie weiße Blüten still auf dem Pflaster liegenblieben. Robert Neville bückte sich und fühlte ihren Puls. Nichts. Sie fühlte sich bereits kalt an.

Mit einem dünnen Lächeln richtete er sich auf. Also stimmte es. Er brauchte die Pfähle gar nicht. Endlich hatte er eine bessere Methode gefunden.

Erschrocken hielt er den Atem an. Aber wie konnte er wissen, ob die Frau auch wirklich tot war? Mit Sicherheit erst nach Sonnenuntergang.

Der Gedanke erfüllte ihn mit neuer Unruhe. Wieso mußte jede neue Frage an der Antwort auf die vorherige zweifeln lassen?

Er dachte darüber nach, während er eine Dose Tomatensaft trank. Er hatte sie sich aus dem Laden geholt, vor dem er parkte.

Ja, wie konnte er sicher sein? Schließlich war es unmöglich, daß er auf die Frau aufpaßte, bis die Sonne hinter den Häusern versank.

Nimm sie doch mit nach Hause, Idiot!

Wieder schloß er die Augen und ärgerte sich über sich selbst. Heute fiel ihm nie gleich das Nächstliegende ein. Jetzt mußte er den ganzen Weg zurückfahren und sie holen, dabei wußte er nicht einmal genau, wo ihr Haus war.

Er ließ den Motor an und warf, als er vom Parkplatz fuhr, einen Blick auf seine Uhr. Drei. Also genügend Zeit, um nach Hause zu gelangen, ehe sie auftauchten. Er drückte auf das Pedal, und der Wagen schoß vorwärts.

Er brauchte etwa eine halbe Stunde, um das Haus wiederzufinden. Die Frau lag noch in derselben Stellung auf dem Bürgersteig. Neville schlüpfte in die Handschuhe, öffnete die Heckklappe des Kombis und hob die Frau hinein. Wieder warf er einen Blick auf die Uhr. Drei. Noch ausreichend Zeit, um ...

Plötzlich riß er die Uhr hoch und drückte sie ans Ohr. Sein Herz klopfte wie verrückt.

Sie war stehengeblieben.

5

Seine Finger bebten, als er den Zündschlüssel drehte, dann klammerten sie sich ans Lenkrad, als er die scharfe Kehre zurück nach Gardena nahm.

Welch ein Idiot er doch gewesen war! Er hatte zumindest eine Stunde zum Friedhof gebraucht, in der Gruft hatte er sich bestimmt ein paar Stunden aufgehalten. Dann die Zeit, die er mit der Frau zugebracht hatte, der Weg zum Parkplatz, wo er in aller Ruhe den Tomatensaft getrunken hatte, und wieder zurück, um die Frau zu holen.

Wie spät es wohl wirklich war?

Idiot! Kalter Schweiß brach ihm beim Gedanken aus, daß sie alle vor seinem Haus auf ihn warteten. Großer Gott, er hatte nicht einmal die Garagentür geschlossen! Das Benzin! Die Ersatzteile – *der Generator!*

Er stöhnte und trat das Gaspedal voll durch. Der Kombi schnellte vorwärts, die Tachonadel schwang wild, dann kletterte sie zielsicher auf hundert, hundertzehn, hundertzwanzig. Was tun, wenn sie bereits auf ihn warteten? Wie konnte er ins Haus gelangen?

Er zwang sich zur Ruhe. Er durfte jetzt nicht durchdrehen, mußte die Selbstbeherrschung bewahren. Er würde schon hineinkommen. Mach dir keine Gedanken, beruhigte er sich. Du schaffst es schon! Er wußte nur nicht, wie.

Er fuhr sich nervös durchs Haar. Großartig, kommentierte er. Du machst dir all die Mühe, am Leben, wirklich am Leben zu bleiben, und dann kommst du eines Tages einfach nicht rechtzeitig zurück. Sei endlich still! fauchte er sich selbst an. Aber er hätte sich am liebsten den Hals umgedreht, weil er am Abend zuvor vergessen hatte, die Uhr aufzuziehen. Mach dir keine Mühe, dich selbst umzubringen, sagte er sich, das nehmen die andern dir nur zu gern ab. Plötzlich spürte er auch noch, daß er direkt schwach vor Hunger war. Das bißchen Dosenfleisch, das er sich zum Tomatensaft gegönnt hatte, war nicht genug gewesen, seinen Hunger zu stillen – der ihm allerdings erst jetzt richtig bewußt wurde.

Die stillen Straßen flogen an ihm vorbei. Ständig wanderte sein Blick von links nach rechts und zurück, um zu sehen, ob sie schon aus den Häusern kamen. Es hatte ganz den Anschein, als würde es bereits dunkel, aber vielleicht bildete er sich das in seiner Angst nur ein. Es konnte doch noch nicht so spät sein! Unmöglich!

Er war gerade mit kreischenden Reifen um die Ecke Western und Compton Boulevard gebogen, als er den Mann aus einem Haus rennen und ihm etwas zubrüllen sah. Eine eisige Hand schien sich um sein Herz zu krampfen, während der Mann hinter ihm zurückblieb.

Mehr konnte er aus dem Kombi nicht herausholen. Und jetzt malte er sich auch noch aus, wie ein Reifen platzte, der Wagen ins Schleudern kam, über den Bordstein holperte und in ein Haus krachte. Seine Lippen bibberten. Er mußte sie fest zusammenkneifen, damit sie aufhörten. Die Hände ums Lenkrad fühlten sich taub an.

An der Ecke zur Cimarron Straße mußte er vom Gas gehen. Aus dem Augenwinkel sah er einen Mann aus einem Haus stürmen und versuchen, dem Wagen nachzulaufen.

Als er dann um die Ecke gebogen war, schnürte sich ihm die Kehle zu.

Sie warteten alle vor seinem Haus!

Würgende Angst lähmte ihn fast. Er wollte noch nicht sterben. Er hätte daran denken, ja darüber nachdenken müssen. Aber er wollte nicht sterben. Nicht *so!*

Alle wandten sie ihm die weißen Gesichter zu, als sie den Motor hörten. Einige kamen aus der offenen Garage gerannt. Robert Neville knirschte vor hilfloser Wut mit den Zähnen. Welch idiotische, hirnlose Art zu sterben!

Jetzt liefen sie geradewegs auf den Wagen zu, eine ganze Reihe, quer über die Straße. Er durfte nicht anhalten. Er drückte den Fuß aufs Gaspedal. Schon pflügte der Wagen durch sie hindurch und schleuderte drei von ihnen wie Kegel zur Seite. Ein Ruck ging durch die Karosserie, als sie davon abprallten. Ihre schreienden weißen Gesichter flogen an den Fenstern vorbei. Ihre Schreie drehten ihm den Magen um.

Jetzt waren sie hinter ihm. Im Rückspiegel sah er, daß die ganze Meute ihn verfolgte. Ein plötzlicher Plan nahm Form an. Impulsiv ging er vom Gas, ja bremste sogar, bis die Tachonadel auf fünfzig und schließlich auf dreißig Stundenkilometer herunterging.

Er blickte über die Schulter, sah, wie sie aufholten, wie ihre fahl weißen Gesichter sich auf den Wagen, auf *ihn* richteten.

Da zuckte er erschrocken zusammen. Ein Knurren erklang fast direkt neben ihm. Er warf den Kopf herum und sah das fast tollwütige Gesicht Ben Cortmans neben dem Wagen.

Instinktiv drückte er den Fuß auf das Gaspedal, aber sein anderer rutschte von der Kupplung. Mit einem halsbrecherischen Ruck hüpfte der Kombi vorwärts und blieb stehen. Der verdammte Motor war abgewürgt.

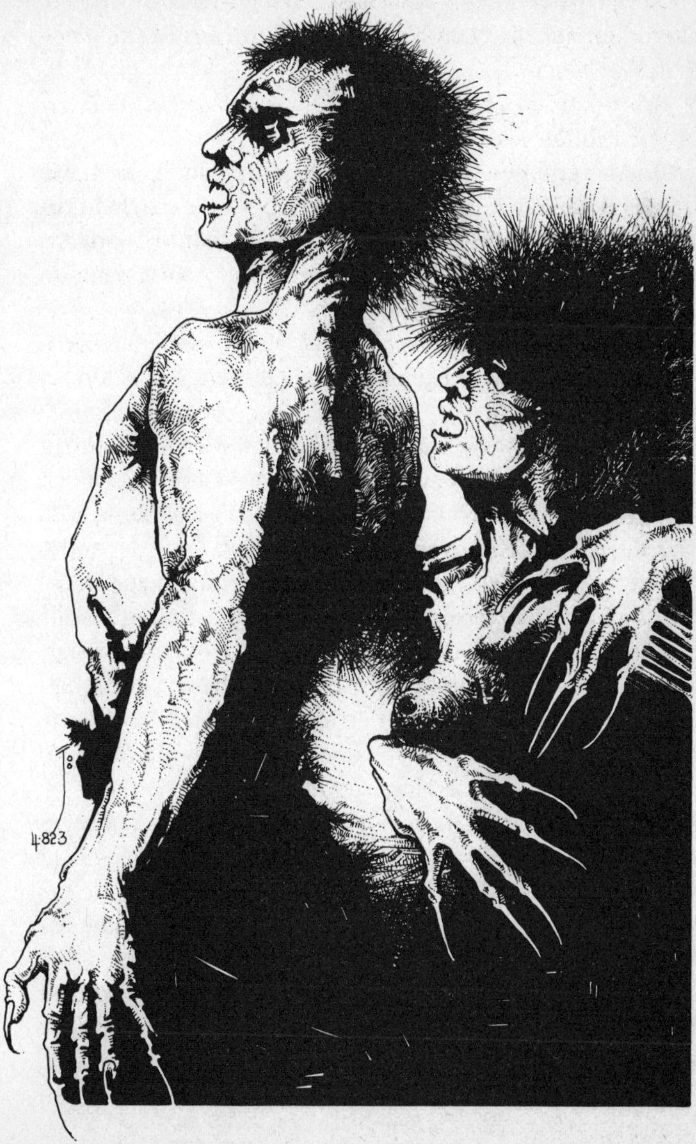
4.823

Neville brach der Schweiß aus. Er beugte sich vor, drückte fieberhaft auf den Zündknopf. Ben Cortmans Finger schoben sich herein.

Knurrend stieß Neville die kalte weiße Hand zurück.

»Neville! Neville!«

Wieder griff Ben Cortman herein. Seine Hände waren wie aus Eis gehauene Klauen. Wieder schob Neville die Hand zurück und fummelte an der Zündung. Er zitterte hilflos am ganzen Körper. Den aufgeregten Schreien nach, waren nun auch die anderen schon ganz nah.

Mit einem Aufheulen sprang der Motor wieder an, während Cortmans lange Nägel über seine Wange kratzten.

»Neville!«

Vor Schmerz ballte seine Hand sich fast wie von selbst zur harten Faust und schmetterte in Cortmans Gesicht. Um sich schlagend fiel Cortman auf den Asphalt. Die Kupplung griff, der Kombi schoß vorwärts, nahm Fahrt auf. Einer der anderen war inzwischen herangekommen. Er sprang zur Heckklappe hoch und versuchte sich festzuhalten. Robert Neville sah sein aschfahles Gesicht wild durch die Heckscheibe starren. Erst als Neville zum Bordstein herumschwang und scharf abbog, konnte er den Burschen abwerfen. Der Mann sauste mit ausgestreckten Armen über eine Rasenfläche und schmetterte gegen die Hauswand.

So heftig pochte Nevilles Herz nun, daß er glaubte, es müßte ihm die Brust sprengen. Sein Atem ging stockend, er hatte das Gefühl, sein Fleisch sei kalt und taub. Er spürte das Blut sein Gesicht herabsickern, aber die Wange schmerzte nicht. Hastig fuhr er sich darüber.

Dann bog er scharf nach rechts ab. Abwechselnd blickte er in den Rückspiegel und geradeaus. Er fuhr den kurzen Block bis zur Haas-Straße, dann bog er erneut rechts ab. Was war, wenn sie ihm durch die Höfe den Weg abschnitten? Er fuhr ein bißchen langsamer, bis sie heulend wie ein Rudel Wölfe um die Ecke gerannt kamen. Nun gab er wieder mehr Gas. Er konnte nur hoffen, daß sie ihm tatsächlich alle folgten. Ob wohl einige von ihnen errieten, was er vorhatte?

Er drückte das Pedal ganz durch. Der Kombi schnellte vorwärts, raste den Block entlang. Neville riß ihn mit achtzig um die Ecke, brauste den Block zur Cimarron Straße entlang und bog erneut rechts ab.

Er hielt den Atem an. Zumindest auf dem Rasen war niemand. Also hatte er noch eine Chance. Den Wagen mußte er allerdings einfach stehen lassen, ihn in die Garage zu bringen, war keine Zeit mehr.

Er riß den Wagen zum Randstein herum, schob die Tür auf. Als er um den Wagen herumraste, hörte er ihr Heulen. Sie mußten sich der Ecke nähern.

Er sollte es riskieren, die Garage zuzusperren, denn tat er es nicht, zerstörten sie möglicherweise den Generator – dazu dürften sie bisher noch keine Zeit gehabt haben. Seine Sohlen trommelten über die Einfahrt.

»Neville!«

Er zuckte zurück, als Cortman aus der dunklen Garage stürmte. Fast hätte er ihn umgerannt. Er spürte die kalten kräftigen Hände um seinen Hals und den übelkeiterregenden Atem im Gesicht. Beide taumelten sie rückwärts zum Bürgersteig, und der gräßliche Mund mit den weißen Fängen schnappte nach Robert Nevilles Gurgel.

Ohne zu überlegen stieß Neville die rechte Faust hoch und spürte, wie sie Cortmans Adamsapfel traf. Ein würgender Laut entrang sich Cortmans Kehle. Die ersten der brüllenden Meute bogen um die Ecke.

Wild packte Robert Neville Cortman an den langen fettigen Haaren und schleuderte ihn über den Bürgersteig, daß sein Schädel gegen die Seite des Kombis krachte.

Neville warf einen hastigen Blick die Straße entlang. Keine Zeit mehr, die Garage zu verschließen. Er sprintete um die Hausecke und zur Veranda hoch.

Rutschend kam er zum Halt. Großer Gott, die Schlüssel! Er wirbelte keuchend herum und raste zum Wagen zurück. Cortman stemmte sich mit kehligem Knurren hoch. Neville stieß ihm das Knie ins weiße Gesicht, daß er zurück auf den Bürgersteig stürzte. Dann riß er die Wagentür auf und den Schlüssel am Ring aus dem Zündschloß.

Als er aus dem Wagen heraussprang, stürmte der erste auf ihn zu.

Neville ließ sich auf den Wagensitz fallen und streckte die Beine aus. Der Bursche stolperte darüber und stürzte langgestreckt auf den Bürgersteig. Neville stieß sich aus dem Kombi, sauste über den Rasen und sprang auf die Veranda.

Er mußte erst den richtigen Schlüssel finden. Inzwischen stürmte ein zweiter herbei und die Verandastufen hoch. Durch die Wucht des Aufpralls wurde Neville gegen die Hauswand geworfen. Wieder schlug ihm stinkender Atem ins Gesicht, und scharfe Zähne schnappten nach seiner Kehle. Er stieß dem Angreifer das Knie zwischen die Beine, stemmte sich gegen das Haus und schnellte den Zusammengekrümmten dem nächsten entgegen, der über den Rasen stürmte.

Neville war mit einem Riesensatz an der Tür. Er sperrte sie hastig auf, öffnete sie gerade weit genug, um hindurchzuschlüpfen, und drehte sich um. Gerade als er sie zuwarf, schoß ein Arm durch den Spalt. Er preßte die Tür mit aller Kraft dagegen, bis er Knochen bersten hörte. Dann öffnete er sie ein klein wenig, schob den gebrochenen Arm hinaus und schmetterte sie zu. Mit zitternden Fingern legte er den Riegel vor.

Fast im Zeitlupentempo sank er auf den Boden und fiel auf

den Rücken. Er blieb in der Dunkelheit liegen. Heftig hob und senkte sich seine Brust. Seine Arme und Beine lagen reglos auf dem Boden, als gehörten sie nicht ihm. Draußen heulten sie, hämmerten gegen die Tür und brüllten seinen Namen in einem Paroxysmus wahnsinniger Wut. Einige hatten offenbar Steine und Ziegel geholt, denn jetzt bombardierten sie das Haus damit, schrien und verfluchten ihn. Er lauschte dem Aufprall der Steine und Ziegel und ihrem Wutgeheul.

Nach einer Weile rappelte er sich auf und stolperte zur Bar. Er schenkte sich einen Whisky ein, aber die Hälfte vergoß er auf den Boden. Mit einem Schluck leerte er das Glas. Dann hielt er sich zitternd an der Bar fest, denn seine Knie waren weich wie Gummi. Er würgte, und seine Lippen bibberten, ohne daß er etwas dagegen tun konnte.

Allmählich breitete die Wärme des Alkohols sich in seinem Magen und schließlich im ganzen Körper aus. Sein Atem wurde ruhiger, und seine Brust hörte zu wogen auf.

Er zuckte schrecklich zusammen, als er den furchtbaren Krach draußen hörte.

Mit weichen Beinen taumelte er zum Guckloch und spähte hinaus. Er knirschte mit den Zähnen. Wut schüttelte ihn, als er den umgestürzten Kombi sah, auf den sie mit Ziegeln und Steinen eindroschen, die Windschutzscheibe zerschmetterten, den Kühler aufrissen und mit Prügeln auf den Motor einschlugen. Seine Wut wuchs, brauste wie brennende Säure durch seine Adern. Würgende Laute entquollen seiner Kehle, während seine Hände sich zu weißknöcheligen Fäusten verkrampften.

Abrupt drehte er sich um und drückte auf den Schalter, aber die Lampe brannte nicht. Knurrend rannte er in die Küche. Auch der Kühlschrank arbeitete nicht. Von einem dunklen Zimmer hastete er zum anderen. Der Gefrierschrank funktionierte genausowenig. Alles würde auftauen und verderben! Und er saß hier fest!

Er explodierte fast vor Wut. Genug des grausamen Spiels!

Seine grimmbebenden Hände rissen die Wäsche aus den Schrankfächern, bis die Finger sich um die geladenen Pistolen legten.

Er raste durch das dunkle Wohnzimmer, zog so heftig am Riegel, daß er klirrend auf den Boden fiel. Draußen heulten sie noch lauter, als sie ihn die Tür öffnen hörten. Ich komme hinaus, ihr Bastarde, schrie es in seinem Kopf.

Er riß die Tür auf und schoß dem ersten ins Gesicht. Der Mann wurde nach hinten von der Veranda gerissen, während zwei Frauen in dreckigen, in Fetzen von ihnen hängenden Kleidern, mit ausgestreckten Armen auf ihn zukamen, um sie um ihn zu werfen. Er sah, wie ihre Leiber zuckten, als die Kugeln sie trafen. Beide schob er zur Seite und feuerte blindlings, mit einem wilden Schrei, in die Meute.

Er schoß, bis die Magazine beider Pistolen leer waren, dann hieb er wie ein Wahnsinniger mit den Läufen auf sie ein. Fast wäre er völlig übergeschnappt, als die, die er erschossen hatte, wieder auf ihn einstürmten. Und als sie ihm die Pistolen entrissen hatten, benutzte er Fäuste und Ellbogen, stieß mit dem Kopf zu und trat mit den Füßen.

Erst der brennende Schmerz einer klaffenden Schulterwunde brachte ihn zur Vernunft, und er erkannte, was er tat und wie hoffnungslos sein Unterfangen war. Er stieß zwei Frauen zur Seite und wich zur Tür zurück. Ein Männerarm legte sich um seinen Hals. Er beugte sich scharf vor, daß der Mann von den Füßen gerissen über seinen Rücken flog und ein paar der anderen zu Boden warf. Neville sprang in die Türöffnung, hielt sich links und rechts am Rahmen fest und stieß mit den Beinen wie Kolben zu, und beförderte so seine Angreifer über die Veranda in die Büsche.

Ehe sie sich erneut auf ihn stürzen konnten, knallte er die Tür vor ihrer Nase zu, drehte den Schlüssel um, bückte sich nach dem losgerissenen Riegel, schob ihn durch die Halterung und legte auch noch den Sperrbalken vor.

In der kalten Finsternis seines Hauses lauschte Robert Neville dem Wutgeheul der Vampire.

Langsam und schwach hieb er mit den Fäusten auf die Wand ein. Die Tränen strömten über seine bärtigen Wangen, seine blutenden Hände pochten vor Schmerz. Alles verloren, alles.

»Virginia«, schluchzte er wie ein verängstigtes verirrtes Kind. »Virginia. *Virginia!*«

II. TEIL

März 1976

6

Das Haus war endlich wieder bewohnbar.

Es ließ sich darin jetzt sogar noch besser aushalten als zuvor, denn er hatte sich endlich drei Tage Zeit genommen, die Wände schalldicht zu machen. Nun konnten sie heulen und brüllen, soviel sie mochten, und er mußte es nicht mehr anhören. Am frohesten war er, daß er Ben Cortmans »Komm raus, Neville« nicht mehr zu hören brauchte.

Es hatte ihn viel Zeit und Arbeit gekostet. Zuerst einmal mußte er sich einen neuen für den zerstörten Wagen beschaffen. Das hatte sich als weit schwieriger erwiesen, als er gedacht hatte.

Dazu hatte er bis nach Santa Monica fahren müssen, wo sich der einzige Willys-Händler befand, von dem er wußte. Die Willys-Kombis waren die einzigen Wagen, mit denen er Erfahrung hatte, und gerade jetzt schien ihm nicht die richtige Zeit zu sein, mit anderen herumzuexperimentieren. Aber zu Fuß konnte er nicht bis Santa Monica gehen, also hatte er die in der Nachbarschaft geparkten Wagen ausprobiert. Die meisten funktionierten aus dem einen oder anderen Grund nicht: bei einem war die Batterie leer, beim anderen die Benzinpumpe verstopft, beim dritten der Tank leer, und beim vierten waren die Reifen platt.

In einer Garage, eineinhalb Kilometer vom Haus, fand er endlich einen Wagen, dessen Motor ansprang und mit dem er nach Santa Monica fahren konnte. Er wählte das gleiche Kombimodell aus, das er zuvor gehabt hatte, schloß eine neue Batterie an, füllte den Benzintank und fuhr heim. Etwa eine Stunde vor Sonnenuntergang kam er an.

Darauf hatte er genau geachtet.

Glücklicherweise war der Generator noch betriebsfähig. Die Vampire hatten offenbar keine Ahnung, wie wichtig er für ihn war. Sie hatten lediglich ein paar Drähte herausgerissen und offenbar mit ihren Keulen ein paarmal auf ihn eingeschlagen. Gleich am Morgen nach dem Angriff hatte er ihn reparieren können. Darüber war er sehr froh, weil er dadurch seine Gefrierkost noch hatte retten können. Sich neue zu beschaffen wäre unmöglich, sie war alle verdorben, seit es keinen Strom mehr in der Stadt gab.

In der Garage wieder Ordnung zu schaffen, war harte Arbeit. Zersplitterte Glühbirnen lagen herum, Sicherungen, ein Durcheinander von Kabeln und Drähten, Stecker, Lötzinn, Ersatzteile aller Art, alles gut mit Rasensamen vermischt, von dem er einmal – er konnte sich nicht einmal erinnern, wann – einen ganzen Sack in die Garage gestellt hatte.

Die Waschmaschine hatten sie völlig auseinandergenommen, sie war nicht mehr zu reparieren. Aber sich eine neue zu beschaffen, war nicht schwierig. Das Schlimmste war, das Benzin aufzuwischen, das sie aus den Reservekanistern geschüttet hatten. Da haben sie wirklich ganze Arbeit geleistet, dachte er gereizt, während er den Scheuerlappen auswrang.

Im Haus hatte er den Wandverputz erneuert, wo er abgebröckelt war, und dabei war ihm die Idee gekommen, noch eine zweite Wandseite mit einer Fototapete zu verschönern, die dem Zimmer ein völlig neues Aussehen verlieh.

Als er einmal damit angefangen hatte, machte ihm die Arbeit regelrecht Spaß. So brachte all die Wut, die immer noch in ihm brannte, in Energie umgewandelt, sogar noch Nutzen. Es war eine konstruktive Abwechslung zum täglichen Einerlei, wie dem Leichenbeseitigen, dem Reparieren und Erneuern der Fensterbeschläge und dem Zubereiten und Aufhängen der Knoblauchketten.

Während dieser arbeitsreichen Tage trank er nur wenig. Bis zum Abend kam er gewöhnlich ohne einen Drink aus, und selbst nach dem Abendessen trank er nur zur Entspannung, nicht um im Alkohol Vergessen zu suchen. Er entwickelte einen gesunden Appetit, nahm zwei Kilo zu und verlor, dank der harten Arbeit, seinen Bauchansatz. Er konnte jetzt sogar tief und fest schlafen, ohne quälende Träume.

Eine Weile hatte er mit der Idee gespielt, in eine luxuriöse Hotelsuite umzuziehen. Aber als er daran dachte, wieviel Arbeit es kosten würde, sie bewohnbar zu machen, kam er schnell davon ab. Nein, er war in seinem eigenen Haus gut aufgehoben.

Jetzt saß er im Wohnzimmer und lauschte Mozarts Jupiter-Symphonie. Er überlegte dabei, wie und wo er mit seinen Nachforschungen anfangen sollte.

Er kannte ein paar Einzelheiten, aber die waren höchstens Anhaltspunkte für das fortgeschrittene Stadium, auf die Ursache wiesen sie nicht hin. Die Antwort lag anderswo. Vielleicht in einer Tatsache, derer er sich zwar bewußt war, die er aber möglicherweise nicht richtig einschätzte – in etwas, das er noch nicht mit dem Gesamtbild in Einklang gebracht hatte.

Aber was war es?

Fast reglos saß er in seinem Sessel, mit einem eistropfenden Glas in der Rechten, und den Blick auf die neue Fototapete gerichtet. Sie stellte eine kanadische Landschaft dar: ein tiefer Nordwald, geheimnisvoll mit seinen grünen Schatten, der in seiner Reglosigkeit ungemein wachsam wirkte und über dem die Stille der unberührten Natur hing. Er starrte in die grüne Tiefe und überlegte.

Vielleicht mußte er in die Vergangenheit zurückkehren, vielleicht lag die Antwort dort, in einem dunklen Winkel seiner Erinnerung. Tu es, befahl er sich. Tu es!

Aber es tat weh.

Während der Nacht hatte wieder ein Sandsturm getobt. Der Wind hatte den Staub hoch aufgewirbelt und ihn mit ungeheurer Gewalt selbst durch die feinsten Ritzen gepeitscht. Wie leichter Puder breitete er sich über ihre Betten, ließ sich im Haar, auf den Lidern, unter den Fingernägeln nieder und verstopfte die Poren.

Die halbe Nacht hatte er wachgelegen und versucht, aus dem Heulen des Sturmes Virginias gequälten Atem herauszuhören, doch das war bei diesem Kreischen und Schleifen und Scharren einfach unmöglich. Eine kurze Weile, im Dämmerzustand zwischen Wachen und Schlafen, hatte er sich eingebildet, das Haus wäre zwischen gigantische Schleifsteine geraten, die es bis auf die Grundmauern erschütterten.

Er hatte sich nie an diese Staubstürme gewöhnen können, ihr Zischen und Schleifen hatte seine Zähne geschmerzt. Er hatte sich auch nie darauf vorbereiten können, weil sie immer völlig unerwartet kamen. Und tobten sie, warf er sich die ganze Nacht unruhig im Bett herum, und schleppte sich am nächsten Morgen unausgeschlafen und mit bleiernen Gliedern zur Arbeit.

Und dann kam noch seine Sorge um Virginia dazu.

Gegen vier erwachte er aus kurzem unruhigen Schlaf, vielleicht, weil ihm bewußt geworden war, daß der Sturm aufgehört hatte. Die Stille erschien ihm nun so laut, daß er glaubte, sie dröhne in seinen Ohren.

Als er sich ein wenig aufrichtete, um die hochgerutschten Hosenbeine des Pyjamas glattzuziehen, bemerkte er, daß Virginia wach war. Sie lag auf dem Rücken und starrte zur Decke hoch.

»Ist was?« murmelte er schlaftrunken.

Sie antwortete nicht.

»Liebling?«

Unsagbar langsam wanderte ihr Blick zu ihm.
»Es ist nichts«, antwortete sie. »Schlaf weiter.«
»Wie fühlst du dich?«
»Immer gleich.«
»Oh.«
Er musterte sie kurz.
»Ja dann«, brummte er, drehte sich um und schlief weiter.
Um halb sieben läutete der Wecker. Gewöhnlich drückte Virginia auf den Knopf, damit er endlich aufhörte. Als er stur weiterschrillte, griff er über sie hinweg und schaltete ihn selbst aus. Sie lag immer noch auf dem Rücken und starrte zur Decke.
»Was hast du denn?« erkundigte er sich besorgt.
Sie blickte ihn an und schüttelte den Kopf auf dem Kissen.
»Ich weiß nicht«, antwortete sie. »Ich kann einfach nicht schlafen.«
»Warum nicht?«
Sie murmelte etwas Unverständliches.
»Fühlst du dich immer noch so schwach?«
Sie versuchte sich aufzusetzen, schaffte es aber nicht.
»Bleib liegen, Liebling«, mahnte er sie. Er legte die Hand auf ihre Stirn. »Wenigstens hast du kein Fieber«, sagte er erleichtert.
»Ich fühl' mich auch nicht krank«, versicherte sie ihm. »Nur so schrecklich müde.«
»Du siehst blaß aus.«
»Ich weiß, wie ein Geist.«
»Bleib liegen«, sagte er nochmal.
Aber sie war schon auf.
»Ich werde mich doch nicht unterkriegen lassen«, sagte sie. »Zieh dich an! Ich werd' es schon schaffen.«
»Du solltest wirklich nicht aufstehen, wenn du dich nicht wohl fühlst, Liebling.«

Sie strich ihm zärtlich über den Arm und lächelte.

»Ich komm' schon wieder in Ordnung. Mach du dich nur fertig.«

Während er sich rasierte, hörte er ihre Pantoffeln über den Boden schlurfen. Er öffnete die Tür und sah ihr nach, wie sie sich ganz langsam durchs Wohnzimmer schleppte, sie schwankte ein wenig. Er kehrte zum Spiegel zurück und schüttelte den Kopf. Sie hätte wirklich im Bett bleiben sollen.

Der Staub lag dicht auf dem Waschbecken. Das verdammte Zeug war überall. Er hatte sich gezwungen gesehen, eine Art Baldachin über Kathys Bett zu spannen, damit der Staub ihr Gesicht verschonte. Er hatte eine Kante an die Wand neben dem Bett genagelt, und den feinen, aber dichten Stoff über das Bett und die beiden Stäbe gehängt, die er an der anderen Seite des Betts festgebunden hatte.

Mit der Rasur hatte er leichte Schwierigkeiten, weil Sandkörnchen in den Rasierschaum geraten waren. Er hatte auch keine Zeit für einen zweiten Versuch. Er wusch sich das Gesicht, holte sich ein frisches Handtuch aus dem Schrank in der Diele, und trocknete sich ab.

Ehe er ins Schlafzimmer zurückkehrte, um sich anzuziehen, schaute er in Kathys Zimmer.

Sie schlief noch. Ihr Blondköpfchen ruhte auf dem Kissen, ihre Wangen waren schlafgerötet. Er strich mit einem Finger über den Baldachin und zog ihn staubgrau zurück. Mit einem verärgerten Kopfschütteln verließ er das Zimmer.

»Ich wollte, diese verdammten Stürme nähmen endlich ein Ende«, brummte er, als er zehn Minuten später in die Küche trat. »Ich bin sicher ...«

Er unterbrach sich. Gewöhnlich stand sie am Herd, briet Eier, buk Pfannkuchen oder toastete Brot. Heute saß sie am Tisch. Kaffee sickerte durch den Filter, aber der Herd war leer.

»Liebling, wenn du dich nicht wohl fühlst, dann leg dich doch wieder nieder«, bat er sie. »Ich kann mir mein Frühstück auch allein richten.«

»Ist schon gut«, murmelte sie. »Ich hab' mich nur ein bißchen ausgeruht. Tut mir leid. Ich mach' dir Spiegeleier.«

»Bleib du nur sitzen. Das kann ich selbst auch.«

Er ging zum Kühlschrank und öffnete ihn.

»Ich möchte wirklich wissen, was es ist«, sagte sie. »Fast jeder zweite in der Nachbarschaft hat es, und du hast erzählt, daß in eurer Firma mehr als die Hälfte der Leute krank ist.«

»Vielleicht ist es ein Virus«, meinte er.

Sie schüttelte den Kopf. »Vielleicht.«

»Mit den vielen Stürmen, den Stechmücken und den vielen Kranken wird das Leben immer schlimmer«, sagte er und schenkte Orangensaft aus der Flasche in sein Glas. »Wenn man vom Teufel spricht ...«, knurrte er.

Er fischte nach dem schwarzen Insekt in seinem Glas.

»Wie das Zeug in den Kühlschrank kommt, wird mir immer ein Rätsel bleiben!« Er griff erneut nach der Flasche.

»Nicht für mich, Bob.«

»Keinen Orangensaft?«

»Nein.«

»Aber er ist gesund.«

»Trotzdem, danke, Liebling.« Sie zwang sich zu einem Lächeln.

Er stellte die Flasche wieder ab und setzte sich mit seinem Glas ihr gegenüber an den Tisch.

»Du hast wirklich keine Schmerzen? Kein Kopfweh? Nichts?«

Sie schüttelte müde den Kopf. »Ich möchte wissen, *was* es ist.«

»Ruf Dr. Busch heute an.«

»Ja«, versprach sie und machte sich daran, aufzustehen. Er legte seine Hand auf die ihre.

»Nein, nein, Liebling, bleib sitzen!«

»Ich versteh' einfach nicht, weshalb ich so schwach bin.« Es klang verärgert. So war sie schon immer gewesen, seit er sie kannte. Wurde sie krank, empfand sie es als persönliche Beleidigung.

»Komm!« forderte er sie auf und erhob sich. »Ich bringe dich ins Bett zurück.«

»Nein, laß' mich hier bei dir sitzen«, bat sie. »Sobald Kathy in der Schule ist, lege ich mich wieder nieder.«

»Na gut. Aber kann ich nicht irgend etwas für dich tun. Möchtest du etwas?«

»Nein.«

»Wie wär's mit Kaffee?«

Sie schüttelte den Kopf.

»Du wirst noch richtig krank, wenn du nicht ißt.«

»Ich hab' absolut keinen Hunger.«

Er trank seinen Orangensaft aus, dann richtete er sich zwei Eier. Er schlug sie am Pfannenrand auf und ließ sie ins ausgelassene Schinkenfett gleiten. Dann nahm er das Brot aus der Lade und trug es zum Tisch.

»Ich steck' es in den Toaster«, sagte Virginia. »Paß du auf die Eier ... O Gott!«

»Was hast du?«

Sie fuchtelte schwach vor dem Gesicht herum.

»Eine Stechmücke.« Sie verzog die Lippen.

Er erwischte sie und zerdrückte sie zwischen den Handflächen.

»Stechmücken, Fliegen und Flöhe«, murmelte Virginia.

»Ich glaub', das Zeitalter der Insekten ist angebrochen.« Er grinste freudlos.

»Das ist schlimm«, murmelte sie. »Sie übertragen Krankheiten. Wir sollten auch noch ein Moskitonetz über Kathys Bett spannen.«

»Ja, ja, ich weiß.« Er kehrte zum Herd zurück und kippte die Pfanne ein wenig, bis das heiße Fett über die Oberseite der Eier rann. »Ich habe es mir schon lange vorgenommen.«

»Ich glaub', das Sprühmittel hilft auch nicht«, murmelte Virginia.

»Nein?«

»Nein.«

»Mein Gott, dabei soll es das beste auf dem Markt sein.« Er ließ die Eier auf einen Teller gleiten.

»Bist du sicher, daß du keinen Kaffee möchtest?«

»Ganz sicher.«

Er setzte sich wieder, und sie schob ihm eine Scheibe Toast zu, auf die sie Butter gestrichen hatte.

»Ich hoffe nur, wir züchten da nicht eine Rasse von Superinsekten heran«, sagte er. »Erinnerst du dich an die Riesenheuschrecken, die plötzlich in Colorado auftauchten?«

»Ja.«

»Vielleicht geht mit diesen Insekten eine – na, wie heißt das Wort doch wieder ... Ah, Mutation vor.«

»Was bedeutet das genau?«

»Nun, daß sie sich verändern. Ganz plötzlich. Daß sie eine Entwicklungsstufe überspringen. Daß ihre Evolution in einer anderen Bahn verläuft, als vorherzusehen gewesen war.«

»Und woran liegt es?«

Er schwieg.

»An der Bombe?« fragte sie.

»Vielleicht.«

»Es ist erwiesen, daß sie für die Sandstürme verantwortlich ist. Vermutlich noch für eine Menge anderes.«

Sie schüttelte müde den Kopf und seufzte.

»Und da heißt es, wir hätten den Krieg gewonnen.«

»Keiner hat ihn gewonnen«, murmelte er.
»Doch, die Stechmücken.«
Er lächelte schwach.
»Da magst du recht haben.«
Eine Weile saßen sie schweigend da, und die einzigen Geräusche waren das Scharren der Gabel auf dem Teller und das Klicken, als er die Tasse auf dem Unterteller absetzte.
»Hast du gestern abend noch nach Kathy gesehen?« fragte sie.
»Ich war gerade in ihrem Zimmer. Sie schläft fest, und ihre Backen sind rosig.«
»Gut.«
Sie blickte ihn nachdenklich an.
»Ich habe mir überlegt, ob es nicht das beste wäre, wenn wir sie zu deiner Mutter in den Osten schicken, Bob, bis es mir wieder besser geht. Möglicherweise ist es ansteckend.«
»Das könnten wir natürlich«, sagte er zweifelnd. »Aber wenn es ansteckend ist, ist sie bei Mutter auch nicht sicherer als hier.«
»Meinst du?« fragte sie besorgt.
Er zuckte die Achseln. »Ich weiß es nicht, Liebling. Ich glaube nur, daß sie hier genauso sicher ist. Wenn es in der Nachbarschaft schlimmer wird, lassen wir sie nicht mehr in die Schule gehen.«
Sie wollte etwas sagen, unterdrückte es jedoch. »Gut«, murmelte sie statt dessen.
Er blickte auf seine Uhr.
»Ich fürchte, ich muß mich beeilen.«
Sie nickte, und er aß schnell den Rest der Eier auf. Während er den Kaffee hinuntergoß, fragte sie ihn, ob er am Abend noch eine Zeitung besorgt hatte.
»Sie ist im Wohnzimmer.«
»Gibt es was Neues?«

»Nein, immer das gleiche. Überall sind die Leute krank, da mehr, dort weniger. Sie haben den Erreger immer noch nicht finden können.«

Sie biß sich auf die Unterlippe.

»Niemand weiß, was es ist?«

»Ich glaub' nicht, sonst hätte man es längst erfahren.«

»Aber sie müssen doch irgendeine Vorstellung haben!«

»Jeder hat eine. Nur taugen sie alle nichts.«

»Und wie sehen sie aus?«

Er zuckte die Achseln. »Von bakteriologischer Kriegsführung angefangen alles mögliche.«

»Glaubst du, daß es daher kommt?«

»Du meinst, von absichtlich verbreiteten Bakterien?«

»Ja.«

»Aber der Krieg ist vorbei!«

»Bob«, sagte sie plötzlich. »Meinst du, du solltest wirklich in die Firma gehen?«

Er lächelte hilflos.

»Was soll ich sonst tun? Wir brauchen das Geld.«

»Ich weiß, aber ...«

Er griff über den Tisch nach ihrer Hand und erschrak insgeheim, weil sie so kalt war.

»Liebling«, sagte er, »es kommt schon wieder alles in Ordnung.«

»Und du meinst, ich sollte Kathy in die Schule schicken?«

»Solange die Schulen nicht geschlossen werden, kann es nicht so schlimm sein. Und sie ist ja schließlich nicht krank.«

»Aber die vielen Kinder in der Schule!«

»Ich halte es jedenfalls für besser«, sagte er.

Sie seufzte kaum hörbar. Dann sagte sie: »Na gut, wenn du meinst.«

»Möchtest du noch etwas, bevor ich gehe?«

Sie schüttelte den Kopf.

»Bleib heute im Haus«, bat er, »und im Bett.«

»Ja. Sobald Kathy in die Schule gegangen ist.«

Er tätschelte ihre Hand. Ein Wagen hupte. Er trank schnell noch die Tasse aus und ging ins Bad, um sich den Mund auszuspülen. Dann holte er sich die Jacke aus dem Schrank in der Diele und zog sie an.

»Auf Wiedersehen, Liebling.« Er küßte sie auf die Wange. »Ruh dich aus!«

»Auf Wiedersehen«, sagte auch sie. »Paß gut auf dich auf!«

Er schritt über den Rasen. Noch immer hing Staub in der Luft und kitzelte in der Nase.

»Morgen«, grüßte er beim Einsteigen und schlug schnell die Wagentür zu.

»Guten Morgen«, antwortete Ben Cortman.

7

»Destillat aus *Allium sativum*, einer Liliaceae-Gattung, zu der u. a. Knoblauch, Porree, Küchenzwiebel, Schalotten und Schnittlauch gehören. Ist von bleicher Farbe und penetrantem Geruch, enthält mehr Allylsulfide. Zusammensetzung: 64,6% Wasser, 6,8% Protein, 0,1% Fett, 26,3% Kohlenhydrate, 0,8% Faserstoffe, 1,4% Spurenelemente.«

Da hatte er es also. Er spielte mit einer der rosigen, klebrigen Zehen in der rechten Hand. Seit sieben Monaten reihte er sie zu stark riechenden Ketten auf und hängte sie vor dem Haus auf, ohne auch nur die geringste Ahnung, weshalb sie die Vampire vertrieben. Es war an der Zeit, daß er sich mit dem Warum beschäftigte.

Er legte die Zehe auf den Rand des Spülbeckens. Porree, Küchenzwiebel, Schalotten und Schnittlauch. Ob sie die gleiche Wirkung auf sie hatten wie Knoblauch? Er würde sich wie ein Idiot vorkommen, wenn sich herausstellte – nachdem er meilenweit nach Knoblauch gesucht hatte –, daß Zwiebeln, die es überall gab, die gleiche Wirkung erzielten.

Er zerdrückte die Knoblauchzehe und sog den scharfen Geruch des Saftes ein, der am Hackmesser klebte.

Also gut, was jetzt? Die Vergangenheit hatte ihm nichts Brauchbares verraten, da war nur von Insekten als Verbreiter von Krankheitserregern die Rede gewesen und von Viren, aber er war sicher, daß sie dafür nicht in Frage kamen.

Aber etwas anderes hatte ihm die Vergangenheit leider gebracht: Herzweh. Jedes Wort, an das er sich erinnert hatte, war wie ein Dolchstoß gewesen. Bei jedem Gedanken an sie waren alte Wunden aufgebrochen. Er hatte schließlich aufhören müssen. Mit geballten Fäusten hatte er verzweifelt versucht, mit der Gegenwart fertigzuwerden und sich nicht mit jeder Faser seines Seins nach dem, was vergangen war, zu sehnen. Doch nur ein Glas nach dem anderen hatten geholfen, das Gedächtnis zu betäuben und den Seelenschmerz zu vertreiben, den die Erinnerung mit sich brachte.

Er zwang seinen Blick wieder auf das aufgeschlagene Buch. Verdammt, schimpfte er sich. *Tu* endlich was!

Er las erneut den Text. Wasser – war es das? Nein, das wäre lächerlich, alles Lebende hatte Wasser als Körperbestandteil. Protein? Nein! Fett? Nein! Kohlenhydrate? Nein! Faserstoffe? Nein! Spurenelemente? Nein! Was dann?

»Der charakteristische Geruch und Geschmack des Knoblauchs ist seinem Öl zuzuschreiben, das etwa 0,2 % seines Eigengewichts ausmacht und hauptsächlich aus Allylsulfiden und Allylisothiocyanten besteht.«

Vielleicht lag die Antwort hier.

Wieder nahm er das Buch zur Hand. »Allylsulfide können

durch die Erhitzung von Senföl und Kaliumsulfiden auf 100 Grad erzeugt werden.«

Er ließ sich schwer in seinen Sessel fallen und fragte sich verärgert: und wo soll ich Senföl und Kaliumsulfide hernehmen? Und worin sie erhitzen?

Großartig, wütete er lautlos. Der erste Schritt, und schon liegst du auf dem Bauch!

Er stemmte sich an den Armlehnen hoch und stapfte gereizt zur Bar. Aber er hatte sein Glas noch nicht einmal halb vollgeschenkt, da stellte er die Flasche heftig ab. Nein, bei Gott, er hatte nicht die Absicht, wie ein Blinder weiterzumachen und sinn- und geistlos dahinzuvegetieren, bis ein Unfall oder das Alter ein Ende mit ihm machten. Entweder er fand die Antwort, oder er gab alles auf, auch das Leben!

Er schaute auf die Uhr. Zwanzig nach zehn, also hatte er genügend Zeit. Entschlossen ging er in die Diele und blätterte die gelben Seiten der Telefonbücher durch. In Inglewood gab es eine chemische Fabrik.

Vier Stunden später richtete er sich mit steifem Hals vom Labortisch auf. Er hatte sein Allylsulfid – und es sogar schon in eine Injektionsspritze aufgezogen. Zum erstenmal seit seiner erzwungenen Isolierung hatte er das Gefühl, wirklich etwas geleistet zu haben.

Mit glühenden Wangen rannte er zum Wagen und fuhr über die Gegend hinaus, die er bereits gesäubert und mit Kreide gekennzeichneten Stangen markiert hatte. Natürlich konnte es ohne weiteres sein, daß inzwischen andere Vampire hier eingewandert waren. Aber er hatte jetzt keine Zeit, nachzusehen.

Er parkte den Wagen vor einem Haus, betrat es und suchte das Schlafzimmer. Eine junge Frau lag im Bett mit verkrustetem Blut auf den Lippen.

Neville drehte sich um, zog ihren Rock hoch und injizierte

5·82·3

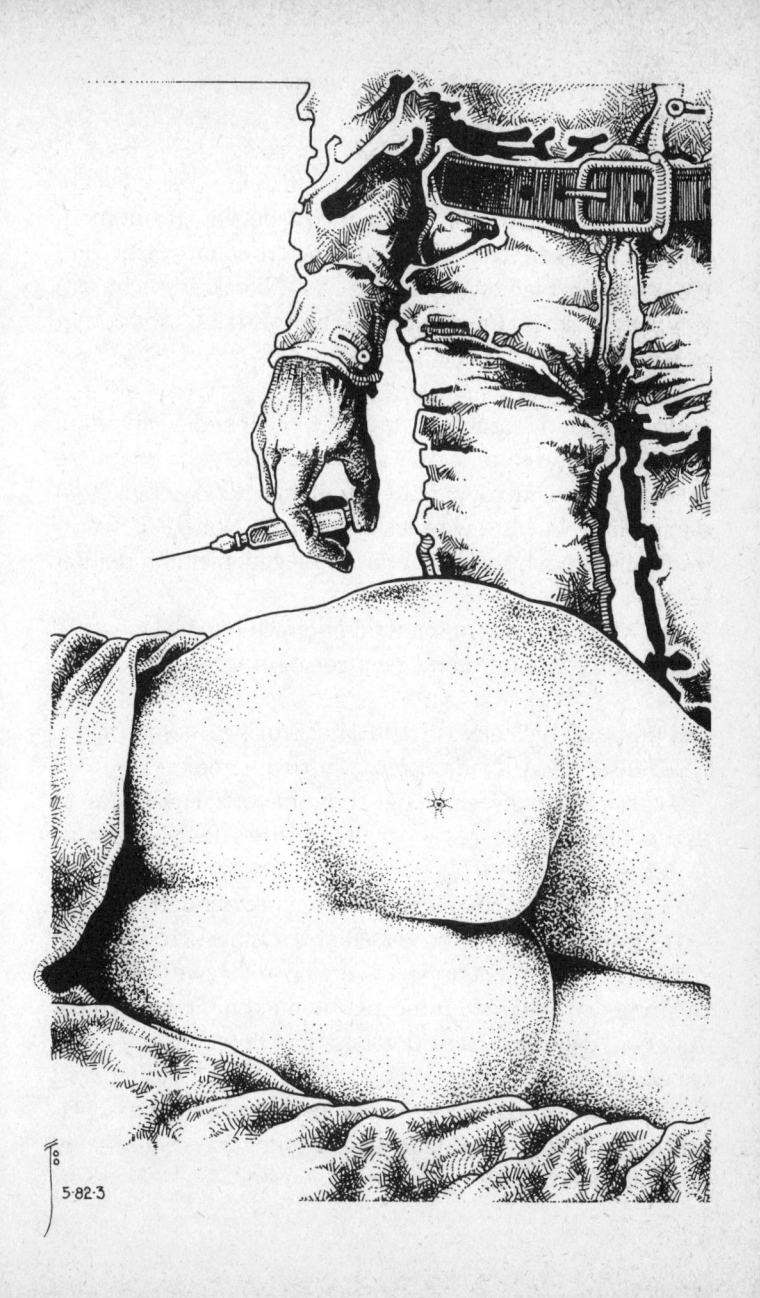

das Allylsulfid in ihr weiches fleischiges Gesäß, dann drehte er sie wieder auf den Rücken. Eine halbe Stunde blieb er am Bett stehen und beobachtete sie.

Nichts geschah.

Das verstehe ich nicht. Das ist doch widersinnig! argumentierte er mit sich. Ich hänge Knoblauch rund ums Haus, und die Vampire bleiben ihm fern. Das Charakteristische am Knoblauch ist das Öl, das ich ihr gespritzt habe. Aber es tut sich nichts.

Verdammt! Nichts passiert!

Vor Wut und Frustration zitternd schmiß er die Spritze auf den Boden und fuhr heim. Vor Sonnenuntergang errichtete er ein Gerüst auf dem Rasen und hängte Zwiebelketten daran. Er verbrachte eine lustlose Nacht. Nur das Bewußtsein, daß es noch soviel zu ergründen gab, hielt ihn der Bar fern.

Am Morgen ging er hinaus und betrachtete die Überreste des Gerüsts, die auf dem Rasen verstreut lagen.

Das Kreuz! Er hielt eines in der Hand. Es glänzte golden in der Morgensonne. Auch das Kreuz vertrieb Vampire.

Warum? Gab es eine logische Antwort? Etwas, das er akzeptieren konnte, ohne sich aufs Glatteis des Mystizismus begeben zu müssen?

Es gab nur eine Möglichkeit, es herauszufinden.

Er holte die Frau aus ihrem Bett und machte sich selbst vor, daß er die Frage nicht hörte, die er sich stellte: weshalb mußt du immer an Frauen herumexperimentieren? Er wollte nicht zugeben, daß diese Frage durchaus ihre Berechtigung hatte. Sie war eben die erstbeste gewesen, auf die er gestoßen war, das war alles. Und der Mann, der im Wohnzimmer geschlafen hatte? Zum Teufel! fauchte er wortlos. Ich vergewaltige die Frau doch nicht!

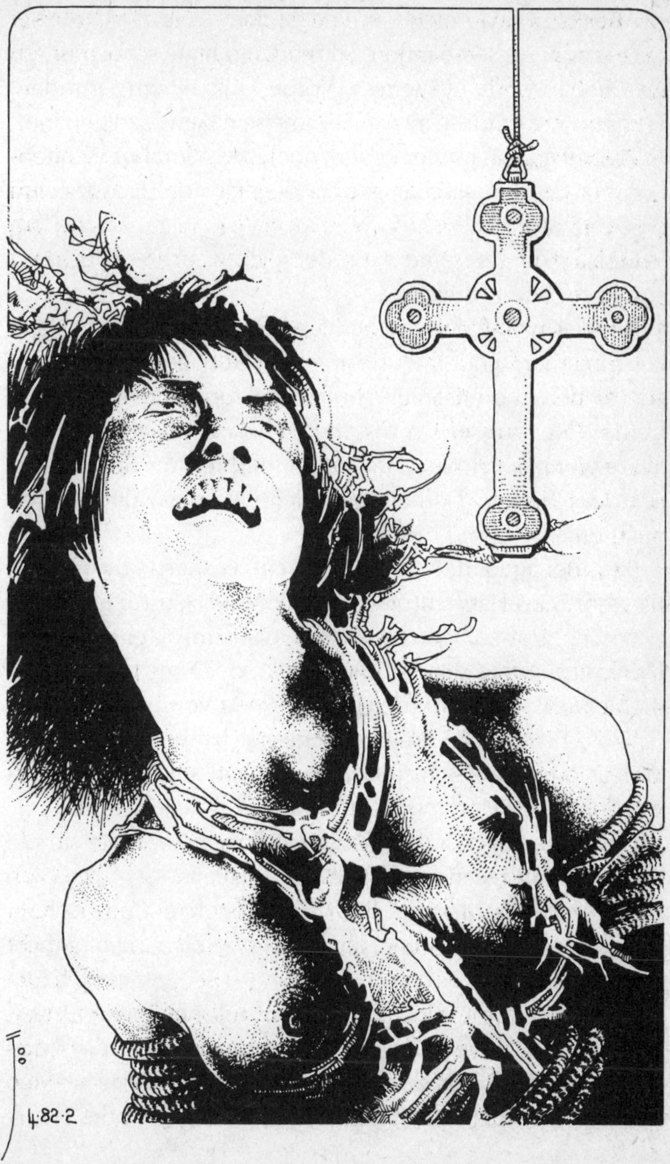
4.82.2

Aber denkst du nicht zumindest daran, Neville?

Er ignorierte seine innere Stimme und hatte schon fast das Gefühl, als teilte er seinen Körper mit einem Fremden. Früher hätte er diese innere Stimme sein Gewissen genannt. Jetzt fand er, was immer es war, nur lästig. Moral war schließlich mit der Gesellschaft zugrundegegangen. Er war seine eigene Ethik.

Da hast du eine gute Ausrede, nicht wahr, Neville?

Oh, halt den Mund!

Aber er wollte den Nachmittag lieber nicht in ihrer Nähe verbringen. Nachdem er sie an einen Stuhl gebunden hatte, zog er sich in die Garage zurück und fummelte am Wagen herum. Sie trug ein zerrissenes schwarzes Kleid, das, vor allem wenn sie atmete, arg viel entblößte. Aus den Augen, aus dem Sinn ... Das stimmte nicht, aber er wollte es sich nicht zugeben.

Barmherzig kam endlich die Nacht. Er sperrte die Garage zu, kehrte ins Haus zurück, verschloß die Haustür und legte auch den großen Sperrbalken vor. Dann mixte er sich einen Drink und setzte sich auf die Couch, der Frau gegenüber.

Das Kreuz hing von der Decke direkt vor ihrem Gesicht.

Um achtzehn Uhr dreißig öffneten sich ihre Augen mit der Plötzlichkeit eines Schläfers, der weiß, daß er sofort beim Erwachen etwas Dringendes tun muß und hellwach ist.

Da fiel ihr Blick auf das Kreuz. Röchelnd wandte sie die Augen ab und wand sich in ihren Stricken.

»Weshalb fürchtest du dich davor?« fragte er und erschrak über seine eigene Stimme, die er so lange nicht mehr gehört hatte.

Ihre Augen, die plötzlich auf ihm ruhten, ließen ihn erschaudern. Wie sie glühten! Wie ihre Zunge über die roten Lippen fuhr, als hätte sie ein eigenes Leben! Wie sie sich spannte, als wollte sie ihn anspringen! Ein grollendes Knurren, wie das eines Hundes, der einen Knochen verteidigt, drang aus ihrer Kehle.

»Das Kreuz«, sagte er nervös. »Warum fürchtest du dich davor?«

Sie kämpfte gegen ihre Fesseln an, ihre Nägel kratzten über das Holz des Stuhls. Kein Wort kam über ihre Lippen, nur heftiger, keuchender Atem. Ihr Körper wand sich. Brennend waren ihre Augen auf die seinen gerichtet.

»Das Kreuz!« rief er wütend.

Er war aufgesprungen. Das Glas rutschte ihm aus den Fingern, und sein Inhalt ergoß sich über den Teppich. Er griff nach der Schnur und ließ das Kreuz vor ihren Augen hin und her baumeln. Mit verängstigtem Knurren warf sie den Kopf nach hinten und wich auf dem Stuhl aus, so weit sie konnte.

»*Schau es an!*« brüllte er.

Ein grauenvolles Wimmern kam über ihre Lippen. Ihre Augen rollten wild herum, große weiße Augen, mit Pupillen wie Rußtupfen.

Er packte sie an der Schulter, riß die Hand jedoch schnell zurück. Blut sickerte aus einer schmerzenden Bißwunde.

Seine Bauchmuskeln strafften sich. Wieder schoß seine Hand vor, doch diesmal, um ihr auf die Wange zu schlagen, daß ihr Kopf zur Seite flog.

Zehn Minuten später warf er sie zur Haustür hinaus und schlug die Tür vor ihren Nasen zu. Dann lehnte er sich keuchend an die Wand. Schwach hörte er durch die Schallisolierung, wie sie brüllend und heulend, Schakalen gleich, über die unerwartete Beute herfielen.

Nach einer Weile ging er ins Badezimmer und goß Alkohol auf die offenen Bißwunden. Fast genoß er den brennenden Schmerz.

8

Neville bückte sich und hob eine Handvoll Erde auf. Er ließ sie durch die Finger rieseln und zerkrümelte die größeren Brocken. Wie viele von ihnen, fragte er sich, schlafen im Erdboden, wie es der Legende nach der Fall sein soll?

Er schüttelte den Kopf. Herzlich wenige.

Inwieweit entsprach die Legende dann der Wirklichkeit?

Er schloß die Augen und wischte sich die Hand ab. Wie konnte er die Antwort finden? Gab es überhaupt eine? Wenn er sich nur erinnern könnte, ob die, die in der Erde schliefen, die aus dem Tod zurückgekehrten waren.

Aber er konnte sich nicht erinnern. Also noch eine unbeantwortete Frage. Füg sie der hinzu, die dir heute nacht gekommen ist, riet er sich.

Was würde ein mohammedanischer Vampir tun, wenn man ihm ein Kreuz vorhielte?

Sein eigenes bellendes Lachen in der Morgenstille erschreckte ihn. Großer Gott, dachte er, es ist so lange her, seit ich das letztemal gelacht habe, daß ich es verlernt habe. Das hörte sich ja an wie der Husten eines kranken Hundes! Aber bin ich das nicht? Ein sehr kranker Hund!

Gegen vier Uhr früh war ein leichter Sandsturm gewesen. Seltsam, wie es Erinnerungen heraufbeschwor. Virginia, Kathy, all diese entsetzlichen Tage ...

Er riß sich zusammen. Nein, *nein*! An die Vergangenheit zu denken, war gefährlich, trieb ihn zur Flasche. Er mußte sich mit der Gegenwart abfinden!

Er fragte sich wieder einmal, weshalb er es überhaupt vorzog weiterzuleben. Vielleicht, antwortete er sich, gibt es keinen wirklichen Grund. Ich bin ganz einfach zu dumm, mit allem Schluß zu machen.

Nun – er klatschte mit gespielter Entschlossenheit in die

Hände –, was jetzt? Er schaute sich um, als gäbe es auf der stillen Cimarron Straße etwas zu sehen.

Also gut, beschloß er impulsiv, stellen wir mal fest, ob fließendes Wasser etwas ausrichtet, wie es der Legende nach sollte.

Er grub einen Schlauch ein und führte ihn zu einem kleinen Holztrog. Das Wasser floß durch den Trog und durch ein weiteres Loch in einen anderen Schlauch, aus dem das Wasser in die Erde rann.

Als er fertig war, ging er ins Haus, duschte, rasierte sich und nahm den Kopfverband ab. Die Wunde war sauber und verheilt. Aber er hatte sich auch nicht wirklich Sorgen darum gemacht. Die Zeit hatte mehr als einmal bewiesen, daß er immun war, daß sie ihn nicht anstecken konnten.

Um achtzehn Uhr zwanzig schaute er durch das Guckloch im Wohnzimmer. Er streckte sich und stöhnte – er hatte einen ganz ordentlichen Muskelkater. Noch ließ keiner sich sehen, also mixte er sich einen Drink.

Kaum war er am Guckloch zurück, spazierte Ben Cortman über den Rasen.

»Komm raus, Neville«, murmelte Robert Neville, und schon wiederholte Cortman seine Worte brüllend.

Reglos betrachtete Nevill Ben Cortman.

Ben hatte sich nicht sehr geändert. Sein Haar war noch schwarz, er neigte zur Korpulenz, und sein Gesicht war weiß. Doch trug er jetzt einen Bart, hauptsächlich unter der Nase, an Wangen, Kinn und darunter war er viel dünner. Das war eigentlich der einzige wirkliche Unterschied. Ben war früher immer makellos rasiert gewesen und hatte nach Gesichtswasser gerochen, wenn er Neville am Morgen abholte und sie zur Firma fuhren.

Es war merkwürdig, hier zu stehen und durch das winzige Guckloch auf ihn hinauszuspähen – zu einem Ben, der ihm gar nicht noch fremder sein könnte. Dabei war es gar nicht so lange her, daß sie jeden Tag gemeinsam zur Arbeit gefahren waren, sich über Autos und Baseball und Politik unterhalten hatten und später über die seltsame Krankheit, wie es Virginia und Kathy ging und Freda Cortman, über ...

Neville schüttelte den Kopf. Nein, nicht wieder daran denken. Die Vergangenheit war so tot wie Cortman.

Wieder schüttelte er den Kopf. Die Welt ist ein Irrenhaus, dachte er. Die Toten spazieren herum, und ich denke mir nichts mehr dabei. Die Rückkehr der Toten war von geringer Bedeutung. Wie schnell man doch das Unglaubliche akzeptiert, wenn man es lange genug zu Gesicht bekommt!

Neville nippte am Whisky und überlegte, an wen Cortman ihn erinnerte. Seit einiger Zeit hatte er das dumpfe Gefühl, daß Cortman ihn an jemanden erinnerte, aber ihm fiel einfach nicht ein, an wen.

Er zuckte die Achseln. War es denn nicht völlig egal?

Er stellte das Glas am Fensterbrett ab und ging in die Küche. Dort drehte er das Wasser an und kehrte ins Wohnzimmer zurück. Durchs Guckloch sah er jetzt einen zweiten Mann und eine Frau auf dem Rasen. Keiner der drei sprach mit dem anderen. Das taten sie nie. Sie gingen herum auf ruhelosen Füßen, umkreisten einander wie Wölfe, ohne die anderen jedoch auch nur ein einziges Mal wirklich anzusehen. Ihre hungrigen Blicke galten immer nur dem Haus und der Beute darin, die sich ihnen ständig entzog.

Da sah Cortman das Wasser durch den Trog rinnen und ging hin. Nach einer kurzen Weile hob er das weiße Gesicht und grinste.

Neville erstarrte.

Cortman sprang über den Trog und wieder zurück. Neville schluckte. Der Bastard wußte also, was er vorgehabt hatte!

Mit steifen Beinen stapfte er ins Schlafzimmer. Seine Hände zitterten, als er eine der Pistolen aus dem Schrank holte.

Cortman hatte die Seiten des Trogs eingetreten und hieb noch darauf ein, als die Kugel in seine linke Schulter drang.

Er taumelte mit einem leisen Aufschrei zurück und stürzte, mit den Beinen um sich schlagend, auf den Bürgersteig. Neville schoß noch einmal. Zentimeter von Cortman prallte die Kugel vom Beton ab.

Knurrend richtete Cortman sich auf. Die dritte Kugel traf ihn in der Brust.

Neville beobachtete ihn; der beißende Pulverdampf stieg ihm in die Nase. Da versperrte die Frau ihm die Sicht auf Cortman. Sie zog ihr Kleid über die Schenkel hoch.

Neville fuhr zurück und zog die Klappe über das Guckloch. Nein, das würde er sich nicht ansehen. Schon bei dem flüchtigen, unbeabsichtigten Blick hatte er gespürt, wie sein Blut sich erhitzte und das Verlangen ihn zu überwältigen drohte.

Später blickte er wieder hinaus und sah Cortman herumstapfen und nach ihm brüllen.

Und jetzt im Mondschein wurde ihm plötzlich klar, an wen Cortman ihn erinnerte. Bei dieser Vorstellung wogte seine Brust vor unterdrücktem Gelächter. Er wandte sich schnell ab, als auch seine Schultern zu beben begannen.

Mein Gott – *Oliver Hardy!* Diese alten Kurzfilme, die er sich so oft angesehen hatte! Cortman war dem beleibten Komiker wie aus dem Gesicht geschnitten, und jetzt schon gar mit seinem Schnurrbart. Nur ein wenig der Leibesfülle fehlte ihm noch.

Oliver Hardy, der auf dem Rücken lag und mit den Beinen zappelte. Oliver Hardy, der immer wieder auf die Füße kam, egal, was geschehen war. Von Kugeln durchlöchert, von

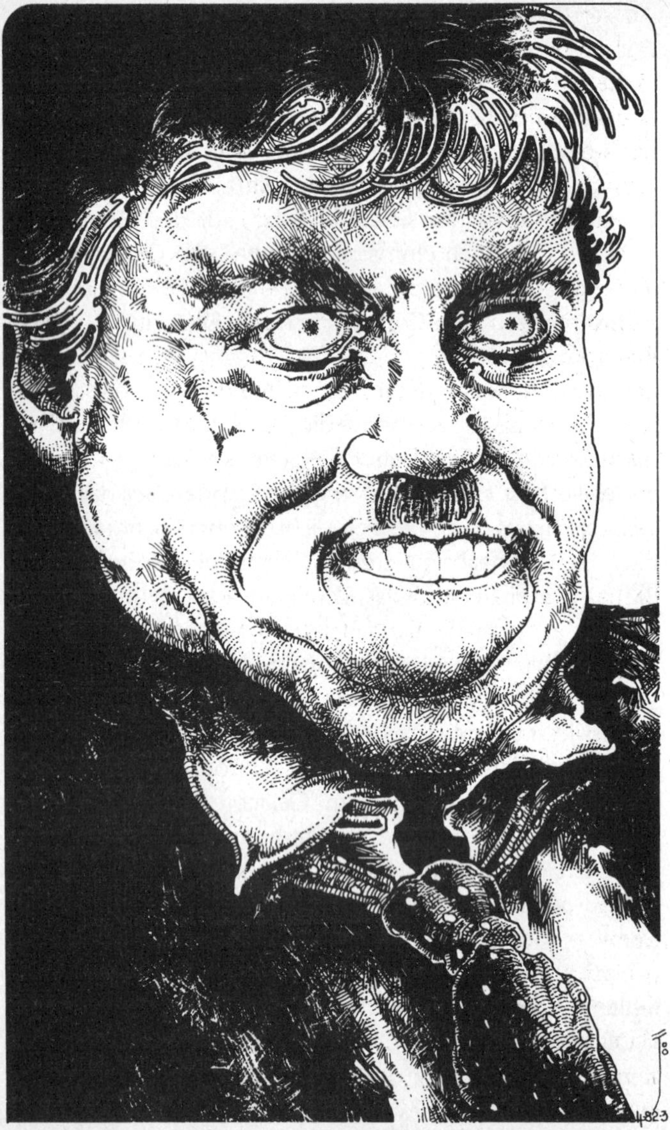

Messern aufgeschlitzt, von Wagen plattgedrückt, von einstürzenden Schornsteinen zerquetscht, von Schiffskielen mitgerissen, in Abflußrohre gestopft – immer wieder kam er unerschütterlich, wenn auch leicht lädiert, zurück. Genau das war Ben Cortman: ein grauenvoller, bösartiger Oliver Hardy, herumgestoßen und geduldig.

Mein Gott, das war ja umwerfend komisch!

Robert Neville überschlug sich vor Lachen und konnte nicht mehr aufhören, denn es war mehr als ein Heiterkeitsausbruch – es war Befreiung. Tränen rannen ihm über die Wangen. Das Glas in seiner Hand schwankte so sehr, daß es den Whisky verschüttete, und da mußte er noch mehr lachen, bis es schließlich auf den Teppich fiel und leer davonrollte. Die Lachkrämpfe wurden noch stärker, daß das Zimmer von seinem jetzt keuchenden Gelächter widerhallte.

Später weinte er.

Er stieß den Pfahl in den Bauch, in die Schulter, in den Hals, immer mit einem einzigen Hammerschlag, genau wie in die Beine und Arme. Das Ergebnis war stets das gleiche: das Blut floß rot über das weiße Fleisch.

Er hatte geglaubt, die Antwort gefunden zu haben. Er brauchte den Vampiren nur das Blut zu entziehen, von dem sie existierten.

Aber dann fand er die Frau in dem kleinen grün-weißen Haus. Als er den Pfahl eintrieb, kam es zu einer so schnellen Auflösung, daß er zurücktaumelte und sich übergeben mußte.

Nachdem er sich soweit gefaßt hatte, daß er sich wieder zu ihr umdrehen konnte, sah er etwas wie aneinandergereihte Häufchen gemischten Salzes und Pfeffers in einer Anordnung, wie die Gestalt der Frau gewesen war, auf dem Bett liegen. Noch nie zuvor war ihm so etwas untergekommen.

Von dem Anblick erschüttert, schleppte er sich mit zitternden Knien ins Freie und schließlich in den Wagen, wo er eine Stunde lang sitzenblieb und den Flachmann leerte. Aber selbst der Whisky vermochte den Anblick nicht zu vertreiben.

Es war so *schnell* gegangen. Der Hammerhieb hatte noch in seinem Ohr gehallt, als sie sich im wahrsten Sinne des Wortes vor seinen Augen aufzulösen begann.

Er erinnerte sich, einmal in der Firma mit einem Farbigen gesprochen zu haben, der Ethnologie studiert und seine Doktorarbeit über die verschiedensten Bestattungsarten aller Welt geschrieben hatte. Er hatte ihm von Mausoleen erzählt, in denen die Toten in Vakuumkammern gelagert wurden.

»Sie verändern ihr Aussehen überhaupt nicht«, hatte der junge Wissenschaftler gesagt. »Bis sie der Luft ausgesetzt werden. Und dann – *wumm* – sehen sie aus wie eine Aneinanderreihung von kleinen gemischten Salz-und-Pfeffer-Häufchen. Ja, genau so.« Und dann hatte er mit den Fingern geschnippt.

Die Frau mußte demnach schon lange tot gewesen sein. Vielleicht, kam ihm der Gedanke, war sie eine der Vampire gewesen, die die Seuche eingeschleppt hatten. Nur Gott wußte, wie lange sie dem Tod ein Schnippchen geschlagen hatte.

Er war viel zu aufgewühlt, um an diesem und auch in den nächsten Tagen viel zu tun. Er blieb zu Hause, trank, um zu vergessen, ließ die Leichen draußen auf dem Rasen sich häufen, und kümmerte sich auch nicht um die täglichen Reparaturen am Haus.

Mehrere Tage lang tat er fast nichts anderes, als mit einem Glas in der Hand in seinem Sessel zu sitzen und über die Frau nachzudenken. Und so sehr er auch dagegen ankämpfte, und soviel er trank, um zu vergessen, immer wieder wanderten seine Gedanken zu Virginia ab – und er sah sich in die Gruft treten und den Sargdeckel öffnen.

Er hatte schon das Gefühl, krank zu werden, so sehr fröstelte und zitterte er die ganze Zeit, und so kalt und übel fühlte er sich.

Sieht sie auch *so* aus?

9

Es war ein sonnenheller Morgen. Nur das Zwitschern und Tirilieren der Vögel in den Bäumen brach die Stille. Kein Lüftchen wiegte die bunten Blumen ums Haus oder säuselte durch die Büsche und dunklen Hecken. Eine Wolke des Schweigens hing über allem in der Cimarron Straße.

Virginia Nevilles Herz hatte zu schlagen aufgehört.

Er saß neben ihr auf der Bettkante und blickte in ihr weißes Gesicht. Ihre Finger hielt er in seiner Hand und strich mit den Fingerspitzen sanft darüber. Der Rest seines Körpers war wie erstarrt, fühlte sich wie eine leblose Masse aus Fleisch und Knochen an. Seine Lider zuckten nicht, sein Mund war ein regloser Strich, und es war kaum zu erkennen, daß er überhaupt noch atmete.

Irgend etwas war mit seinem Gehirn geschehen.

In dem Augenblick, als ihm bewußt wurde, daß er keinen Pulsschlag mehr unter seinen zitternden Fingern spürte, schien sein Gehirn lähmende Finger auszustrecken, bis sein Kopf wie versteinert war. Langsam, mit bebenden Beinen, sank er auf das Bett nieder. Und nun, mit verwirrten Gedanken, verstand er nicht, wie er einfach hier sitzen konnte, verstand er nicht, wieso die Verzweiflung ihn nicht zerschmetterte. Doch sie streckte ihn nicht nieder. Die Zeit war gefangen. Alles war erstarrt. Mit Virginias Herzschlag war auch das Leben, war die Welt stehengeblieben.

Dreißig Minuten vergingen, vierzig.

Dann, langsam, als entdecke er ein echtes Phänomen, erkannte er, daß sein Körper zitterte. Es war kein lokales Zittern, da ein Nerv, dort ein Muskel. Es war überall. Sein Körper bebte ohne Aufhören. Es war, als bestünde er nur aus unkontrollierbaren Nerven. Das bißchen Denkvermögen, das Neville geblieben war, sagte ihm, daß das seine Reaktion war.

Eine ganze Stunde lang saß er in diesem Zustand da, mit den Augen an ihrem Gesicht klebend.

Abrupt endete es. Mit einem würgenden Laut in der Kehle erhob er sich schwankend und verließ das Schlafzimmer.

Den größten Teil des Whiskys verschüttete er beim Einschenken. Das bißchen, das tatsächlich ins Glas gelangte, goß er in einem Zug hinunter. Die bernsteinfarbige Flüssigkeit rann brennend in seinen Magen hinunter und wirkte durch die eisige Taubheit seines Fleisches doppelt so stark. Mit bebenden Händen schenkte er noch einmal ein und füllte sein Glas diesmal bis zum Rand. Auf das Spülbecken gestützt und sich zusammengekauert dagegen lehnend, schüttete er den brennenden Whisky in tiefen Schlucken in sich hinein.

Ich träume nur, versuchte er sich einzureden, und ihm war, als spräche eine Stimme es in seinem Kopf.

Virginia ...

Er drehte den Kopf ruhelos von Seite zu Seite. Seine Augen suchten das Zimmer ab, als gäbe es etwas zu finden, den Ausgang, vielleicht, aus diesem Haus des Alptraums. Klägliche Laute in seiner Kehle stemmten sich gegen die Wahrheit. Er drückte die Hände zusammen, zwang die zitternden Handflächen fest aufeinander, und die zuckenden Finger schlangen sich verwirrt ineinander.

Doch nun bebten die Hände so sehr, daß sie vor seinen Augen verschwammen. Schnaufend hielt er die Luft an, riß die Finger auseinander und drückte sie auf seine Beine.

Virginia ...

Er machte einen Schritt und schrie laut auf, als die Küche das Gleichgewicht verlor. Brennender Schmerz durchzuckte sein Knie, breitete sich in Wade und Oberschenkel aus. Er wimmerte, als er taumelnd hochkam und zum Wohnzimmer schwankte. Wie eine Statue in einem Erdbeben blieb er mitten im Zimmer stehen, und sein Blick hing erstarrt an der Tür zum Schlafzimmer.

Eine gar nicht so lange zurückliegende Szene spielte sich vor seinem inneren Auge ab.

Das riesige Feuer prasselte, die gelben Flammen leckten haushoch und schickten fettig dicke Rauchwolken zum Himmel empor. Er hatte Kathy, die leblose schmächtige Kathy auf den Armen. Der Mann kam auf ihn zu und griff nach ihr, als wäre sie ein Lumpenbündel. Mit seinem kleinen Mädchen tauchte der Mann in den rußigen Rauch. Und er stand da, während das Entsetzen ihn wie mit Keulenhieben übermannte.

Plötzlich stürmte er mit berserkerhaftem Schrei vorwärts.

»Kathy!«

Arme griffen nach ihm, schlossen sich um ihn. Männer in Asbestanzügen und Gasmasken zerrten ihn zurück. Verzweifelt stemmte er sich dagegen, bohrte die Zehenspitzen in den Boden. Und dann schien etwas in seinem Schädel zu explodieren, und er schrie und schrie und schrie ...

Ein betäubender Kinnhaken traf ihn, und es wurde schwarz vor seinen Augen. Er kam wieder zu sich, als etwas brennend seine Kehle hinabrann. Er hustete und keuchte, und dann saß er stumm und steif in Ben Cortmans Wagen und starrte blicklos vor sich hin, während sie wegfuhren von dem gigantischen Leichentuch aus Rauch, von dieser schwarzen rußigen Säule, die sich wie ein Mahnmal allen Leides der Erde dem Himmel entgegenstreckte.

So schrecklich lebendig war diese Erinnerung, daß er seine Lider zusammenpreßte, bis sie schmerzten.

Nein!

Er würde Virginia nicht dorthin bringen. Auch nicht, wenn sie ihn deswegen töteten.

Steif schleppte er sich zur Haustür und trat auf die Veranda. Über den verdorrenden Rasen schlurfte er die Straße hinunter zu Ben Cortmans Haus. In der blendenden Sonne schrumpften seine Pupillen zu schwarzen Stecknadelköpfen. Schlaff baumelten seine Hände an den Seiten.

Als er auf die Glocke drückte, erklang die Melodie des Refrains von »Immer durstig«. Er hielt es nicht aus! Die Nägel bohrten sich in seine Handflächen. Er erinnerte sich, wie Ben das Glockenspiel erstanden hatte, weil er es für witzig hielt.

Er blieb vor der Tür stehen, und sein Kopf pochte. Es ist mir völlig egal, ob es Gesetz ist oder nicht; und es ist mir egal, ob es mein Todesurteil bedeutet, wenn ich sie nicht dorthin bringe! dachte er.

Er hämmerte mit der Faust an die Tür.

»Ben!«

Nichts rührte sich in Bens Haus. Durch das Fenster, wo die weißen Scheibengardinen gerafft waren, sah er die rote Couch, die Stehlampe mit dem Fransenschirm, die Handarbeit, mit der Freda sich an ruhigen Sonntagnachmittagen gern beschäftigte. Er blinzelte. Welcher Tag war eigentlich heute? Er hatte es vergessen.

Er verdrehte die Schulter, als die Ungeduld mit glühenden Nadeln in ihn stach.

»Ben!«

Wieder hämmerte er heftig an die Tür. Sein Kinn zuckte.

Verdammt, wo war er denn? Mit steifem Finger drückte er noch einmal auf die Glocke und nahm ihn auch nicht gleich weg. Geistlos und unerträglich fröhlich bimmelte die Melodie vom Zechbruder und wieder und wieder ...

Verzweifelt warf er sich gegen die Tür. Sie leistete keinen Widerstand, sondern flog heftig gegen die Dielenwand. Warum hatte er sich nicht erst vergewissert, ob sie überhaupt zugesperrt war?

Er trat in das stille Wohnzimmer.

»Ben«, sagte er laut. »Ben, ich brauche deinen Wagen.«

Sie lagen beide im Schlafzimmer, still und stumm im Koma des Tages, weit auseinander in den Ehebetten, Ben im Pyjama, Freda in seidenem Nachthemd, beide auf dem Rücken, und ihre Brust hob und senkte sich kaum merkbar.

Nur kurz blickte er auf sie hinunter. An Fredas Hals waren ein paar kleine blutverkrustete Wunden. An Ben konnte er keine entdecken. Eine Stimme in ihm sagte: »Wenn ich nur aufwachen würde!«

Er schüttelte den Kopf. Nein, aus diesem Alptraum gab es kein Erwachen.

Er fand die Wagenschlüssel auf der Dielenkommode und steckte sie ein. Mit stumpfem Blick verließ er das Haus. Es war das letztemal, daß er die beiden lebend sah.

Aufheulend sprang der Motor an. Er ließ ihn ein paar Minuten lang laufen, während er blicklos durch die staubige Windschutzscheibe starrte. Eine aufgedunsene Fliege summte in der stickigen Luft des Wagens um seinen Kopf herum. Ohne sie zu vertreiben, betrachtete er ihren leicht schillernden Flaum, während der Wagen unter ihm pulsierte.

Nach einer Weile trat er auf die Kupplung und fuhr die Straße hinunter. In der Einfahrt vor seiner Garage parkte er und schaltete den Motor ab.

Im Haus war es kühl und still. Der Teppich dämpfte seine Schritte, aber auf dem Holzboden der Diele klickten sie.

Reglos blieb er an der Tür stehen und schaute sie an. Sie lag auf dem Rücken, mit den Armen an ihren Seiten und den weißen Fingern leicht angewinkelt. Sie sah aus, als schlief sie.

Er drehte sich um und kehrte ins Wohnzimmer zurück. Was sollte er tun? Wozu immer er sich auch entschloß, es war alles so sinnlos. Spielte es denn überhaupt eine Rolle, *was* er tat? Es würde an der Sinnlosigkeit seines künftigen Lebens nichts ändern.

Mit stumpfen Augen schaute er durchs Fenster auf die sonnenhelle Straße.

Warum habe ich dann den Wagen überhaupt geholt? fragte er sich. Seine Kehle war wie zugeschnürt. Ich *kann* sie nicht verbrennen, dachte er. Und ich tue es auch nicht! Aber welche Wahl blieb ihm? Alle Bestattungsinstitute waren geschlossen, so verlangte es das Gesetz. Jeder, ohne Ausnahme, mußte sofort nach festgestelltem Ableben zur Feuergrube gebracht werden. Eine andere Möglichkeit, gegen eine weitere Ausbreitung der Seuche vorzugehen, kannten sie nicht. Nur das Feuer konnte die Erreger vernichten.

Das wußte er. Er kannte das Gesetz. Aber wie viele befolgten es? Er beschäftigte sich eine Weile mit diesen Überlegungen. Wie viele Ehemänner trugen die Frauen, die sie geliebt, die ihr Leben mit ihnen geteilt hatten, zur Grube und überließen sie den Flammen? Wie viele Eltern ließen ihre Kinder, die ihr alles waren, einäschern? Wie viele Kinder warfen ihre Eltern in eine brennende Grube, die hundert Meter lang, hundert Meter breit und fünfunddreißig Meter tief war?

Nein! Wenn es noch irgendwelche Werte auf der Welt gab, dann schwor er bei ihnen, daß dieses Feuer sie nicht verschlingen würde.

Eine Stunde verging, bis er endlich eine Entscheidung traf.

Dann holte er ihr Nähkörbchen und nahm Nadel und Faden heraus.

Er nähte sie in eine Decke, bis nur noch ihr Gesicht herausragte. Und schließlich, mit zitternden Fingern und einem Würgen im Hals, nähte er die Deckenränder auch über ihrem Mund zusammen – über ihrer Nase – über ihren Augen.

Er betrachtete sein fertiges Werk nicht, sondern eilte in die Küche und goß ein Glas Whisky hinunter. Er spürte es überhaupt nicht.

Nach einer langen Weile kehrte er mit weichen Knien ins Schlafzimmer zurück. Eine lange Minute blieb er schwer atmend vor dem Bett stehen, bis er sich endlich dazu überwinden konnte, sich hinunterzubeugen und die Arme um das starre Bündel zu legen.

»Komm, Liebling«, flüsterte er.

Diese Worte schienen alles in ihm zu lösen. Er spürte, wie er zitterte und wie die Tränen langsam über seine Wangen sickerten, als er sie durchs Wohnzimmer und hinaustrug.

Er legte sie auf den Rücksitz und klemmte sich hinter das Lenkrad. Nach einem tiefen Atemzug drückte er auf den Zündknopf, doch dann zog er den Finger zurück.

Er stieg wieder aus und holte die Schaufel aus der Garage. Er zuckte zusammen, als er den Mann sah, der sich auf der Straße langsam näherte. Er legte die Schaufel in den Wagen und stieg ein.

»Warten Sie!« rief der Mann heiser. Er versuchte zu laufen, aber er war zu schwach dazu.

Robert Neville blieb unbewegt sitzen, bis der Mann herbeigeschlurft kam.

»Könnten Sie – darf ich meine Mutter – könnten Sie sie auch mitnehmen?«

»Ich – ich – ich ...«

Nevilles Stimme versagte. Er glaubte, er würde gleich wieder in Tränen ausbrechen. Aber es gelang ihm, sich zu fassen. Er straffte die Schultern.

»Ich fahre nicht – *dorthin*«, erklärte er.

Der Mann blickte ihn ungläubig an.

»Aber Ihre ...«

»Ich fahre nicht zum Feuer, habe ich gesagt!« Neville schrie es fast und drückte auf den Zündknopf.

»Aber Ihre Frau«, sagte der Mann. »Sie haben Ihre ...«

Robert Neville legte den Rückwärtsgang ein.

»*Bitte!*« flehte der Mann ihn an.

»Ich fahr' nicht dorthin!« brüllte Neville jetzt, ohne ihn anzusehen.

»Aber es ist *Gesetz!*« brüllte der Mann plötzlich wütend zurück.

Der Wagen fuhr rückwärts auf die Straße, und Neville riß ihn in Richtung Compton Boulevard herum. Als er in den Rückspiegel schaute, sah er, daß der Mann auf dem Bürgersteig stand und ihm nachblickte. Dummkopf, dachte er zähneknirschend. Glaubst du, ich werfe meine Frau ins Feuer?

Die Straßen waren verlassen. Auf dem Compton Boulevard bog er nach links ab. Er blickte auf das leere Grundstück rechts von der Straße. In einem Friedhof konnte er sie nicht begraben. Alle Friedhöfe waren verschlossen und wurden obendrein, zwar vielleicht nicht direkt bewacht, aber doch beobachtet. Schon mehrere Leute waren erschossen worden, weil sie versucht hatten, ihre Angehörigen zu beerdigen.

Am nächsten Block bog er rechts ab in eine stille Straße,

die an dem riesigen Grundstück endete. Auf halbem Weg schaltete er den Motor ab und ließ den Wagen den Rest des Weges ausrollen, damit niemand ihn hören sollte.

Es sah ihn auch niemand, als er sie aus dem Wagen hob und in das unkrautüberwucherte Grundstück trug, sie auf den Boden legte und, nachdem er sich niederkniete, selbst zwischen dem hohen Unkraut verschwand.

Langsam grub er. Glücklicherweise war der Boden hier weich. Aber die Sonne glühte herab, und der Schweiß rann ihm in Strömen über Stirn und Wangen. Schaufel und Grube verschwammen vor seinen Augen, und der Geruch der frischen Erde stieg ihm heiß in die Nase.

Endlich war das Grab groß genug. Er legte die Schaufel zur Seite und sank auf die Knie. Er zitterte, sein Hemd war schweißgetränkt. Jetzt kam das, was er am meisten fürchtete.

Aber er wußte, daß er nicht warten durfte. Wenn sie ihn entdeckten, würden sie ihn sich holen. Es war ihm gleichgültig, ob sie ihn erschossen – doch sie würden sie verbrennen! Er preßte die Lippen zusammen. Nein!

Sanft, so vorsichtig wie nur möglich, ließ er sie in das nicht sehr tiefe Grab hinunter und paßte besonders auf, daß ihr Kopf nicht aufschlug.

Er richtete sich auf und blickte auf ihren stillen Leichnam, eingenäht in die Decke. Zum letztenmal, dachte er. Nie wieder durfte er sich mit ihr unterhalten. Nie wieder durfte er sie in die Arme schließen. Elf glückliche Jahre endeten in einer zugeschütteten Grube auf einem leeren Grundstück. Er fing wieder zu zittern an. Nein, er mußte sich zusammenreißen. Dafür war jetzt keine Zeit.

Es half nichts. Die Welt schimmerte durch nicht zu haltende, den Blick verzerrende Tränen, während er mit tauben Fingern die warme Erde um ihren stillen Körper festdrückte.

Angekleidet lag er auf dem Bett und starrte auf die dunkle Zimmerdecke. Er war halb betrunken, und Glühwürmchen schienen durch die sich um ihn drehende Finsternis zu schwirren.

Seine Rechte tastete nach dem Nachttisch. Er stieß die Flasche um, zu spät griffen die Finger nach ihr. Er entspannte sich, blieb liegen und lauschte, wie der Whisky aus der Flasche gluckerte und sich über den Boden verteilte.

Sein zerzaustes Haar raschelte auf dem Kissen, als er sich zum Wecker umdrehte. Zwei Uhr morgens. Zwei Tage, seit er sie begraben hatte. Zwei Augen blickten auf die Leuchtziffern, zwei Ohren nahmen das Ticken auf, zwei Lippen preßten sich zusammen, zwei Hände lagen auf dem Bett. Er versuchte von dieser Besessenheit der Zweisamkeit wegzukommen, aber alles auf der Welt schien ihm plötzlich dem Dualsystem zu entspringen, schien paarweise zu existieren. Zwei Tote, zwei Betten in einem Zimmer, zwei Fenster, zwei Kommoden, zwei Herzen, die ...

Seine Brust füllte sich mit Nachtluft, hielt sie an, stieß sie aus und fiel abrupt zusammen. Zwei Tage, zwei Hände, zwei Augen, zwei Beine, zwei Füße ...

Er setzte sich auf, schwang langsam die Beine aus dem Bett. Seine Füße landeten in der Whiskylache, und er spürte, wie seine Socken sich vollsogen. Ein kühler Wind rüttelte an den Jalousien.

Er starrte in die Dunkelheit. Was ist denn noch geblieben? fragte er sich. Ja, was ist mir eigentlich noch geblieben?

Müde stand er auf und stolperte ins Bad. Er hinterließ nasse Fußabdrücke. Er hielt das Gesicht unter den Wasserhahn und tastete nach einem Handtuch.

Was ist mir geblieben? Was ...

Plötzlich zuckte er in der kalten Schwärze zusammen.

Jemand drückte auf die Haustürklinke.

Er spürte, wie es ihm kalt über den Rücken lief und seine Kopfhaut prickelte. Es ist Ben, dachte er. Er will sich seine Wagenschlüssel holen.

Das Handtuch entglitt seinen Fingern. Er hörte, wie es weich auf den Boden fiel. Sein Körper zuckte unkontrollierbar.

Eine Faust schlug kraftlos gegen die Haustür – so schwach, als wäre sie versehentlich auf dem Holz aufgeschlagen.

Langsam und leise ging er ins Wohnzimmer. Sein Herz pochte heftig.

Die Tür ratterte leicht, als wieder eine Faust schwach dagegen hieb. Wieder zuckte er zusammen. Was ist denn los, dachte er. Die Tür ist offen, genau wie das Fenster, durch das ein kalter Luftzug über sein Gesicht strich. Die Dunkelheit zog ihn wie magnetisch zur Tür.

»Wer ...?« Er war nicht fähig, weiterzusprechen.

Er riß die Finger von der Klinke zurück, als sie nachgab. Mit einem Schritt drückte er sich an die Wand, wo er heftig atmend und mit weit aufgerissenen Augen stehenblieb.

Nichts tat sich. Er war wie erstarrt.

Dann hielt er den Atem an. Jemand auf der Veranda murmelte etwas, das er nicht verstehen konnte. Er wappnete sich und riß mit einem Ruck die Tür auf. Mondlicht schien herein.

Er konnte nicht einmal aufschreien. Er stand nur wie angewurzelt an der offenen Tür und starrte Virginia ungläubig an.

»Rob-ert«, flüsterte sie.

10

Die Sparte Wissenschaft und Forschung befand sich im ersten Stock. Robert Nevilles Schritte auf der Marmortreppe der Stadtbibliothek von Los Angeles hallten hohl wider.

Nach einer halben Woche, die er hauptsächlich dem Alkohol und danach der Pflege seines Brummschädels und aufbegehrenden Magens gewidmet hatte und nur oberflächlicher Nachforschung, wurde ihm klar, daß er seine Zeit vergeudete. Vereinzelte Experimente führten zu nichts, das stand jetzt fest. Wenn es eine rationale Erklärung für dieses Problem gab (und daran mußte er glauben!), konnte er sie nur durch systematische Nachforschung finden.

Da er mangels nötigen Wissens keinen anderen Anhaltspunkt hatte, ging er von der Voraussetzung aus, daß Blut der Hauptfaktor war. Ganz abgesehen davon, irgendwo mußte er ja anfangen. Der erste Schritt war demnach, sich über das Blut zu informieren.

Nur seine gedämpften Schritte auf dem Fliesenboden des Korridors im ersten Stock brachen die ansonsten absolute Stille der Bibliothek. Draußen tschilpten und zwitscherten Vögel, manchmal zumindest, und selbst wenn sie schwiegen, war im Freien doch immer zumindest der Hauch eines Geräusches – der Wind, beispielsweise. Jedenfalls schien es dort nie so tödlich still zu sein wie in einem Haus.

Das spürte er hier in diesem riesigen Gebäude aus grauem Stein, das die Literatur einer toten Welt beherbergte, ganz besonders. Vielleicht lag es daran, daß man sich zwischen Wänden eingeschlossen fühlte, und es war rein psychologisch. Aber das Wissen machte es auch nicht leichter. Es gab keine Psychiater mehr, denen man hätte seine Ängste anvertrauen können und die von grundlosen Neurosen und Halluzinationen des Gehörs sprachen. Der letzte Mensch auf der Welt hatte niemanden, der ihn von seinem Wahn befreien konnte.

Neville betrat die Fachbibliothek.

Sie war in einem hohen Raum mit großen Fenstern untergebracht. Genau der Tür gegenüber stand der Schreibtisch der Bibliothekarin, die die ausgeliehenen Bücher auf den Kundenkarten eingetragen und die Buchkarten abgelegt hatte – damals, als noch Bücher ausgeliehen wurden.

Eine Weile stand er nur da und blickte sich in dem stillen Raum um. Ganz leicht schüttelte er den Kopf. All diese Bücher, dachte er, Beweise der Intelligenz der ausgestorbenen Menschheit, Überbleibsel großer und weniger großer Geister, traurige Reste, ein Potpourri von Wissen, das nicht genügt hatte, den Menschen vor dem Aussterben zu bewahren.

Seine Schuhe klickten auf den dunklen Fliesen, als er zur ersten Regalreihe links ging. »Astronomie« las er auf dem kartengroßen Schild, Bücher über den Himmel. Er schritt daran vorbei, nicht am Himmel war er interessiert. Der Traum des Menschen von den Sternen war ausgeträumt wie die anderen, gestorben. »Physik«, »Chemie«, »Technik«. Auch daran ging er vorbei und betrat den Hauptleseraum der Fachbibliothek.

Er blieb stehen und blickte zur hohen Decke. Zwei Reihen längst nicht mehr brennender Leuchtröhren verliefen parallel. Die Decke selbst war in zwei etwas vertiefte Rechtecke geteilt, jedes mit Mosaiken in indianischem Muster verziert. Die Morgensonne quälte sich durch die verstaubten Fenster, und in ihren Strahlen tanzten Stäubchen.

Dann betrachtete er die massiven Holztische, die schnurgerade in einer Reihe standen, und die Stühle, die dicht und peinlich ordentlich an die Tischkanten gerückt waren. Offenbar hatte eine pedantische Bibliothekarin sich am Tag vor der Schließung noch darum gekümmert, dachte er.

Er stellte sie sich vor. Vermutlich war sie gestorben, ohne je die Arme eines liebenden Mannes um sich gespürt zu haben; war in dieses grauenvolle Koma gefallen und dann in den Tod gesunken und vielleicht zurückgekehrt, um nachts mit unheiligem Verlangen herumzuwandern. Und das alles, ohne je gewußt zu haben, was es ist, zu lieben und geliebt zu werden.

Eine solche Tragödie erschien ihm noch schlimmer zu sein als das Vampirwerden.

Er schüttelte den Kopf. Das genügt, rügte er sich. Für solch sinnlose Überlegungen ist jetzt weder die richtige Zeit, noch der richtige Ort.

Weitere Regalreihen schritt er ab, bis er zum Schildchen »Medizin« kam. Hier mußte er finden, was er suchte. Er las die Titel. Bücher über Hygiene, Anatomie, Physiologie (allgemein und spezialisiert) und Heilverfahren, und weiter unten über Bakteriologie.

Er zog fünf Bücher über allgemeine Physiologie aus dem Regal und mehrere über Blut und stapelte sie auf einem der staubbedeckten Tische auf. Sollte er sich auch einige Werke über Bakteriologie holen? Eine Minute lang starrte er unentschlossen auf die steifen Leinenrücken.

Schließlich zuckte er die Achseln. Schaden konnte es nicht. Aufs Geratewohl zog er ein paar heraus und legte sie ebenfalls auf den Tisch. Für den Anfang genügte es. Er würde zweifellos noch öfter hierherkommen.

Als er die Fachbibliothek verließ, schaute er zur Uhr über der Tür hoch.

Die roten Zeiger waren um vier Uhr siebenundzwanzig stehengeblieben. Er fragte sich, an welchem Tag wohl. Und während er mit seinem Armvoll Bücher die Treppe hinunterstieg, fragte er sich weiter, wann genau es gewesen sein mochte. Am Nachmittag oder am frühen Morgen. Hatte es geregnet oder hatte die Sonne geschienen? War jemand zu diesem Zeitpunkt in der Bibliothek gewesen?

Gereizt zuckte er die Achseln. Als ob das nicht völlig egal wäre! Er ärgerte sich über die Nostalgie, mit der er sich immer mehr mit der Vergangenheit beschäftigte. Er wußte, daß es eine Schwäche war, und eine Schwäche konnte er sich kaum leisten, wenn er weitermachen wollte. Und doch erwischte er sich immer häufiger bei seinen Ausflügen in die Vergangenheit. Er hielt sich nur noch mit Mühe davon zurück, und daß er immer wieder abwanderte, machte ihn wütend.

Die riesige Flügeltür ließ sich auch von innen nicht öffnen. Er mußte also wieder durch das eingeschlagene Fenster klettern. Zuerst warf er die Bücher auf den Bürgersteig, dann sprang er ihnen nach. Er trug sie in den Wagen und stieg ein.

Als er ihn anließ, fiel ihm auf, daß er in falscher Richtung in einer Einbahnstraße geparkt hatte. Er blickte nach links und rechts.

»Polizei!« hörte er sich rufen. »O *Polizei!*«

Einen Kilometer weit lachte er ohne Unterlaß, obwohl er sich fragte, was daran eigentlich so komisch war.

Er legte das Buch zur Seite. Er hatte wieder über das Lymphsystem nachgelesen. Vage erinnerte er sich, daß er das schon vor Monaten einmal getan hatte, während seiner »Wahnsinnszeit«, wie er es jetzt nannte. Doch was er damals gelesen hatte, hatte keinen Eindruck hinterlassen, weil er sein Wissen nicht anwenden konnte.

Jetzt glaubte er doch zumindest eine Möglichkeit zu haben.

Die dünnen Wände der Kapillaren gestatten den Durchlaß von Blutplasma neben den roten und farblosen Zellen ins Zellgewebe, es kehrt jedoch schließlich mit der dünnen Lymphe durch die Lymphgefäße in den Kreislauf zurück.

Während dieser Rückkehr sickert die Lymphe durch Lymphknoten, die als Siebe dienen und Rückstände filtern und so verhindern, daß sie ins Blut geraten.

Also.

Es gab zweierlei, das das Lymphsystem anregt. Erstens: Der Atem, der das Zwerchfell auf den Mageninhalt drücken läßt und so Blut und Lymphe nach oben preßt. Zweitens: Körperliche Bewegung, durch die die Muskeln die Lymphgefäße zusammenpressen und so die Lymphe in Fluß bringen. Ein komplexes Klappensystem verhindert den Rückfluß.

Aber Vampire atmen nicht, die toten jedenfalls nicht. Das bedeutete, grob ausgedrückt, daß die *Hälfte* des Lymphflusses abgeschnitten war, und das wiederum, daß im Blutsystem der Vampire eine beachtliche Menge Rückstände zurückblieben.

Dabei dachte Robert Neville besonders an den Fäulnisgeruch, der von den Vampiren ausging.

Er las weiter:

»Die Bakterien dringen in die Blutbahn ein, wo ...«

»... die weißen Blutkörperchen spielen eine wichtige Rolle in der Abwehr von Bakterien ...«

»... starkes Sonnenlicht tötet viele Erreger schnell ab und ...«

»Viele durch Bakterien verursachte Krankheiten werden durch Fliegen, Mücken und andere Insekten übertragen...«

»... durch den Stimulus eines Bakterienangriffs werden die Phagozyten angeregt und zusätzliche Zellen in die Blutbahn geleitet.«

Er ließ das Buch auf den Schoß fallen, wo es zu rutschen anfing und hart auf dem Teppich aufschlug.

Das Ganze wurde immer schwieriger. Was immer er auch las, er fand jeweils eine Beziehung zwischen Bakterien und Blutkrankheiten. Und die ganze Zeit hatte er voll Verachtung auf die herabgeschaut, die noch im Sterben auf der Bazillentheorie beharrt und nicht an Vampire geglaubt hatten.

Er stand auf und richtete sich einen Drink, aber dann ließ

er ihn unberührt stehen. Langsam, rhythmisch hieb er die Faust auf die Barplatte, während er blicklos an die Wand starrte.

Bazillen.

Er verzog das Gesicht. Verdammt, fluchte er lautlos. Du tust ja ganz so, als hätte das Wort Stacheln.

Er holte tief Luft. Also gut, sagte er zu sich. Gibt es irgendeinen Grund, weshalb es nicht Bazillen sein sollten?

Er wandte sich von der Bar ab, als könnte er so seine Fragen dort zurücklassen. Aber Fragen sind nicht ortsfest, sie folgten ihm.

Er saß in der Küche über einer Tasse dampfend heißen Kaffees. Bazillen. Bakterien. Viren. Vampire. Warum bin ich so dagegen? dachte er. War es lediglich reaktionäre Sturheit, oder lag es daran, daß er unterbewußt davor zurückscheute, weil die Arbeit einfach nicht zu bewältigen wäre, wenn es sich tatsächlich um Bazillen handelte?

Er wußte es nicht. Er schlug nun einen neuen Kurs ein, einen Kompromißkurs. Weshalb die eine Theorie ablehnen? Das eine schloß doch das andere nicht aus. Wechselbeziehung, vielleicht, dachte er.

Bakterien konnten die Antwort auf Vampirismus sein.

Er fühlte sich plötzlich überschwemmt – wie der kleine Holländer, der seinen Finger in den Deich steckte und sich weigerte, das Meer der Vernunft einströmen zu lassen. Da war er gewesen – zusammengekauert und zufrieden mit seiner unerschütterlichen Theorie. Jetzt hatte er sich aufgerichtet und den Finger herausgenommen. Und nun begann bereits die Flut der Antworten hereinzufließen.

Die Seuche hatte sich so schnell ausgebreitet. Wäre das möglich gewesen, wenn nur Vampire sie übertragen hätten? Hätten ihre nächtlichen Ausflüge das geschafft?

Die plötzliche Antwort rüttelte ihn auf. Nur wenn man

Bakterien als Erreger akzeptierte, ließ sich die unglaublich schnelle Ausbreitung der Seuche erklären, die geometrische Zunahme der Zahl der Opfer.

Er schob die Kaffeetasse zur Seite. Dutzende verschiedener Ideen überschlugen sich in seinem Kopf.

Fliegen und Stechmücken hatten mit dazu beigetragen, die Seuche zu verbreiten, bis sie wie Lauffeuer durch die ganze Welt tobte.

Ja, Bakterien erklärten eine Menge, beispielsweise, das Koma der Vampire während des Tages, mit dem die Bazillen sich vor Sonneneinwirkung schützten.

Eine neue Idee: Was, wenn die Bakterien dem echten Vampir seine Kraft verliehen?

Neville spürte, wie es ihm kalt über den Rücken rann. War es denn möglich, daß der Bazillus, der die Lebenden tötete, die Toten mit Energie versorgte?

Er mußte es wissen! Er sprang auf und eilte zur Haustür. Erst im letzten Moment, als er schon den Sperriegel hochgehoben hatte, wich er erschrocken zurück. Großer Gott! dachte er. Bin ich denn schon völlig übergeschnappt? Es war Nacht.

Er grinste unbehaglich und stapfte unruhig im Wohnzimmer hin und her.

Konnte es auch noch anderes erklären? Den Pfahl? Er quälte sich, bis ihm der Schweiß auf der Stirn stand. Gab es eine Verbindung zwischen dem Pfahl und der auf Bakterien beruhenden Krankheitsursache? Überleg schon! spornte er sich an. Aber das einzige, was ihm beim Pfahl einfiel, war die Blutung, die er verursachte. Doch das erklärte die Frau nicht. Und das Herz war es auch nicht ...

Er überging es hastig, weil er Angst hatte, seine neue Theorie könnte zusammenklappen, ehe sie überhaupt auf festen Beinen stand.

Also, dann das Kreuz. Nein, mit Bakterien ließ sich da nichts erklären. Die Erde – auch das war keine Hilfe. Fließendes Wasser, Spiegel, Knoblauch ...

Wieder einmal zitterte er unkontrollierbar. Er hätte am liebsten laut hinausgeschrien, das durchgehende Pferd aufzuhalten, das sein Verstand war. Er mußte etwas finden! Verdammt, fluchte er lautlos. Ich gebe es nicht auf.

Er zwang sich, sich wieder zu setzen. Bebend und steif saß er im Wohnzimmersessel und versuchte alle Gedanken auszuschalten, bis er sich beruhigt hatte. Großer Gott, dachte er schließlich, was ist nur los mit mir? Ich hab' eine Idee, und wenn sie nicht gleich alles in der ersten Minute erklärt, packt mich die Panik. Ich glaub', ich dreh' durch.

Jetzt griff er nach dem Drink, er brauchte ihn. Er hielt seine Hand in Gesichtshöhe, bis sie nicht mehr zitterte. Und nun, Sohnemann, sagte er zu sich, beruhige dich! Der Weihnachtsmann wird all die schönen Antworten bringen, dann wirst du nicht länger ein Robinson Crusoe auf einer Insel der Finsternis sein, die die Gewässer des Todes umspülen.

Darüber lächelte er ein wenig, und das entspannte ihn. Ich rede mit mir, als wäre ich Edgar Albert Guest, der Dichter.

So, befahl er sich, und jetzt verschwindest du ins Bett! Du wirst dich nicht in zwanzig verschiedenen Richtungen verzetteln. Das würdest du auch gar nicht mehr durchhalten, nicht bei deinen schon fast anomalen Emotionen.

Als erstes mußte er sich ein Mikroskop besorgen. Ja, das ist das erste, wiederholte er eindringlich, während er sich auszog, und bemühte sich diesen Knoten der Unentschlossenheit in seinem Bauch zu ignorieren, dieses fast schmerzhafte Verlangen, sich ohne Vorbereitung in die Untersuchung zu stürzen.

Es machte ihn geradezu krank, in der Dunkelheit zu liegen und nur einen Schritt vorausplanen zu dürfen. Aber er wußte, daß es so und nicht anders sein mußte. Das ist der erste Schritt! Das ist der erste Schritt! Verdammt und zugenäht, das ist der erste Schritt!

Er lächelte. Er fühlte sich schon wieder besser, weil er genau wußte, was er als nächstes tun würde – und daß er etwas zu tun hatte.

Einen Gedanken, der mit diesem Problem zusammenhing, erlaubte er sich noch. Die Bisse, die Insekten, die Direktübertragung von Mensch zu Mensch – genügte das, die unglaubliche Geschwindigkeit zu erklären, mit der die Seuche sich verbreitet hatte?

Mit diesem Gedanken schlief er ein. Gegen drei Uhr morgens wachte er auf, weil ein Sandsturm gegen das Haus peitschte. Da, plötzlich, kam ihm die Erleuchtung.

11

Das erste, das er heimbrachte, war nutzlos.

Der Stativfuß war so schlecht ausgerichtet, daß die geringste Vibration das Mikroskop erschütterte, und die beweglichen Teile waren so locker, daß sie wackelten. Die Halterungen des Spiegels waren so ausgeleiert, daß er nur schwer in Position zu halten war. Außerdem hatte das Instrument keinen Untertisch für die Kondensor- und Polarisationseinrichtungen. Es hatte keinen Objektivrevolver, so daß er die Objektivlinse auswechseln mußte, wenn er die Vergrößerung variieren wollte. Und die Linsen waren schlechtweg unmöglich.

Aber er verstand natürlich nichts von Mikroskopen, und so hatte er das nächstbeste mitgenommen. Drei Tage später warf er es mit einem würgenden Fluch an die Wand und trampelte auch noch wütend darauf herum.

Als er sich wieder beruhigt hatte, holte er sich ein Buch über Mikroskope aus der Bibliothek.

Beim nächstenmal wählte er das für ihn am geeignetste aus. Es hatte einen dreifachen Objektivrevolver, einen Untertisch für Kondensor- und Polarisationseinrichtung, eine stabile Fußplatte, eine Irisblende, gute Linsen und ließ sich mühelos und ohne zu vibrieren justieren. Das ist wieder mal ein Beispiel, wieviel Zeit man verliert, wenn man unüberlegt vorgeht, tadelte er sich, und antwortete verärgert: ja, ja!

Und so zwang er sich, sich erst einmal richtig mit dem Instrument vertraut zu machen.

Er spielte mit dem Spiegel herum, bis er in Sekundenschnelle einen Lichtstrahl auf das Objekt richten konnte. Er machte sich auch mit den Linsen verschiedenster Stärke vertraut. Ebenso hatte er gelernt, einen Tropfen Zedernöl auf den Objektivträger zu geben und das Objektiv hinunterzufahren, bis die Linse ins Öl tauchte. Dreizehn Glasplättchen zerbrach er auf diese Weise.

Nach drei Tagen ständiger Übung konnte er mit den geriffelten Drehknöpfen bereits rasch hantieren, die Irisblende und den Kondensor so justieren, daß er das Licht, genau wie er es wollte, auf dem Träger hatte, und bald bekam er mit den ebenfalls mitgebrachten Glasplättchen auch die erforderliche Schärfe.

Er hätte nie gedacht, daß ein Floh so entsetzlich aussah.

Als nächstes kam etwas viel Schwierigeres, wie er bald feststellen mußte: das Objekt auf den Träger geben.

Egal wie sehr er sich bemühte, es gelang ihm einfach nicht, Staub vom Objekt fernzuhalten. Wenn er es dann im Mikroskop betrachtete, sah es so aus, als studierte er einen Felsblock.

Besonders schwierig war es der Staubstürme wegen, die

im Durchschnitt alle vier Tage daherbrausten. Er sah sich schließlich gezwungen, eine Art Schutzzelt für die Werkbank zu basteln.

Er lernte auch systematisch vorzugehen, während er mit den Trägern experimentierte. Ständig nach etwas zu suchen führte nur dazu, daß sich Staub auf den Plättchen ansammelte. Zu seinem Erstaunen und leicht amüsiert, stellte er bald fest, daß er es geschafft hatte, für jedes Ding einen festen Platz zu finden – und das, obwohl er noch nie sehr ordentlich gewesen war. Glasstreifen, Deckgläser, Pinzetten, Gelatinekapseln, Kulturschalen, Nadeln, Chemikalien, alles lag systematisch griffbereit.

Noch mehr staunte er, daß es ihm sogar Spaß machte, Ordnung zu halten. Grinsend dachte er: offenbar habe ich doch etwas von Fritzens Blut abbekommen.

Von einer Frau nahm er eine Blutprobe.

Er brauchte Tage, um ein paar Tropfen richtig in eine Kapsel zu füllen und sie dann richtig auf die Mitte des Objektträgers zu bekommen. Eine Weile glaubte er, er würde es nie schaffen.

Doch dann kam der Vormittag, an dem er gleichmütig und als wäre es von gar keiner so großen Bedeutung, sein siebenunddreißigstes Plättchen mit Blut unter das Objektiv schob, die Leuchte einschaltete, Tubusträger und Spiegel justierte, das Objektiv hinunterdrehte und Blende und Kondensator einstellte. Mit jeder Sekunde schlug sein Herz heftiger, denn irgendwie wußte er, daß es soweit war.

Tatsächlich! Er hielt den Atem an.

Also war es kein Virus. Einen Virus konnte man nicht sehen. Das, was sich sanft auf dem Glasplättchen bewegte, war ein Bazillus!

Ich taufe dich *Vampiris,* drängte es sich ihm auf die Zunge, als er durch das Okular blickte.

Er hatte sein Bakteriologiebuch gut studiert und so wußte er, daß die zylindrische Bakterie, die er hier sah, ein Bazillus war, ein winziges Stäbchen aus Protoplasma, das sich mit Hilfe von winzigen Fäden am Zellgehäuse durch das Blut bewegte. Diese haarähnlichen Geißeln peitschten heftig gegen das flüssige Medium und stießen den Bazillus auf diese Art vorwärts.

Eine lange Weile starrte Neville in das Mikroskop, unfähig zu denken oder mit der Untersuchung weiterzumachen.

Nur der eine Gedanke beschäftigte ihn: hier auf diesem Glasplättchen war der auslösende Faktor für die Existenz der Vampire. All die Jahrhunderte ängstlichen Aberglaubens waren in dem Augenblick entmystifiziert, da er den Bazillus entdeckt hatte.

Also hatten die Wissenschaftler recht gehabt: es hing mit Bakterien zusammen. Ihm, Robert Neville, sechsunddreißig, Überlebender, war es überlassen, die Untersuchung abzuschließen und den Mörder zu nennen – den Bazillus *im* Vampir.

Die Verzweiflung übermannte ihn mit unvorstellbarer Gewalt. Zwar hatte er die Antwort gefunden – doch zu spät! Er kämpfte gegen die Verzweiflung an, doch sie wollte sich nicht verdrängen lassen. Er wußte nicht, wo er anfangen sollte, er fühlte sich völlig hilflos diesem Problem gegenüber. Wie konnte er auch nur hoffen, die zu heilen, die noch lebten? Er wußte doch überhaupt nichts über Bakterien.

Dann werde ich mir dieses Wissen eben aneignen! versprach er sich wütend. Und er zwang sich zum Studium.

Wenn die Lebensbedingungen ungünstig waren, vermochten bestimmte Bazillenarten aus sich heraus Körper, Sporen genannt, zu bilden.

Was sie dabei taten, war, ihren Zellinhalt in einen ovalen

Körper mit dicker Wand zu leiten. War dieser Körper gefüllt, löste er sich vom Bazillus und wurde zur freien Spore, die physikalischen und chemischen Einwirkungen gegenüber ungemein widerstandsfähig war.

Später, wenn die Überlebensbedingungen günstiger waren, entwickelte die Spore sich weiter und bildete alle Eigenschaften des ursprünglichen Bazillus aus.

Robert Neville stand vor dem Spülbecken. Er hatte die Augen geschlossen und die Hände um den Beckenrand verkrampft. Es ist etwas da, sagte er sich. Es ist etwas da. Aber *was*?

Angenommen, der Vampir bekam kein Blut – dann wären die Lebensbedingungen für den *Vampiris*-Bazillus ungünstig. Um sich zu schützen, bildet er Sporen – und der Vampir fällt in ein Koma. Werden die Lebensbedingungen wieder günstig, steht der Vampir auf, ohne Veränderung in seinem Körper.

Aber kann der Bazillus denn wissen, ob Blut vorhanden ist? Wütend hieb er mit der Faust auf das Spülbecken. Er las die Seiten noch einmal. Es war etwas dran, das spürte er!

Bakterien, die nicht ausreichend ernährt wurden, veränderten sich abnorm und bildeten Bakteriophagen (nicht aktiv bewegliche virenähnliche Kleinstlebewesen, die Bakterien zerstören).

Das hieß, wenn kein Blut hereinkam, veränderten die Bakterien sich abnorm, sogen Wasser auf und schwollen an, bis sie platzten und alle Zellen vernichteten.

Also wieder Sporenbildung! Das mußte zutreffen.

Na gut, angenommen, der Vampir fiel nicht in ein Koma, angenommen sein Körper zersetzte sich ohne Blut. Die Bazillen bildeten möglicherweise trotzdem Sporen und ...

Ja! Die Staubstürme!

Die freiwerdenden Sporen wurden von den Stürmen verweht und konnten in den minimalsten Abschürfungen und natürlich auch in den nicht einmal sichtbaren Hautrissen, die der peitschende, stechende Wind verursachte, Zulaß finden. Hatten sie sich erst einmal in der Haut eingenistet, konnten sie sich voll entwickeln und durch Teilung vermehren. Im Laufe dieser ständigen Vermehrung wurden die umgebenden Zellen zerstört und die Kanäle mit Bazillen verstopft. Die Zerstörung von Gewebezellen und Bazillen gab schädliche zersetzte Körper frei, die dadurch in das umgebende gesunde Gewebe dringen konnten. Und schließlich würde ihr Gift die Blutbahn erreichen.

Damit war der Prozeß komplett.

Und das alles ohne blutäugige Vampire mit spitzen Zähnen, die sich über das Bett einer Schönen beugten; alles ohne Fledermäuse, die mit ihren ledrigen Schwingen gegen die Fenster von Landhäusern schlugen; alles ohne auch nur eine Spur von übernatürlichem Element.

Den Vampir gab es, nur war seine echte Geschichte nie bekannt geworden.

Das in Betracht ziehend, versuchte Neville sich über historische Seuchen zu informieren – an die Pest.

Die Justinianische Pest im sechsten Jahrhundert ähnelte sehr der Seuche von 1975. Historiker schrieben zwar von Beulenpest, aber Robert Neville glaubte eher, daß der Vampir die Seuche ausgelöst hatte.

Nein, nicht der Vampir, denn jetzt sah es ganz so aus, als wäre dieser sich nächtlich herumtreibende, listige Geist nicht mehr als ein Werkzeug des Bazillus, genau wie die lebenden Unschuldigen, die zuerst von ihm heimgesucht worden waren. Der Bazillus war das Ungeheuer – der Bazillus, der sich hinter den Schleiern von Legenden und Aberglauben verbarg und seine Geißel verbreitete, während die Menschheit vor Furcht nicht mehr ein noch aus wußte.

Und was war mit der Pestpandemie im vierzehnten Jahrhundert gewesen, dem »Schwarzen Tod«, die ganz Europa heimgesucht und fünfundzwanzig Millionen Menschen dahingerafft hatte?
Auch Vampire?

Gegen zehn Uhr an diesem Abend schmerzte sein Kopf wie verrückt, und seine Augen brannten, da erst wurde ihm bewußt, daß er den ganzen Tag nichts gegessen hatte und er hungrig wie ein Wolf war. Er holte sich ein T-Bone-Steak aus dem Gefrierschrank. Während es briet, duschte er sich.

Er zuckte ein wenig zusammen, als ein Stein gegen die Hauswand schlug. Dann grinste er trocken. Er war den ganzen Tag so sehr in seine Arbeit vertieft gewesen, daß er die ums Haus streichende Meute völlig vergessen hatte.

Beim Abfrottieren wurde ihm plötzlich klar, daß er keine Ahnung hatte, welche seiner nächtlichen Hausbelagerer noch physisch lebten, und welche ausschließlich von dem Bazillus aktiviert wurden. Komisch, dachte er, daß ich es nicht weiß. Aber es mußte beide Arten unter ihnen geben, denn einige hatte er erschossen, und sie waren wieder aufgestanden, während andere sich nicht mehr rührten. Er nahm an, daß die Toten gegen Kugeln gefeit waren.

Das brachte ihn zu einer weiteren Frage: Weshalb kamen die Lebenden zu seinem Haus? Und weshalb nur diese paar und nicht alle aus der ganzen Gegend?

Er leistete sich ein Glas Wein zu seinem Steak und staunte, wie gut ihm alles schmeckte. Gewöhnlich hatte alles fade geschmeckt, und er hatte nur gegessen, um bei Kräften zu bleiben. Offenbar hatte er sich heute einen richtigen Appetit erarbeitet.

Außerdem hatte er den ganzen Tag nicht einmal auch nur an einen Drink gedacht. Nicht einmal jetzt hatte er Verlangen nach Whisky. Er schüttelte erstaunt den Kopf. Demnach war offensichtlich, daß er stärkere Getränke nur als Sorgenbrecher trank – und um zu vergessen.

Er hatte das Steak bis zum Knochen gegessen und jetzt nagte er sogar den noch ab. Den Rest des Weines nahm er ins Wohnzimmer mit, wo er den Plattenspieler einschaltete und sich müde, aber zufrieden in seinen Sessel fallen ließ.

Genüßlich lauschte er Ravels *Daphnis und Chloe*, Suite 1 und 2. Die Lampen hatte er ausgeschaltet, nur das Barlicht verbreitete einen schwachen Schein. Es gelang ihm eine ganze Weile, die Vampire, und alles was mit ihnen zusammenhing, zu vergessen.

Später jedoch konnte er einfach nicht widerstehen – er mußte noch einen Blick ins Mikroskop werfen.

Du kleiner Bastard, dachte er fast zärtlich, während er das winzige Protoplasmawesen betrachtete, das auf dem Glasplättchen zappelte. Du heimtückischer kleiner Bastard!

12

Am nächsten Tag ging alles schief.

Die Höhensonne vernichtete den Bazillus auf dem Objektträger, aber das erklärte ihm nichts.

Er mischte Allylsulfid mit dem verseuchten Blut, doch nichts tat sich. Das Allylsulfid wurde absorbiert, die Bazillen lebten weiter.

Nervös schlurfte er im Schlafzimmer hin und her.

Knoblauch verscheuchte die Vampire, und von Blut existierten sie. Und trotzdem geschah nichts, als er Knoblauchessenz in das Blut gab. Seine Hände ballten sich verärgert.

Einen Moment! Das Blut war ja von einem der lebenden Vampire!

Eine Stunde später hatte er eine Probe von einem Untoten. Er mischte ein paar Tropfen mit Allylsulfid und beobachtete sie durchs Mikroskop. Nichts geschah.

Seine Kehle schnürte sich zu.

Was war dann mit dem Pfahl? Aber ihm fiel nichts anderes als Blutung ein, und er wußte, daß es das nicht war. Diese verdammte Frau ...

Den ganzen Nachmittag überlegte er. Schließlich stieß er das Mikroskop mit einer heftigen Handbewegung um und stapfte verärgert ins Wohnzimmer. Er warf sich in den Sessel und trommelte mit den Fingerspitzen auf die Lehnen.

Genial, Neville, dachte er. Du bist ja unwahrscheinlich gescheit. Geh mal an die Tafel! Er kaute an seinen Fingerknöcheln. Gib es doch zu, du kannst schon lange nicht mehr systematisch denken. Und wenn du dich zwei Tage hintereinander plagst, platzt dein Verstand aus den Nähten. Du bist nutzlos, wertlos, ein Versager!

Das reicht! wehrte er ab. Kehren wir zum Problem zurück. Und das tat er.

Manches steht fest, erinnerte er sich. Es *gibt* einen Bazillus – er wird übertragen – Sonnenlicht bringt ihn um – Knoblauch ist wirksam. Einige Vampire schlafen in der Erde, der Pfahl kann sie vernichten. Sie verwandeln sich nicht in Wölfe oder Fledermäuse, aber bestimmte Tiere werden ebenfalls angesteckt und werden zu Vampiren.

So weit, so gut.

Er stellte eine Liste auf. Über eine Reihe schrieb er »Bazillus«, über die andere machte er ein Fragezeichen.

Er fing an.

Das Kreuz. Nein, das konnte nichts mit dem Bazillus zu tun haben. Es war höchstens ein psychologisches Mittel.

Erde. Konnte etwas im Erdboden sein, das eine Wirkung auf den Bazillus hatte? Nein. Wie sollte Erde in die Blutbahn gelangen? Außerdem schliefen nur sehr wenige in der Erde.

Sein Adamsapfel hüpfte, als er die zweite Eintragung unter der Reihe mit dem Fragezeichen machte.

Fließendes Wasser. Konnte es durch die Poren absorbiert werden und ... Nein, das war idiotisch. Sie trieben sich ja schließlich auch im Regen herum und das täten sie gewiß nicht, wenn er ihnen schadete. Also eine weitere Eintragung in der Fragezeichenreihe. Seine Finger zitterten ein wenig dabei.

Sonnenlicht. Wenigstens eine positive Eintragung. Aber die gewünschte Befriedigung verlieh es ihm nicht.

Pfahl. Nein. Er schluckte. Paß auf, warnte er sich.

Spiegel. Großer Gott, wie sollte ein Spiegel etwas mit Bazillen zu tun haben? Sein Gekritzel in der rechten Reihe war kaum noch leserlich. Seine Hand zitterte noch mehr.

Knoblauch. Er knirschte mit den Zähnen. Er würde doch zumindest noch eine Eintragung unter die Bazillen-Reihe finden. Das war fast schon Ehrensache! Er zerbrach sich den Kopf. Knoblauch, Knoblauch! Er *mußte* den Bazillus beeinflussen. Aber wie?

Er wollte ihn schon in die rechte Senkrechtreihe schreiben, doch schon nach dem ersten Buchstaben schoß die Wut in ihm hoch, wie Lava aus einem Vulkan.

Verdammt!

Er zerknüllte das Blatt Papier und warf es von sich. Starr, verzweifelt stand er auf und blickte sich um. Er hatte das Bedürfnis, etwas – alles – zu zertrümmern. Du hast dir also eingebildet, deine Wahnsinnsperiode sei vorbei! brüllte er sich in Gedanken an. Aufgebracht stapfte er zur Bar.

Doch er zwang sich stehenzubleiben. Nein, nein, fang nicht wieder an, flehte er sich an. Zwei bebende Hände fuhren durch sein strähniges blondes Haar. Er schluckte und schüttelte sich unter dem gezügelten Verlangen, alles kurz und klein zu schlagen.

Er ging doch an die Bar, aber das Geräusch des Whiskys, als er ins Glas gluckerte, brachte ihn in Rage. Er drehte die Flasche um, daß die bernsteinfarbige Flüssigkeit in kräftigen Schwallen herausschoß und sich über den Glasrand auf die Mahagoniplatte der Bar ergoß.

Er schüttete das ganze Glasvoll in einem Zug hinunter. Den Kopf hatte er zurückgeworfen, und der Whisky sickerte aus den Mundwinkeln.

Ich bin ein Tier, dachte er. Ein dummes hirnloses Tier und ich werde mich vollaufen lassen!

Er füllte das Glas erneut, goß seinen Inhalt in sich hinein und warf es heftig von sich. Es prallte vom Bücherregal ab und rollte über den Teppich. Ah, du willst also nicht zerbrechen, knurrte er lautlos. Er machte einen weiten Satz und zertrampelte das Glas unter seinen schweren Schuhen.

Dann wirbelte er herum und kehrte zur Bar zurück. Er nahm ein neues Glas, schenkte sich ein und schüttete den Whisky hinunter. Ich wollte, ich hätte eine Whiskypipeline, dann würde ich einen gottverdammten Schlauch anschließen und den Whisky in mich hineinrinnen lassen, bis er aus den Ohren wieder herauskommt! Bis ich darin *schwimme!*

Er schleuderte auch dieses Glas von sich. Zu langsam, viel zu langsam, verdammt! Er trank direkt aus der Flasche, schluckte hastig. Er verachtete sich und bestrafte sich mit dem Whisky, der brennend die mit dem Schlucken kaum noch nachkommende Kehle hinunterrann.

Ich werde daran ersticken! Ich werde mich damit erdrosseln! Ich werde mich in Whisky ersäufen, wie Clarence in Malvasier. Ich werde sterben, sterben, *sterben!*

Er schmetterte die leere Flasche an die Wand mit der älteren Fototapete. Der Whisky rann über die Äste des knorrigen Baumes und die Klippe herunter auf den Boden. Er taumelte durchs Zimmer, hob eine Flaschenscherbe auf und wütete damit auf der Fototapete herum, bis die gezackten Kanten ein ganzes Stück herausschnitten. Da! dachte er und sein Atem zischte wie Dampf. Da hast du es!

Er warf die Flaschenscherbe von sich und blickte hinunter, als er dumpfen Schmerz in den Fingern spürte. Er hatte sie sich ebenfalls aufgeschnitten.

Gut! freute er sich wild und drückte so auf die Finger, daß die Schnitte klafften und das Blut in dicken Tropfen auf den Teppich sickerte. Verblute doch, du blöder wertloser Bastard!

Eine Stunde später war er sinnlos betrunken und lag mit einem leeren Lächeln auf dem Boden.

Der Teufel hat die Welt geholt. Keine Bazillen, keine Wissenschaft. Die Welt ist dem Übernatürlichen verfallen, sie ist eine übernatürliche Welt. Willkommen, Dracula, sie gehört dir!

Zwei Tage blieb er betrunken, und er beabsichtigte, es auch weiter zu bleiben bis zum Ende der Zeit oder bis zum Ende des Whiskyvorrats, was immer auch zuerst kam.

Und er hätte es auch getan, wäre nicht ein Wunder geschehen.

Es geschah am dritten Morgen, als er auf die Veranda hinaustorkelte, um festzustellen, ob die Welt noch da war.

Ein Hund schnupperte auf dem Rasen herum.

Als das Tier das Öffnen der Haustür hörte, riß es den Kopf hoch und rannte auf dürren Beinen davon.

Einen Augenblick war Robert Neville so verblüfft, daß er sich nicht rühren konnte. Wie angewurzelt starrte er dem Hund nach, der mit eingezogenem dünnen Schwanz hastig über die Straße humpelte.

Er *lebte!* Es war *Tag!* Neville schwankte heiser schreiend vorwärts und wäre fast kopfüber auf den Rasen gestürzt. Mit den Füßen aufstampfend und wild herumfuchtelnden

Armen fing er sich gerade noch. Dann machte er sich daran, dem Hund nachzulaufen.

»He, Hundi!« rief er. Seine heisere Stimme brach die Stille der Cimarron Straße. »Komm her, Hundi!«

Seine Schuhe klapperten über den Bürgersteig und auf die Straße. Jeder Schritt hieb einen Rammbock gegen seinen Schädel. Sein Herz hämmerte wie wahnsinnig.

»He!« rief er wieder. »Komm her, Hundi!«

Auf der anderen Straßenseite humpelte der Hund mit der rechten Hinterpfote hochgezogen unsicher den Bürgersteig entlang. Seine dunklen Krallen klickten auf dem Beton.

»Komm her, mein Junge, ich tu' dir bestimmt nichts!« rief Robert Neville.

Aber er hatte bereits Seitenstechen, und sein Kopf drohte zu platzen. Der Hund blieb kurz stehen und schaute ihn an, dann schoß er zwischen zwei Häuser. Einen Augenblick lang sah Neville ihn von der Seite. Er war braun-weiß, eine Promenadenmischung, sein linkes Ohr hing in Fetzen herunter, und der hagere Körper schwankte beim Laufen.

»Renn nicht weg, Junge.«

Er hörte die Hysterie in seiner Stimme nicht, als er die Worte hinausbrüllte. Seine Kehle verschnürte sich, als der Hund zwischen den Häusern verschwand. Furcht griff nach ihm. Jetzt humpelte auch er. Aber er ignorierte die Schmerzen seines Katers. Er hatte nur noch den einen Gedanken, den Hund zu sich zu holen.

Aber als er den Hinterhof erreichte, war von dem Hund nichts mehr zu sehen.

Er stützte sich auf den Rotholzzaun und beugte sich darüber. Nichts. Als er ein Geräusch hörte, drehte er sich eilig um. Der Hund humpelte den Weg zurück, den er gekommen war.

Dann war er weg.

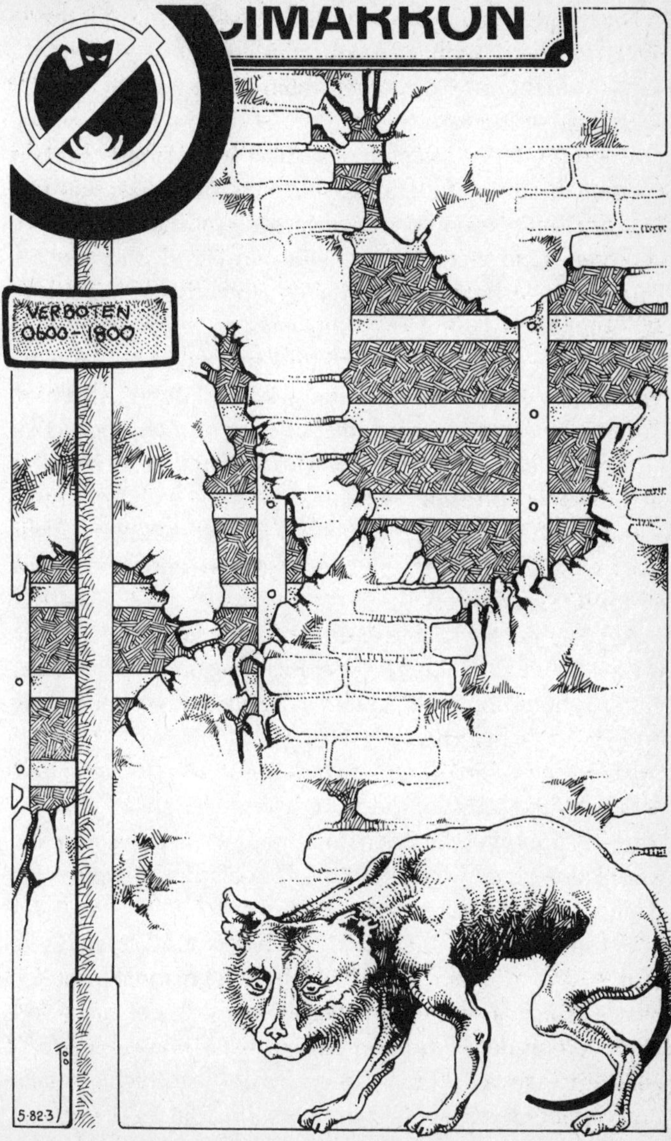
CIMARRON
VERBOTEN
0600-1800
5·82·3

Eine Stunde lang wanderte Robert Neville mit zitternden Beinen in der Nachbarschaft herum. Immer wieder rief er, leider vergebens: »Komm her, mein Junge, komm doch!«

Endlich stolperte er heim. Sein Gesicht war eine Maske hoffnungsloser Verzweiflung. Nach all dieser langen Zeit war er endlich auf ein lebendes Wesen gestoßen, das sein Gefährte hätte werden können, und dann mußte er es wieder verlieren. Und wenn es auch nur ein Hund war. *Nur* ein Hund? Für Robert Neville war er plötzlich die Krone der Schöpfung.

Er konnte weder essen noch trinken. Der Schock und der Verlust von etwas, das ihm hätte gehören können, machten ihn so schwach, daß er sich niederlegen mußte. Aber schlafen konnte er nicht. Er bebte wie im Schüttelfrost und wälzte sich unruhig von Seite zu Seite.

»Komm her, Junge«, murmelte er immer aufs neue, ohne daß es ihm überhaupt bewußt war. »Komm her, mein Junge, ich tu dir doch nichts.«

Am Nachmittag suchte er erneut. Zwei Blocks von seinem Haus entfernt sah er sich in jeder Richtung um, in jedem Vorgarten, Hinterhof, jeder Straße, in jedem Haus. Aber er fand den Hund nicht.

Als er heim kam, etwa gegen siebzehn Uhr, stellte er eine Schüssel mit Milch vor die Tür und legte einen aufgetauten rohen Hamburger daneben, und ringsherum um alles einen Knoblauchkranz, in der Hoffnung, daß die Vampire sich dann davon fernhalten würden.

Erst später kam es ihm, daß ja auch der Hund infiziert sein mußte und deshalb der Knoblauch auch ihn fernhalten würde. Und da war schon wieder etwas, das er nicht verstand. Wenn der Hund den Bazillus hatte, wieso konnte er dann im Tageslicht herumlaufen. Außer, natürlich, er hatte nur wenige dieser Teufelsdinger im Blut, daß er noch nicht richtig krank davon war. Doch wenn es so war, wie hatte er dann die nächtlichen Angriffe überleben können?

Oh, mein Gott, dachte er erschrocken, was ist, wenn er heute nacht zurückkommt, um sich das Fleisch zu holen, und die Bastarde bringen ihn um? Was, wenn der arme Kerl morgen tot draußen auf dem Rasen liegt? Dann wäre ich an seinem Tod schuld. Nein, das hielte ich nicht aus, dachte er elend. Ich würde mir eine Kugel in den Kopf jagen, ja, das schwöre ich!

Mit diesem Gedanken quälte ihn wieder das endlose Rätsel, weshalb er überhaupt weiterlebte. Na gut, jetzt hatte er eine lohnende Beschäftigung, seine Experimente mochten vielleicht doch noch Nutzen bringen. Aber trotzdem war das Leben eine trostlose Heimsuchung. Obwohl er alles hatte, bzw. alles haben konnte (außer, natürlich, einem anderen Menschen), war das Leben leer für ihn, und es sah nicht so aus, ob sich das ändern, als ob es sich verbessern würde. So wie die Dinge standen, würde sein Leben immer so weitergehen wie jetzt, bis er an Altersschwäche starb – und bis dahin mochten noch dreißig oder vierzig Jahre vergehen. Es konnte natürlich auch sein, daß er sich zu Tode soff.

Daran zu denken, daß es noch vierzig Jahre wie jetzt weitergehen könnte, ließ ihn erschaudern.

Und trotzdem hatte er sich nicht selbst das Leben genommen. Allerdings, besonders um sein leibliches Wohlergehen hatte er sich nicht gekümmert. Er aß nicht regelmäßig und vielleicht auch zu wenig, er schlief nicht richtig – aber tat er überhaupt etwas richtig? – und er trank zu viel. Auf diese Weise würde er sich seine Gesundheit nicht auf die Dauer erhalten können.

Doch nicht richtig auf die Bedürfnisse seines Körpers zu achten, war noch lange nicht Selbstmord. Er hatte nie einen Selbstmordversuch unternommen. Warum eigentlich nicht?

Darauf schien es keine Antwort zu geben. Er hatte sich mit nichts abgefunden, hatte sich an das Leben, das zu führen er gezwungen war, nicht gewöhnt, sich ihm nicht wirklich angepaßt. Und doch lebte er noch, acht Monate, nachdem das letzte Opfer der Seuche sein Leben ausgehaucht hatte, neun, seit er zum letztenmal mit einem anderen Menschen gesprochen hatte, und zehn, seit Virginia gestorben war. Und obwohl er keine Zukunft und eine so gut wie hoffnungslose Gegenwart hatte, machte er weiter.

War es Instinkt? Oder war er nur ganz einfach dumm? Zu phantasielos, sich umzubringen? Weshalb hatte er es nicht gleich am Anfang getan, als alles über ihm zusammenbrach? Was hatte ihn dazu veranlaßt, das Haus zur Festung zu machen, sich einen Gefrierschrank – ein Riesending! – anzuschaffen, einen Generator, einen Elektroherd, einen Wassertank, eine Werkbank, sich ein Treibhaus zu bauen, die Häuser links und rechts abzureißen, Schallplatten anzuschleppen und Bücher und Berge von Dosennahrung, und sogar – phantastisch, wenn er daran dachte – ein paar Rollen Fototapeten?

War der Überlebenswille mehr als ein leeres Wort? War er eine echte Kraft, die das Gehirn lenkte? War irgendwie die Natur selbst in ihm, um ihren Lebensfunken gegen ihre eigenen Übergriffe zu schützen?

Er schloß die Augen. Warum darüber nachgrübeln? Es gab keine Antwort. Er war ganz einfach zu dumm, sich selbst das Leben zu nehmen. Na ja, so sah es eben aus.

Später klebte er die Tapetenfetzen sorgfältig an. Es fiel gar nicht auf, außer man stand dicht davor.

Flüchtig versuchte er, sich wieder mit dem Bazillenproblem zu beschäftigen, aber es wurde ihm schnell klar, daß er sich nicht darauf konzentrieren konnte, daß er sich auf überhaupt nichts konzentrieren konnte – außer auf den Hund.

Zu seinem größten Erstaunen ertappte er sich dabei, daß er Gott anflehte, den Hund zu beschützen. Es war ein Augenblick, da er ein verzweifeltes Bedürfnis empfand, an einen Gott zu glauben, der die Hand über seine Schäfchen hielt. Doch noch während des Betens kam es ihm einen Herzschlag lang lächerlich vor, und er wußte, daß er sich selber jeden Augenblick spöttisch auslachen mochte.

Doch irgendwie gelang es ihm, sein ikonoklastisches Ich zu ignorieren und inbrünstig weiterzubeten – weil er den Hund als Gefährten haben wollte – weil er ihn einfach brauchte.

13

Am Morgen schaute er sofort zur Tür hinaus und stellte fest, daß Milch und Hamburger verschwunden waren.

Sofort wanderte sein Blick über den Rasen. Zwei Frauen lagen verkrümmt im Gras, der Hund war Gott sei Dank nirgends zu sehen. Er mußte grinsen. Wenn ich religiös wäre, dachte er, würde ich das als Erhörung meines Gebets ansehen.

Gleich darauf machte er sich Vorwürfe, weil er nicht wach gewesen war, als der Hund gekommen war. Es mußte nach dem Morgengrauen gewesen sein, als die Straßen sicher waren. Irgendwie hatte der Hund offenbar ein System entwickelt, das ihm geholfen hatte, so lange am Leben zu bleiben. Aber wirklich, er hätte wach sein sollen, um ihn zu beobachten.

Er tröstete sich mit der Hoffnung, daß er das Vertrauen des Hundes gewinnen würde, wenn er ihn auch anfangs nur durch Futter an sich gewöhnen konnte. Kurz machte er sich Sorgen, daß nicht der Hund sich das Fleisch geholt hatte, sondern die Vampire. Ein näherer Blick zerstreute diese Befürchtung glücklicherweise schnell. Der Hamburger war nicht über den Knoblauchring gehoben, sondern unter ihm hervorgezerrt worden. Das bewiesen die Spuren auf dem Beton der Veranda ganz deutlich. Und rings um die Schüssel waren noch feuchte Milchspritzer, wie sie nur von einer Tierzunge verursacht worden sein konnten.

Ehe er frühstückte, füllte er die Schüssel noch einmal mit Milch und holte einen weiteren Hamburger aus dem Tiefkühlschrank. Beides rückte er in den Schatten, damit die Milch nicht zu warm oder gar sauer würde. Der Hamburger taute auch im Schatten auf. Nach kurzem Überlegen stellte er noch ein Schüsselchen mit kaltem Wasser daneben.

Nach dem Frühstück fuhr er die beiden Frauen zum Feuer, und am Rückweg hielt er in einem Supermarkt an. Er schleppte zwei Dutzend Dosen des besten Hundefutters in den Wagen, mehrere Schachteln Hundekuchen, Hundeschokolade, Hundeseife und Flohpulver, auch eine Drahtbürste.

Großer Gott, dachte er, als er mit dem letzten Armvoll aus dem Supermarkt stolperte, man könnte ja fast glauben, ich hätte ein Baby zu Hause. Ein zaghaftes Lächeln stahl sich über seine Lippen. Warum soll ich mich denn selbst belügen? Ich bin so aufgeregt, wie seit bestimmt einem Jahr nicht mehr. Seine jetzige freudige Erregung war noch weit größer, als bei der Entdeckung des Bazillus.

Mit hundertdreißig Stundenkilometer fuhr er heim. Seine Enttäuschung war groß, als er sah, daß Fleisch, Milch und Wasser noch unberührt standen. Was, zum Teufel, erwartest du denn? fragte er sich sarkastisch. Der Hund kann schließlich nicht jede Stunde fressen.

Er stellte das Hundefutter und das andere Zeug alles am Tisch ab und schaute auf die Uhr. Zehn Uhr fünfzehn. Wenn er Hunger bekam, würde der Hund schon wiederkommen. Nur Geduld, mahnte er sich. Schaff dir zumindest *eine* Tugend an.

Er verstaute die Dosen und Schachteln, dann machte er seinen täglichen Rundgang ums Haus und ums Treibhaus. An einem Fenster mußte ein Brett wieder festgenagelt und eine zerbrochene Scheibe auf dem Treibhausdach erneuert werden.

Während er Knoblauch erntete und die Knollen in einen Korb legte, fragte er sich, wie schon oft, weshalb die Vampire nie versucht hatten, sein Haus anzuzünden. Das wäre doch das Naheliegendste. Konnte es sein, daß sie sich vor Streichhölzern fürchteten? Oder waren sie ganz einfach zu dumm dazu? Ihre Gehirne konnten ja gar nicht mehr so funktionsfähig sein wie früher. Zweifellos hatte die Verwandlung vom Lebenden zum Untoten eine Menge Gehirnzellen zerstört.

Nein, diese Theorie taugte nicht viel, denn es trieben sich des Nachts ja auch Lebende um das Haus herum. Ihre Gehirne waren noch intakt, oder nicht?

Aber er war nicht in der Stimmung, sich jetzt über Probleme den Kopf zu zerbrechen. Den Rest des Vormittags verbrachte er mit der Herstellung von Knoblauchketten, die er dann auch gleich gegen die alten ums Haus herum austauschte. Flüchtig dachte er wieder einmal über die Tatsache nach, daß Knoblauch wahrhaftig Vampire vertrieb. In den Legenden sollten es jedoch hauptsächlich die Blütendolden gewesen sein. Er zuckte die Achseln. Spielte es eine Rolle? Er nahm an, daß die Blüten die gleiche Wirkung auf die Vampire hatten.

Nach dem Mittagessen setzte er sich vor das Guckloch und blickte zu den Schüsseln und dem Teller hinaus. Von dem leisen Summen der Klimaanlagen in Schlafzimmer, Bad und Küche abgesehen, war nicht der leiseste Laut zu hören.

Der Hund kam gegen sechzehn Uhr. Neville war am Guckloch fast eingenickt. Er blinzelte heftig, als er den Hund entdeckte, wie er über die Straße humpelte und mit weißumringten wachsamen Augen auf das Haus spähte. Neville fragte sich, was der Pfote des Hundes wohl fehlen mochte. Er hätte sie ihm gern verarztet und des Hundes Zuneigung gewonnen – wie Androclus die des Löwen, dachte er feixend.

Er zwang sich, ganz still sitzenzubleiben und den Hund nur zu beobachten. Es war fast unglaublich, wie warm es ihm ums Herz wurde und wie das Leben gleich wieder normal zu sein schien, nur beim Anblick des Tieres, das die Milch schlabberte und sichtlich genußvoll kauend den Hamburger fraß. Ein zärtliches Lächeln erhellte Nevilles Gesicht, ein Lächeln, dessen er sich nicht bewußt war. Es war ein so netter Hund!

Er schluckte krampfhaft, als das Tier fertig war und sich daran machte, die Veranda zu verlassen. Hastig sprang er auf und rannte zur Haustür. Aber dann beherrschte er sich doch. Nein, das darfst du nicht, mahnte er sich widerstrebend. Du erschreckst ihn nur, wenn du hinausgehst. Laß ihn jetzt in Ruhe! Laß ihn gehen!

Er kehrte zum Guckloch zurück und blickte dem Hund nach, der über die Straße humpelte und wieder zwischen den beiden gleichen Häusern verschwand. Seine Kehle schnürte sich zusammen. Ist schon gut, tröstete er sich. Er kommt bestimmt wieder.

Er wandte sich vom Guckloch ab und mixte sich einen leichten Drink. Er nippte nur davon, nachdem er es sich in seinem Sessel bequem gemacht hatte, und fragte sich, wo der Hund wohl die Nacht verbrachte. Zuerst machte er sich große Sorgen um ihn. Bei ihm im Haus wäre es des Nachts sicher. Aber dann wurde ihm doch klar, daß der Hund es im

Verstecken zur Meisterschaft gebracht haben mußte, sonst würde er längst nicht mehr leben.

Vermutlich war das eine der Launen der Natur, die sich in keine Wahrscheinlichkeitsrechnung einbeziehen ließ. Irgendwie, durch Glück oder Zufall und gewiß auch Schlauheit und Geschick, hatte dieser eine Hund die Seuche und ihre grauenvollen Opfer überlebt.

Das startete einen neuen Gedankengang. Wenn ein Hund, mit doch gewiß geringer Intelligenz, das alles überstehen konnte, müßte da nicht ein Mensch mit Verstand um so mehr Überlebenschancen haben?

Er zwang sich, an etwas anderes zu denken. Es war gefährlich zu hoffen. Damit hatte er sich längst abgefunden.

Am nächsten Morgen kam der Hund wieder. Diesmal öffnete Robert Neville die Haustür und trat auf die Veranda. Sofort ließ der Hund sein Fressen im Stich. Er legte das rechte Ohr zurück und hastete hinkend über die Straße.

Neville brannte danach, ihn zu verfolgen, doch er setzte sich, so gleichmütig er es fertigbrachte, auf den Rand der Veranda.

Der Hund verschwand wieder zwischen den beiden Häusern. Nach einer Viertelstunde kehrte Neville ins Haus zurück.

Er frühstückte, dann stellte er frisches Futter für den Hund auf die Veranda.

Um sechzehn Uhr ließ der Hund sich erneut sehen. Diesmal ging Neville erst hinaus, nachdem er sich vergewissert hatte, daß der Hund mit dem Fressen fertig war.

Auch diesmal floh der Hund, aber als er feststellte, daß er nicht verfolgt wurde, hielt er an der anderen Straßenseite an und blickte flüchtig zurück.

»Ist schon gut, Junge«, rief Neville. Seine Stimme schien den Hund zu erschrecken, schnell rannte er fort.

Steif setzte Neville sich auf die Veranda. Vor Ungeduld knirschte er mit den Zähnen. Verdammt, fluchte er lautlos. Was ist denn los mit ihm? Dieser verflixte *Köter!*

Er zwang sich daran zu denken, was der Hund alles durchgemacht haben mußte. Die endlosen Nächte, während derer er sich in der Finsternis verkriechen mußte – Gott allein wußte, wie sehr er zitterte, wenn die Vampire überall ringsum herumstapften! Dann hatte er sich bisher sein Futter und Wasser selbst suchen müssen – ein schrecklicher Überlebenskampf in einer Welt ohne Herrchen oder Frauchen, ohne Menschen, die seinesgleichen von sich abhängig gemacht hatten.

Armer kleiner Kerl, dachte Neville. Ich werde dich gut behandeln, wenn du zu mir kommst und bei mir bleibst!

Vielleicht, dachte er dann, hat ein Hund eine bessere Überlebenschance als ein Mensch. Hunde waren, zumindest die meisten, kleiner als Menschen und konnten sich in Verstecke verkriechen, in die Vampire nicht hineinzugelangen vermochten. Vermutlich spürten sie die Fremdartigkeit dieser Wesen, die nur noch das Aussehen von Menschen hatten, *rochen* es wahrscheinlich.

Aber diese Folgerung machte ihn nicht gerade glücklicher. Trotz aller Vernunft hatte er im Unterbewußtsein die Hoffnung nie ganz aufgegeben, daß er irgendwann einmal doch auf jemanden stoßen würde, der wie er war: auf einen Mann oder eine Frau oder auch ein Kind, was, spielte keine Rolle. Sex verlor – wenn man nicht ständig darauf aufmerksam gemacht wurde – allmählich seine Bedeutung. Die Einsamkeit jedoch blieb.

Manchmal gab er sich seinen Wunschträumen hin, jemanden zu finden. Doch viel öfter hatte er versucht sich damit abzufinden, daß er – wie er ehrlich glaubte – der letzte echte Mensch auf Erden war, oder zumindest in dem Teil der Welt, in dem er sich aufhielt, und anderswohin würde er unter den gegebenen Bedingungen kaum noch kommen.

So sehr war er in seine Gedanken versunken, daß er den nahenden Abend vergessen hatte. Er sprang erschrocken hoch, als er Ben Cortman über die Straße laufen sah.

»Neville!«

Hastig rannte er ins Haus, schlug die Tür zu und versperrte sie mit zitternden Fingern.

Ein paar Tage ging er immer auf die Veranda hinaus, wenn der Hund mit Fressen fertig war, und jedesmal rannte das Tier fort, doch allmählich immer langsamer, und bald blieb es mitten auf der Straße kurz stehen, blickte zu ihm zurück und bellte. Nie folgte Neville ihm. Er setzte sich lediglich auf die Veranda und beobachtete es. Es war eine Art Spiel für sie beide.

Eines Tages saß Neville auf der Veranda, *bevor* der Hund kam, und als er auf der Straße auftauchte, blieb er unbewegt sitzen.

Gut fünfzehn Minuten hing der Hund mißtrauisch am Bordstein herum und zögerte, sich dem Futter zu nähern. Neville rutschte soweit es ging davon weg, um den Hund zu ermutigen. Unbedacht überschränkte er die Beine, und das Tier wich bei dieser unerwarteten Bewegung erschrocken zurück. Von da ab blieb Neville ganz still sitzen. Der Hund humpelte unentschlossen hin und her, während sein Blick abwechselnd von Neville zum Futter und zurück wanderte.

»Komm her, mein Junge«, sagte Neville sanft. »Friß schön, sei ein guter Hund!«

Weitere zehn Minuten vergingen. Der Hund hatte sich inzwischen auf den Rasen gewagt. Er lief hin und her, kam dabei jedoch immer näher.

Schließlich blieb er kurz stehen, dann setzte er ganz langsam Bein vor Bein und näherte sich dem Futternapf, ohne jedoch den Blick von Neville zu wenden.

»So ist's gut, mein Junge«, lobte Neville weich.

Diesmal zuckte der Hund beim Klang der Stimme nicht zurück. Neville achtete darauf, ja keine abrupte Bewegung zu machen, die den Hund verscheuchen mochte.

Noch näher kam der Hund, bereit, beim geringsten Zeichen von Gefahr davonzulaufen.

»So ist's recht«, sagte Neville besänftigend.

Plötzlich schoß der Hund vor und schnappte das Fleisch. Nevilles frohes Lachen folgte ihm, als er hastig damit über die Straße humpelte.

»Du Schlauberger!« sagte er anerkennend.

Dann beobachtete er den Hund beim Fressen. Er hatte sich inzwischen auf der anderen Straßenseite auf einen verdorrten Rasen gekauert und ließ auch jetzt noch keinen Blick von Neville, während er den Hamburger verschlang. Genieß es nur, dachte Neville. Von jetzt ab werde ich dir Hundefutter geben. Noch mehr Gefrierfleisch von meinen Vorräten abzuzweigen kann ich mir nicht leisten.

Als der Hund fertig war, richtete er sich auf den vier Beinen auf und überquerte erneut die Straße, etwas weniger zögernd diesmal. Neville saß immer noch unbewegt, aber sein Herz pochte heftig. Der Hund begann ihm zu vertrauen, und das rührte ihn zutiefst. Auch er ließ seine Augen nicht von dem Tier.

»So ist's gut, mein Junge«, hörte er sich selbst laut sagen. »Sauf jetzt nur dein Wasser.«

Ein erfreutes Lächeln zog über seine Lippen, als er sah, daß der Hund ein Ohr spitzte. *Er hört mir zu!* dachte er aufgeregt. Er hört, was ich sage, der kleine Bursche.

»Komm nur, mein Junge!« forderte er ihn eifrig auf. »Sauf

jetzt das Wasser und die Milch. Ich tu' dir nichts, mein Junge. Sei ein guter Hund!«

Das Tier tappte zur Wasserschüssel und soff vorsichtig. Immer wieder hob es ruckartig den Kopf, um Neville zu beobachten.

»Schau, ich rühr' mich überhaupt nicht«, versicherte Neville dem Hund.

Er staunte, wie seltsam seine Stimme klang. Er hatte sie fast ein Jahr nicht mehr gehört und nun erschien sie ihm irgendwie komisch. Ein Jahr schweigend zu leben, war eine lange Zeit. Wenn du bei mir bleibst, dachte er, werd' ich dir ein Loch in den Bauch reden!

Der Hund hatte sein Wasser ausgeschlabbert.

»Komm her, mein Junge«, sagte Neville und tätschelte einladend auf seinen Schenkel. *»Komm!«*

Der Hund blickte ihn interessiert an, und sein unverletztes Ohr zuckte. Diese Augen! dachte Neville, was sie an Gefühlen ausdrücken! Mißtrauen, Furcht, Hoffnung, Einsamkeit – all das verrieten diese feuchten braunen Augen. Armer kleiner Bursche!

»Komm her, mein Junge, ich tu' dir nichts«, sagte er sanft.

Dann stand er auf, und der Hund rannte davon. Neville schaute ihm kopfschüttelnd nach.

Weitere Tage vergingen. Jeden Tag saß er auf der Veranda, während das Tier fraß. Es dauerte nicht mehr lange, bis der Hund ohne Zaudern, ja in geradezu kühner Haltung, zum Futternapf kam.

Und die ganze Zeit redete Neville zu ihm.

»So ein guter Junge. Friß nur schön! So ein *feines* Futter, nicht wahr? Sicher ist es fein! Ich bin dein Freund. Das Futter ist von mir. Friß nur auf, mein Junge. So ist es recht. So ein *lieber* Hund!« Endlos schmeichelte er ihm, lobte ihn mit sanfter Stimme, um ihm die tiefeingewurzelte Angst zu nehmen.

Und jeden Tag setzte er sich ein bißchen näher zum Futternapf, bis es soweit war, daß er den Hund mit ausgestrecktem Arm hätte berühren können. Aber er versuchte es nicht, dazu war die Gefahr, ihn zu verscheuchen, noch zu groß. Ich möchte ihn doch nicht erschrecken, dachte er.

Aber es war schwer, die Hände stillzuhalten. Er spürte regelrecht, wie sie danach drängten, über den Kopf des Hundes zu streicheln. Er empfand ein so ungeheures Verlangen, wieder etwas zu lieben, und der Hund war ein so schön häßliches Tier.

Immer sprach er zu ihm, bis der Hund sich an den Klang seiner Stimme gewöhnt hatte. Er blickte jetzt kaum noch vom Futter hoch, wenn er redete. Er kam und ging nun ohne Furcht, fraß und bellte einen kurzen Dank von der anderen Straßenseite. Bald, sagte Neville sich, werde ich ihm den Kopf streicheln dürfen. Aus den Tagen wurden angenehme Wochen, und jede Stunde brachte ihm den Gefährten näher.

Dann kam der Hund eines Tages nicht.

Neville war verzweifelt. Er hatte sich so an das Kommen und Gehen des Tieres gewöhnt, daß sich im Grund genommen sein ganzes Leben um ihn drehte und er sich mit seinem Tagesablauf nach den Futterzeiten des Hundes richtete. Seine Forschungen hatte er vergessen und alles war zweitrangig, solange ihn sein Verlangen, das Tier ins Haus zu bekommen, so sehr beschäftigte.

Einen nervenaufreibenden Nachmittag verbrachte er damit, die ganze Nachbarschaft abzusuchen und laut nach dem Hund zu rufen – aber leider ohne Erfolg. Kurz vor Sonnenuntergang kehrte er bedrückt nach Hause zurück und würgte sein Abendessen lustlos hinunter. Auch am nächsten Tag kam der Hund nicht zum Frühstück. Wieder suchte Neville alles in der näheren Umgebung ab, doch bereits mit weniger Hoffnung. Sie haben ihn erwischt! hämmerte es immer wieder in sein Gehirn. Diese verfluchten Bastarde haben ihn erwischt! Aber so ganz fest glaubte er es doch nicht, weil er es nicht glauben wollte.

Am Nachmittag des dritten Tages arbeitete er in der Garage, als er das Klappern des Blechnapfs auf der Veranda hörte. Fast keuchend Luft holend rannte er ins Freie.

»Da bist du ja wieder!« rief er.

Der Hund zuckte erschrocken zurück, und Wasser troff aus seinem Rachen.

Eine eisige Hand krampfte sich um Nevilles Herz. Die Augen des Hundes waren stumpf, und er hechelte mit hängender dunkler Zunge.

»Nein!« flüsterte Neville. »O *nein!*«

Der Hund schleppte sich rückwärts auf zitternden Beinen über den Rasen. Schnell setzte Neville sich auf die Veranda, seine Beine waren wie aus Gummi. O nein! dachte er angstvoll. O nein, Gott, nein!

Der Hund kam schwankend wieder näher und schlabberte Wasser. Nein, nein! Es darf ganz einfach nicht sein!

»Nein, es darf nicht sein!« murmelte er schließlich, ohne daß es ihm bewußt wurde. Unwillkürlich streckte er die Hand aus. Der Hund wich zurück und fletschte knurrend die Zähne.

»Ist schon gut, mein Junge«, sagte Neville leise. »Ich tu' dir ganz bestimmt nichts.« Er wußte nicht einmal, was er sagte.

Er konnte den Hund nicht aufhalten, aber er versuchte ihm zu folgen. Doch das Tier war verschwunden, ehe er sehen konnte, wo es sich verkrochen hatte. Vermutlich irgendwo unter einem Haus, aber das brachte ihm den Hund auch nicht näher.

In dieser Nacht konnte er nicht schlafen. Ruhelos stapfte er durch die Zimmer und trank Tasse um Tasse Kaffee und fluchte, weil die Zeit nicht vergehen wollte. Er mußte den Hund ins Haus bekommen, er mußte! Und zwar so schnell wie möglich. Und er mußte ihn gesundpflegen!

Aber wie konnte er ihn heilen? Er schluckte. Es mußte ganz einfach eine Möglichkeit geben! Auch wenn er nicht viel davon verstand, er *mußte* es schaffen!

Am nächsten Morgen setzte er sich direkt neben den Futternapf. Er spürte, wie seine Lippen zitterten, als er den Hund kommen sah und bemerkte, wie er sich über die Straße schleppte.

Er fraß nichts. Seine Augen waren noch stumpfer als am Tag zuvor. Neville wäre am liebsten aufgesprungen, um nach ihm zu greifen und ihn ins Haus zu bringen.

Aber er wußte, wenn er ihn nicht gleich richtig zu fassen bekam, würde er alles verderben – der Hund würde vermutlich nie wiederkommen.

Der Hund schlabberte ein wenig Wasser, dann wandte er sich doch dem Futter zu. Und die ganze Zeit zuckte Nevilles Hand im Verlangen, den Kopf des Tieres zu tätscheln. Ein paarmal streckte er sie sogar aus, doch dann wich der Hund knurrend zurück. Dann versuchte er es mit Strenge. »Friß weiter, ich tu' dir doch nichts!« sagte er mit scharfer Stimme. Aber das erschreckte den Hund nur noch mehr, und er wich weiter zurück. Fünfzehn Minuten lang mußte Neville sanft auf ihn einreden – seine Stimme war ganz heiser und zitternd –, bis der Hund sich wenigstens wieder ans Wasser heranwagte.

Diesmal gelang es ihm den schwerfällig humpelnden Hund zu verfolgen und zu sehen, unter welchem Haus er sich verkroch. Er hätte ein Gitter über das Loch legen können, aber er tat es doch nicht. Er wollte den Hund ja nicht verschrecken. Außerdem hätte er dann nur durch den Fußboden an den Hund herangekonnt, und den aufzureißen, hätte viel zu lange gedauert und den Hund noch mehr verstört. Nein, er mußte das Tier möglichst schnell erwischen.

Als es an diesem Nachmittag nicht zurückkam, stellte er ein Schüsselchen Milch in das Loch unter dem Haus. Am nächsten Morgen war es leer. Er wollte es auffüllen, als ihm klar wurde, daß der Hund dann das Loch vielleicht überhaupt nicht mehr verlassen würde. Also stellte er die Milchschale wieder auf die Veranda. Er konnte nur hoffen, daß der Hund noch Kraft genug hatte, sich so weit zu schleppen. Er machte sich diesmal nicht einmal über sich selbst lustig, als er flehentlich betete.

Als der Hund am Nachmittag nicht kam, kehrte er zu dem Loch zurück und schaute hinein. Dann stapfte er unruhig davor hin und her und hätte fast doch die Milch ins Loch gestellt. Nur die Überzeugung, daß der Hund dann nie wieder herausgekommen wäre, hielt ihn schließlich doch davon ab.

Er kehrte nach Hause zurück und verbrachte eine weitere schlaflose Nacht. Auch am Morgen kam der Hund nicht. Erneut ging er zu dem Loch. Er lauschte, aber er konnte das Tier nicht atmen hören, und es verursachte auch sonst keinen Laut, es lag entweder zu weit von der Öffnung entfernt, als daß er es hätte hören können, oder ...

Er ging nach Hause zurück und setzte sich auf die Veranda. Er frühstückte weder, noch aß er etwas zu Mittag. Er saß nur den ganzen Tag unbewegt.

Spät am Nachmittag humpelte der Hund zwischen den Häusern hervor und kam nur ganz langsam auf den wackligen dürren Beinen vorwärts. Neville mußte sich zwingen, reglos sitzenzubleiben, bis der Hund das Futter erreicht hatte. Doch dann griff er eilig nach ihm und hob ihn hoch.

Sofort schnappte das Tier nach ihm, aber er legte die Rechte um seine Schnauze und hielt sie ihm zu. Der dürre

Körper wand sich kraftlos in seinem Griff, und ein erbarmungswürdiges Winseln löste sich aus seiner Kehle.

»Ist schon gut«, sagte er immer wieder. »Ist schon gut, mein Junge.«

Schnell trug er ihn ins Haus und legte ihn auf die Decken, die er bereits für ihn hergerichtet hatte. Kaum nahm er die Hand von der Schnauze, schnappte der Hund erneut nach ihm. Neville riß die Rechte zurück. Der Hund hastete davon und rutschte dabei über das glatte Linoleum. Neville sprang auf und versperrte ihm den Weg zur Tür. Da verkroch der Hund sich unter dem Bett.

Neville kniete sich nieder und blickte darunter. In der Düsternis sah er die Augen wie Kohlen glühen und hörte das Hecheln.

»Komm her, mein Junge!« flehte er unglücklich. »Ich tu' dir doch nichts. Du bist *krank* und brauchst Hilfe.«

Aber der Hund rührte sich nicht vom Fleck. Schließlich stand Neville stöhnend auf. Er ging aus dem Zimmer und schloß die Tür hinter sich. Dann holte er die Näpfe und füllte sie mit Milch und Wasser. Er stellte sie ins Schlafzimmer neben die Decken, die er für den Hund hergerichtet hatte.

An seinem Bett blieb er kurz stehen und lauschte gequält auf das Hecheln.

»Warum *vertraust* du mir denn nicht?« fragte er kläglich.

Er aß gerade ein paar Bissen zu Abend, als er das schreckliche Winseln hörte.

Mit klopfendem Herzen sprang er vom Tisch auf, rannte durchs Wohnzimmer, riß die Tür zum Schlafzimmer auf und knipste das Licht an.

Der Hund versuchte in der Ecke bei der Werkbank ein Loch in den Boden zu scharren.

Ein schreckliches Wimmern erschütterte seinen ganzen

Körper, während die Vorderpfoten verzweifelt auf dem Linoleum kratzten und immer wieder ausrutschten.

»Ist schon gut, mein Junge!« sagte Neville schnell.

Der Hund zuckte zusammen und drückte sich in die Ecke. Sein Fell sträubte sich, die gelblichen Zähne waren völlig in seinem Fletschen entblößt, und ein verzweifeltes Wimmern entquoll seiner Kehle.

Plötzlich wußte Neville, was den Hund so sehr quälte. Es war dunkel, und er wollte sich vor den Vampiren in einem Loch verkriechen.

Hilflos stand er da, irgendwie funktionierte sein Gehirn nicht richtig, als der Hund sich aus der Ecke drückte und hastig unter die Werkbank kroch.

Schließlich kam ihm eine Idee. Er nahm die oberste Decke von seinem Bett, kehrte damit zur Werkbank zurück und blickte darunter.

Der Hund hatte sich an die Wand gedrückt und zitterte heftig am ganzen Körper, während er heiser knurrte.

»Ist schon gut, mein Junge. Ist schon gut!«

Das Tier wich aus, so gut es ging, als Neville die Decke unter die Werkbank schob und sie so zurechtrückte, daß der Hund sich darunter verkriechen konnte. Dann stand er auf und ging zur Tür. Kurz blieb er stehen und blickte zurück. Wenn ich nur etwas tun könnte, dachte er hilflos. Aber ich komme ja nicht einmal nahe genug an ihn heran.

Na ja, dachte er grimmig, wenn der Hund mir nicht bald vertraut, wird mir nichts übrigbleiben, als ihn mit Chloroform zu betäuben, dann kann ich ihn wenigstens verarzten, mir seine Pfote ansehen und versuchen, ihn zu heilen.

Er kehrte in die Küche zurück, aber er war nicht in der Stimmung, auch nur noch einen Bissen zu essen. Er leerte seinen Teller in den Abfalleimer und goß den Kaffee zurück in die Kanne. Im Wohnzimmer schenkte er sich einen Whisky ein und goß ihn hinunter. Er schmeckte schal und verleitete ihn absolut nicht zu einem zweiten Glas. Mit düsterem Gesicht kehrte er ins Schlafzimmer zurück.

Der Hund hatte sich in die Falten der Decke verkrochen, die nun mit ihm bebte, und immer noch winselte er ohne aufzuhören. Es wäre sinnlos zu versuchen, ihn sich jetzt anzuschauen, dachte er, dazu war er viel zu verstört.

Er ging ans Bett und setzte sich auf die Kante. Mit beiden Händen fuhr er sich durchs Haar, dann schlug er sie vors Gesicht. Du mußt ihn wieder gesund bekommen, dachte er, und unwillkürlich ballte er seine Hand und hieb auf die Matratze ein.

Abrupt streckte er die Hand aus, schaltete das Licht aus und legte sich voll angekleidet nieder. Im Liegen schlüpfte er aus den Sandalen und ließ sie auf den Boden plumpsen.

Stumm starrte er im Dunkeln an die Decke. Warum stehe ich nicht auf? fragte er sich. Weshalb versuche ich nicht, *irgend etwas* zu tun?

Er drehte sich auf die Seite. Schlaf! befahl er sich rein automatisch. Aber er wußte, daß er nicht würde schlafen können. In der Finsternis lauschte er dem Winseln des Hundes. Er stirbt, dachte er immer wieder. Er stirbt, und es gibt absolut nichts, was ich dagegen tun könnte.

Schließlich hielt er es ganz einfach nicht mehr aus, das Winseln weiter anzuhören. Er knipste die Nachttischlampe an. Als er in Socken durch das Zimmer ging, hörte er, wie der Hund aus der Decke zu springen versuchte, aber er verhedderte sich darin und begann panikerfüllt zu jaulen, während er unter der Decke wild herumzappelte.

Neville kniete sich neben ihn und legte die Hand auf seinen Rücken. Er hörte sein würgendes Knurren und das gedämpfte Klacken seiner Zähne, als er durch das dicke Gewebe nach ihm zu schnappen versuchte.

»Schon gut«, sagte er. »Beruhig dich endlich!«

Aber der Hund wehrte sich weiter. Er winselte ohne Unterlaß, und sein dürrer Körper bebte. Neville drückte die Hand fester auf ihn und redete ruhig und sanft auf ihn ein.

»Ist schon gut, mein Junge, ist schon gut. Niemand tut dir was. Beruhige dich jetzt. Komm, komm, entspann dich! Komm, sei vernünftig, Kleiner. So ist's gut. Entspann dich! So ist's richtig. Beruhige dich! Niemand tut dir was. Ich kümmere mich schon um dich.«

Fast eine Stunde lang redete er ununterbrochen auf ihn ein. In der Stille des Zimmers klang seine Stimme beschwörend, hypnotisch. Und allmählich, zögernd, zitterte das Tier immer weniger. Ein schwaches Lächeln überzog Nevilles Züge, während er weiterredete.

»So ist's gut. Alles ist gut. Nur ruhig, Kleiner.«

Bald verhielt das Tier sich unter seinen starken Händen ganz still, nur seine Brust hob und senkte sich heftig. Neville tätschelte sanft seinen Kopf und streichelte schließlich zärtlich seinen Rücken.

»Na, so ein lieber Hund«, sagte er weich. »Ganz ein lieber Hund! Ich bin jetzt ganz für dich da. Niemand wird dir was tun! Verstehst du, Kleiner? Natürlich verstehst du! Du bist jetzt *mein* Hund, nicht wahr?«

Er rutschte auf dem kühlen Linoleum näher und streichelte den Hund weiter.

»Du bist ein guter Hund, ein *lieber* Hund.«

Seine Stimme war ruhig – und resigniert.

Nach etwa einer Stunde hob er den Hund hoch. Einen kurzen Augenblick wehrte er sich und begann zu winseln, aber Neville redete wieder sanft auf ihn ein, und das Tier beruhigte sich schnell.

Er setzte sich auf das Bett und hielt den in die Decke eingewickelten Hund auf seinem Schoß. Stundenlang saß er so, tätschelte und streichelte ihn und redete ihm zu. Der Hund verhielt sich nun völlig ruhig und atmete auch leichter.

Etwa um elf Uhr schlug Neville vorsichtig die Decke zurück, daß der Kopf des Hundes herausschaute.

Ein paar Minuten lang zappelte er und schnappte nicht sehr überzeugend nach Neville, aber der sprach weiter beruhigend auf ihn ein, und nach einer Weile glitt seine Hand zum Hals des Tieres und kraulte ihn zärtlich.

Schluckend lächelte er zu dem Hund hinunter.

»Bald wird es dir wieder besser gehen«, flüsterte er. »Ganz bald.«

Der Hund schaute mit seinen stumpfen kranken Augen zu ihm auf, dann leckte er ihm mit rauher feuchter Zunge die Hand.

Ein Schluchzen quoll aus Nevilles Kehle. Stumm hielt er das Tier auf dem Schoß und streichelte es, während ihm die Tränen über die Wangen liefen.

Eine Woche später lebte der Hund nicht mehr.

14

Diesmal suchte er kein Vergessen im Trinken. Im Gegenteil, er stellte fest, daß er weniger als früher trank. Etwas hatte sich geändert. Er versuchte es zu analysieren und kam zu dem Ergebnis, daß sein letztes Besäufnis ihn bis zum absoluten Tiefpunkt frustrierter Verzweiflung geführt hatte. Wenn er sich jetzt nicht selbst unter die Erde bringen wollte, konnte es nur noch aufwärts gehen.

Nach den ersten Wochen, da er alle Hoffnung auf den Hund gesetzt hatte, war es ihm allmählich klar geworden, daß diese Art von Hoffnung keine Antwort auf sein Problem sein konnte, es auch nie gewesen war. In einer Welt monotonen Grauens konnte es keine Rettung in Träumen geben. An das Grauen hatte er sich gewöhnt. Schlimmer war die Eintönigkeit, und nun wurde ihm bewußt, daß sie seine schlimmste Qual gewesen war. Diese Erkenntnis verlieh ihm eine Art inneren Frieden – als hätte er alle Karten auf den Tisch gelegt und sich für ein Spiel entschieden.

Den Hund zu beerdigen war nicht so gramvoll, wie er befürchtet hatte, vielleicht weil ihm klar geworden war, daß er damit auch seine falschen Hoffnungen und Selbsttäuschungen begrub. Von dem Tag an lernte er sich mit dem Verlies, in dem er gefangen war, abzufinden und keine wilden Versuche, ihm zu entfliehen, mehr zu unternehmen oder seinen Schädel an den Wänden blutig zu schlagen.

Resigniert und doch neu aufgerichtet kehrte er wieder zu seiner Arbeit zurück.

Es lag nun schon fast ein Jahr zurück; wenige Tage, nachdem er Virginia zum zweitenmal und diesmal endgültig zur Ruhe gebettet hatte, war es gewesen.

Ausgemergelt und hoffnungslos, völlig verloren, war er spät am Nachmittag durch die Straßen gewandert, die Hände hingen schlaff an seinen Seiten, und seine Füße schlurften schwer in seiner Verzweiflung über das Pflaster. Sein Gesicht jedoch verriet nichts von seiner hilflosen Qual – es war leer.

Stundenlang hatte er sich durch die Straßen geschleppt, ohne Ziel vor Augen, ohne Interesse, wo er sich befand. Er wußte nur, daß er nicht in die leeren Räume seines Hauses zurückkehren, nicht die Dinge ansehen konnte, die sie berührt oder getragen oder mit ihm geteilt hatten. Kathys leeres Bett zu sehen, wäre unerträglich für ihn gewesen, genau wie all ihre Sachen, die jetzt nutzlos im Schrank hingen. Genausowenig wäre er imstande gewesen, das Bett, in dem Virginia mit ihm geschlafen hatte, auch nur anzuschauen, oder

Virginias Kleider, ihren Schmuck, ihre Kosmetika im Badezimmer. Nein, er konnte jetzt unmöglich ins Haus zurückkehren.

Und so stapfte er ruhelos durch die Straßen und wußte nicht, wo er war, als die Menschen sich plötzlich scharenweise an ihm vorbeidrängten und ein Mann nach seinem Arm griff und seinen Knoblauchatem ins Gesicht blies.

»Komm, Bruder, komm!« hatte der Mann mit raspelnder Stimme gesagt. Er hatte gesehen, wie der Hals des Mannes sich faltig wie der eines Truthahns bewegt hatte, er hatte seine rotfleckigen Wangen gesehen, seine fiebrigen Augen, den schwarzen schmutzigen Anzug, der lange schon kein Bügeleisen mehr gespürt hatte. »Komm, laß dich retten, Bruder! *Retten!*«

Robert Neville starrte den Mann an. Er verstand ihn nicht. Der Mann krallte die knochigen Finger in Nevilles Arm und zog ihn mit sich.

»Es ist nie zu spät, Bruder«, sagte er. »Der findet das Seelenheil, der ...«

Die letzten Worte gingen in dem immer lauteren Murmeln unter, das aus dem Zelt kam, dem sie sich näherten. Es hörte sich an, als hätte man das Meer eingesperrt, das sich nun zu befreien suchte. Robert Neville bemühte sich, dem anderen seinen Arm zu entreißen.

»Ich will nicht ...«

Der Mann hörte gar nicht auf ihn. Er zerrte Neville mit sich auf den Wasserfall aus schreienden Stimmen und stampfenden Füßen zu. So sehr Neville sich auch wehrte, der Mann ließ nicht los. Er kam sich vor, als schleppe man ihn in eine Sturzflut.

»Aber ich will nicht ...«

Schon hatte das Zelt ihn verschluckt, ihn der Ozean aus Gebrüll, Gestampfe und Händeklatschen verschlungen. Unwillkürlich zuckte er zusammen und spürte, wie sein Herz hämmerte. Er war nun dicht von Menschen umgeben – von Hunderten, und ihm war, als überschwemmte diese Menge ihn. Und sie brüllte und klatschte und schrie Worte, die Robert Neville nicht verstehen konnte.

Dann wurde es plötzlich fast still. Er hörte eine Stimme, die wie die des Jüngsten Gerichts durch das Halbdunkel schnitt – nur daß sie durch das Lautsprechersystem ein wenig zu sehr knisterte und zu schrill klang.

»Wollt ihr euch vor Gottes heiligem Kreuz fürchten müssen? Wollt ihr in einen Spiegel blicken und nicht das Gesicht sehen, das der Allmächtige euch gab? Wollt ihr wie ein Ungeheuer zurück aus dem Grab kriechen?«

Die Stimme klang nun heiser, aufpeitschend.

»Wollt ihr in ein finsteres, unheiliges Tier verwandelt werden? Wollt ihr den Nachthimmel mit der Hölle entsprungenen Fledermausflügeln besudeln? Ich frage euch: wollt ihr in gottlose, nachtverfluchte Untote verwandelt werden, in Kreaturen ewiger Verdammnis?«

»Nein!« brüllte die Menge schreckerfüllt. »Nein, *erlöse* uns!«

Robert Neville versuchte sich rückwärtsgehend einen Weg zum Ausgang zu bahnen. Aber es war schwierig bei all diesen Gläubigen mit den weißen, entsetzenerfüllten Gesichtern, die die Hände hochstreckten und den Himmel anflehten, sie zu retten.

»Hört auf mich! Hört auf das Wort Gottes! Wisset, daß das Böse sich von Nation zu Nation verbreitet, und die Untoten von einem Ende der Erde zum anderen ihr Unwesen treiben werden. Ihr wißt, daß es soweit kommen wird! Habe ich recht?«

»Ja! *Ja!*«

»Ich sage euch, wenn wir nicht wie die Kinder werden, rein

und unschuldig in den Augen Gottes – wenn wir nicht alle Gott den Allmächtigen und seinen eingeborenen Sohn Jesus Christus, unseren Erlöser, lobpreisen – wenn wir nicht auf die *Knie* fallen und um Vergebung unserer Sünden beten, so sind wir verdammt! Ich sage es noch einmal, so hört! Sind wir verdammt, *verdammt,* VERDAMMT!

Amen!«

»Rette uns!«

Robert Neville wurde herumgeschoben und -gestoßen in dieser Tretmühle der Hoffnung, in diesem Kreuzfeuer verzweifelter Anbetung.

»Gott hat uns für unsere schrecklichen Vergehen bestraft! Der göttliche Zorn ist über uns herabgekommen! Gott hat uns eine zweite Sintflut geschickt – eine Sintflut von Kreaturen der *Hölle,* die die ganze Welt überschwemmt! Er hat die Gräber geöffnet, die Toten aus den Grüften geholt – *und sie auf uns losgelassen!* Tod und Teufel gaben all jene frei, die sie einst holten! O Gott, du hast uns bestraft! O Gott, du wolltest unsere schlimmen Sünden nicht länger dulden! O Gott, du hast deinen Zorn über uns geschickt!«

Das Klatschen klang wie unregelmäßige Schüsse. Die Menschenkörper wiegten sich wie Ried in einem heftigen Wind. Das Stöhnen erinnerte an Sterbende, und die Schreie an Soldaten in einer Schlacht. Immer noch hatte Robert Neville den Ausgang nicht erreicht. Sein Gesicht war so weiß wie das der anderen, und er hatte die Hände ausgestreckt wie ein Blinder, der Unterschlupf sucht.

Endlich taumelte er schwach und am ganzen Leib zitternd aus dem Zelt, fort von der fanatisch schreienden Menschenmasse. Aber inzwischen war bereits die Nacht hereingebrochen.

Darüber dachte er nach in seinem Wohnzimmer mit einem

leichten Drink neben sich, an dem er nur nippte, und einem Buch über Psychologie auf seinem Schoß.

Ein Satz daraus hatte seinen Gedankengang in Bewegung gesetzt, hatte ihn in die Vergangenheit zurückgeschickt zu jenem Abend vor zehn Monaten, da er in diese wilde religiöse Versammlung gezerrt worden war.

»Dieser Zustand, der als hysterische Blindheit bekannt ist, kann partiell oder komplett sein, er mag auf ein Objekt, auf mehrere Objekte oder auf überhaupt alles bezogen sein.«

Das war der Satz, den er gelesen hatte, und er hatte ihn dazu gebracht, sich wieder mit dem Problem zu beschäftigen.

Er ging es diesmal von einer anderen Richtung an. Zuvor hatte er alle Vampirphänomene dem Bazillus zugeschrieben. Einige, die einfach unmöglich durch ihn verursacht worden sein konnten, erachtete er als Aberglauben, das heißt, er neigte zumindest dazu. Es stimmte, er hatte psychologische Erklärungen vage in Betracht gezogen, aber nicht wirklich an eine solche Möglichkeit geglaubt. Doch nun, da er sich von seiner starren Meinung befreit hatte, dachte er anders darüber.

Es gab keinen Grund, weshalb einige der Phänomene nicht physisch verursacht worden sein sollten und der Rest psychologisch. Und nun, da er sich aufgeschlossen damit beschäftigte, erschien es ihm als eine dieser geradezu ins Auge fallenden Antworten zu sein, die nur ein Blinder übersehen konnte. Na ja, dachte er in leichter Selbstironie, ich gehörte wohl schon immer zu denen, die den Wald vor lauter Bäumen nicht sahen.

Denk doch nur an den Schock, dem ein Seuchenopfer ausgesetzt ist!

Gegen Ende der Seuche hatten Sensationsreporter die Furcht vor Vampiren in alle Winkel der Welt verbreitet. Er erinnerte sich gut an die pseudowissenschaftlichen Artikel, die die aufs Ganze gehende Furchtkampagne verschleiern sollten, die nur dazu bestimmt war, den Umsatz von Zeitungen zu heben.

Dieser übersteigerte Versuch, möglichst viele Zeitungen an den Mann zu bringen, während die Welt starb, war grotesk gewesen. Natürlich hatten nicht alle Zeitungsverlage mitgemacht, aber auch die, die bis zum bitteren Ende auf Ehrlichkeit und Integrität geachtet hatten, waren mit zugrunde gegangen.

Aber die Sensationshascherei hatte wahrhaftig üppige Blüten getrieben in den letzten Tagen der Menschheit. Und gleichzeitig war auch die große Zeit religiöser Bewegungen gewesen. In ihrer Verzweiflung, sich an etwas zu klammern, das ihnen vielleicht Rettung bot, hatten die Menschen sich religiösen Sekten angeschlossen und ihr Heil im Gebet gesucht. Aber es hatte ihnen weniger als nichts gebracht, denn nicht nur waren sie genauso schnell dahingerafft worden wie der Rest der Menschheit, sie waren noch dazu mit grauenvoller Furcht für ihre Seelen gestorben, mit einer tödlichen Angst, die mit dem Blut durch ihre Adern floß.

Und dann, dachte Robert Neville, war das, wovor sie sich am meisten gefürchtet hatten, trotz aller Gebete und Kasteiungen, auch für sie wahr geworden. Unter der heißen schweren Erde des Grabes hatten sie das Bewußtsein wiedererlangt und erkennen müssen, daß der Tod ihnen nicht die ewige Ruhe geschenkt hatte. Wie die anderen hatten sie sich aus der Erde scharren müssen, getrieben durch das grauenvolle Verlangen ihrer Körper.

Solche Traumata konnten das bißchen Geist, das noch vorhanden war, in den Wahnsinn treiben.

Das Kreuz würde sie am meisten beschäftigen.

Als Lebende hatte man ihnen eingehämmert, daß Vampire den Anblick des Kreuzes nicht ertrugen. Die Erinnerung daran war vielleicht gerade für jene, die – zumindest in den letzten Tagen – das Kreuz als Symbol der Erlösung gesehen hatten, unerträglich, und ihr Verstand setzte aus. Tatsächlich erwachte die Furcht vor dem Kreuz in ihnen. Trotz aller Ängste angetrieben, mochte der Vampir einen ungeheuren geistigen Ekel entwickeln. Dieser Eigenhaß wiederum hatte möglicherweise eine Sperre in seinem ohnedies geschwächten Geist errichtet, die ihn seinem eigenen verabscheuten Bild gegenüber blind machte. Es konnte sie, die ihre Seele verloren glaubten, auch zu einsamen Sklaven der Nacht machen, die Angst hatten, sich jemandem zu nähern, die einsam dahinvegetierten und manchmal in ihrer Heimaterde Trost suchten und sich bemühten, ein Gefühl von Verbundenheit mit etwas, mit irgend etwas, zu gewinnen.

Das Wasser?

Die Annahme, daß fließendes Wasser Vampire zurückhalten konnte, hielt Neville allerdings für reinen Aberglauben. Er rührte vielleicht von den alten Geschichten her – wie der von Tom O'Shanter –, daß Hexen fließendes Wasser nicht überqueren konnten. Hexen, Vampire, überhaupt alle Kreaturen der Finsternis hingen irgendwie miteinander zusammen. Sagen und Aberglauben mochten sehr wohl ineinander übergreifen.

Und die lebenden Vampire?

Auch das war jetzt einfach zu beantworten. Im normalen Leben waren sie die Unzurechnungsfähigen, die mit Gehirnschäden. Vampirismus war etwas, woran sie sich klammern, an dem sie Halt finden konnten. Neville war jetzt sicher, daß all die Lebenden, die des Nachts sein Haus belagerten, Geistesgestörte waren, die sich selbst für Vampire hielten, obgleich sie lediglich kranke Wahnsinnige waren. Das erklärte vielleicht auch die Tatsache, daß sie das Naheliegendste unterlassen hatten, nämlich zu versuchen, sein Haus niederzubrennen. So logisch zu denken, waren sie einfach nicht imstande.

Er erinnerte sich jetzt auch an den Mann, der eines Nachts den Mast der Straßenbeleuchtung vor seinem Haus hochgeklettert war, während er ihn durch das Guckloch beobachtet hatte. Mit den Händen flatternd um sich schlagend, war der Bursche in die Luft gesprungen. Das hatte Neville sich seinerzeit nicht erklären können, doch jetzt erschien ihm die Antwort offensichtlich. Der Mann hatte sich eingebildet, eine Fledermaus zu sein.

Neville blickte mit dünnem Lächeln auf das noch halbvolle Glas.

Also, dachte er, langsam aber sicher kommt die Wahrheit über sie ans Tageslicht, stellt sich heraus, daß sie keine unschlagbare Rasse sind. Ganz im Gegenteil, sie sind ungemein verwundbar, da sie für ihre gottverlassene Existenz auf ganz bestimmte physische Bedingungen angewiesen sind.

Er stellte das Glas auf den Tisch.

Ich brauche den Drink nicht, dachte er. Ich muß meine Gefühle nicht künstlich stärken. Ich brauche den Alkohol auch nicht mehr, um zu vergessen oder der Wirklichkeit zu entfliehen. Zumindest jetzt habe ich nichts, dem ich entfliehen möchte.

Zum erstenmal seit der Hund nicht mehr lebte, lächelte er und empfand eine stille beruhigende Zufriedenheit. Er mußte noch viel erforschen und lernen, aber nicht mehr soviel wie zuvor. Seltsam, das Leben wurde fast erträglich. Ich schlüpfe wieder aus der Kutte des Einsiedlers, dachte er.

Aus dem Lautsprecher des Plattenspielers drang sanfte langsame Musik.

Draußen warteten die Vampire.

III. TEIL

Juni 1978

15

Er machte Jagd auf Cortman. Es war inzwischen zu einem entspannenden Hobby geworden, Cortman aufzuspüren – eine der wenigen Ablenkungen, die ihm geblieben waren. An Tagen, da er sich nicht allzuweit aus der Nachbarschaft entfernen wollte und es keine dringende Arbeit am oder im Haus gab, beschäftigte er sich mit der Suche nach Cortman. Unter Wagen sah er nach, hinter Sträuchern, unter Häusern, in Kaminen, in Schränken, unter Betten, in Kühlschränken, eigentlich überall, wo ein etwas korpulenter Mann sich verkriechen konnte.

Natürlich mochte Cortman irgendwann in jedem einzelnen dieser Schlupfwinkel gewesen sein oder sich irgendwann einmal dort verbergen. Er wechselte seine Verstecke ständig. Neville war überzeugt, daß Cortman von seiner Jagd auf ihn wußte, und irgendwie hatte er das Gefühl, daß es Cortman sogar Spaß machte, daß er Gefallen an der Gefahr fand. Wäre es nicht ein Widerspruch in sich, würde er sagen, Cortman genieße dieses Leben. Jedenfalls glaubte er manchmal, daß Cortman sich jetzt glücklicher fühlte als je zuvor.

Langsam schlenderte Neville den Compton Boulevard zum nächsten Haus, das er zu durchsuchen gedachte. Der Vormittag war bisher ereignislos verlaufen. Er hatte Cortman nicht gefunden, obwohl er sicher war, daß er sich irgendwo in der Nähe versteckt hatte. Es konnte gar nicht anders sein, denn jeden Abend war er der erste am Haus. Die anderen waren fast immer Fremde. Sie wechselten schnell, denn waren sie erst einmal hier, blieben sie unweigerlich in der Nachbarschaft, wo er sie fand und für ihre ewige Ruhe sorgte. Bei Cortman war es anders.

Während er Fuß vor Fuß setzte, fragte Neville sich wieder

einmal, wie so oft, was er tun würde, wenn er Cortman aufstöberte. Sicher, an seinem Plan hatte sich nichts geändert: entdeckte er einen Vampir, machte er ein schnelles Ende mit ihm. Aber er wußte, daß es bei Cortman nicht so einfach sein würde. Nicht, daß er besondere Gefühle ihm gegenüber hegte, auch nicht, weil er doch Teil seiner Vergangenheit gewesen war. Die Vergangenheit war tot, damit hatte er sich abgefunden.

Nein, nichts davon, aber vielleicht, dachte Neville, möchte ich mich nur nicht um die tägliche Jagd auf ihn bringen, die so entspannend auf mich wirkt. Die anderen waren alle so stumpfsinnige, roboterähnliche Kreaturen. Ben besaß zumindest ein wenig Phantasie. Aus irgendeinem Grund hatte sein Gehirn sich offenbar nicht so zurückgebildet wie das der anderen. Hin und wieder beschäftigte Neville sich sogar mit der Theorie, daß Ben Cortman dazu geboren war, tot zu sein – untot, natürlich, verbesserte er sich mit einem trockenen Lächeln.

Er dachte kaum noch daran, daß Cortman darauf aus war, ihn zu töten. Er empfand es nicht mehr als ernstzunehmende Bedrohung.

Seufzend ließ er sich auf der Veranda des nächsten Hauses nieder, griff müde in seine Hosentasche und brachte seine Pfeife zum Vorschein. Mit dem Daumen stopfte er grobe Tabakschnitzel in die Pfeife. Nach ein paar Sekunden kräuselte sich der Rauch träge in der warmen Luft um seinen Kopf.

Der Neville, der jetzt über die weite Wiese auf der anderen Seite des Boulevards blickte, war entspannter und etwas massiger als der vor zwei Jahren. Ein geruhsames Einsiedlerleben hatte sein Gewicht auf hundertzehn Kilo erhöht. Sein Gesicht war voll und sein Körper unter dem losen Drillichanzug kräftig und muskulös. Schon lange rasierte er sich nicht mehr, und nur hin und wieder stutzte er den blonden

Bart auf eine Länge von etwa fünf bis acht Zentimeter. Sein dünner werdendes Haar trug er lang, aber er gab sich mit dem Kämmen keine große Mühe. Die blauen Augen in dem sonnengebräunten Gesicht wirkten ruhig und so, als könnte nichts sie erschüttern.

Er lehnte sich an die Ziegelstufe und blies gemächlich Rauchwolken in die Luft. Weit drüben auf der Wiese war immer noch eine Mulde im Boden, wo er Virginia ursprünglich begraben und sie sich wieder herausgearbeitet hatte. Aber der Gedanke daran schmerzte nicht mehr. Er hatte gelernt, sich keinen Grübeleien mehr hinzugeben, die nur Kummer und Leid wecken würden. Die Zeit hatte für ihn ihren mehrdimensionalen Charakter verloren. Es gab nur noch die Gegenwart für ihn – eine Gegenwart, die auf seinem täglichen Überleben beruhte und von keinen Höhe- oder Tiefpunkten gezeichnet war, weder von himmelhoch jauchzender Freude noch von schwärzester Verzweiflung. Ich vegetiere eigentlich nur, dachte er manchmal. Aber anders wollte er es auch gar nicht.

Schon mehrere Minuten lang hatte er den Blick auf den weißen Punkt im Feld gerichtet, ehe ihm überhaupt bewußt wurde, daß er sich bewegte.

Er blinzelte, und die Haut spannte sich über seine Wangen. Ein seltsamer Laut wie eine zweifelnde Frage entrang sich seiner Kehle. Dann erhob er sich und legte die Hand über die Augen, um sie vor der direkten Sonne zu schützen.

Krampfhaft bissen seine Zähne in das Pfeifenrohr.

Eine Frau!

Er versuchte gar nicht die Pfeife aufzufangen, als sie seinem plötzlich schlaffen Mund entglitt. Einen langen, atemlosen Moment stand er mit weiten ungläubig aufgerissenen Augen auf der Verandastufe.

Er kniff die Augen zu, öffnete sie wieder. Sie war immer

noch da! Er spürte, wie sein Herz immer heftiger schlug, während er die Frau beobachtete.

Sie sah ihn nicht. Mit gesenktem Kopf ging sie durch das lange Feld. Er sah ihr rötliches Haar im Wind flattern und ihre Arme locker an den Seiten hängen. Er schluckte heftig. Es war ein so unglaublicher Anblick nach drei Jahren, daß sein Verstand es nicht fassen konnte. Immer wieder blinzelte er ungläubig und blieb reglos im Schatten des Hauses stehen.

Eine Frau! Eine lebende Frau! *Im Tageslicht!*

Mit halboffenem Mund starrte er auf die Frau. Sie war jung, das konnte er nun, als sie näherkam, ganz deutlich sehen – Mitte zwanzig, vielleicht. Sie trug ein zerknittertes, schmutziges weißes Kleid. Ihre Haut war sonnengebräunt und ihr Haar rot. In der Stille des Nachmittags glaubte Neville zu hören, wie ihre Sandalen das Gras niederdrückten.

Ich hab' Wahnvorstellungen! Die Worte drängten sich ihm auf. Diese Möglichkeit erschreckte ihn weniger, als tatsächlich zu glauben, daß die Frau echt, daß sie Wirklichkeit war! Immerhin hatte er sich schon ein paarmal vage damit beschäftigt, daß ihm seine Einsamkeit Wahnbilder vorgaukeln könnte, das wäre durchaus nichts Ungewöhnliches. Ein Verdurstender in der Wüste sah als Fata Morgana einen See. Weshalb also sollte ein Mann, der nach Gesellschaft dürstete, nicht eine Frau in der Sonne spazierengehen sehen?

Er zuckte zusammen. Nein, es konnte keine Täuschung sein – außer seine Wahnvorstellung war nicht nur sichtbar, sondern auch hörbar! Denn ganz deutlich vernahm er nun ihre Schritte im Gras. Nein, die Frau war Wirklichkeit. Ihr Haar flatterte, ihre Arme baumelten an den Seiten. Er blickte immer noch auf den Boden. Wer war sie? Wohin wollte sie? Woher kam sie?

Er wußte nicht, was in ihm hochwallte. Es ging zu schnell,

5-82-3

als daß er es hätte analysieren können. Es war ein Instinkt, der die Barriere seiner Vorsicht durchbrach.

Er riß den linken Arm hoch.

»Hallo!« rief er. Er sprang hinunter auf den Bürgersteig. »Hallo!«

Einen Augenblick herrschte absolute Stille. Ihr Kopf zuckte hoch, und sie blickten einander an. Sie lebt, dachte er. Sie lebt!

Er wollte seine Freude hinausbrüllen, aber plötzlich schnürte sich ihm die Kehle zu, seine Zunge war wie gelähmt, sein Verstand drohte auszusetzen. Sie lebt! Die beiden Worte überschlugen sich in seinem Kopf. Sie lebt! Sie lebt, *lebt, lebt* ...!

Mit einemmal wirbelte die Frau auf dem Absatz herum und rannte zurück über die Wiese.

Einen Augenblick lang blickte Neville ihr nur nach, er wußte nicht, was er tun sollte. Plötzlich schien sein Herz die Brust zu sprengen. Seine Beine setzten sich wie von selbst in Bewegung. Er schoß über den Bürgersteig und über die Straße.

»Wart doch!« hörte er sich brüllen.

Die Frau wartete nicht. Ihre bronzegetönten Beine sausten über die unebene Wiese. Da wurde ihm bewußt, daß Worte sie nicht aufzuhalten vermochten. Er dachte daran, wie erschrocken er bei ihrem Anblick gewesen war. Wie viel schlimmer mußte es da für sie gewesen sein, als ein plötzlicher Schrei die lange Stille brach und ein großer bärtiger Mann ihr wild zuwinkte!

Seine Beine trugen ihn wie von selbst über den Randstein auf den gegenüberliegenden Bürgersteig und in die Wiese. Sein Herz hämmerte wie wahnsinnig. Sie lebt! Er konnte an nichts anderes denken. Sie lebt! *Eine lebende Frau!*

Ihre Beine waren nicht so lang wie seine, und sie konnte

auch nicht so schnell laufen wie er. Er kam ihr immer näher. Mit angstverzerrten Augen schaute sie über die Schulter.

»Ich tu' dir bestimmt nichts!« rief er, aber sie rannte weiter.

Plötzlich stolperte sie und fiel auf ein Knie. Er las die grauenvolle Angst in ihren Augen, als sie sich wieder nach ihm umdrehte.

»Ich tu' dir nichts!« brüllte er erneut.

Verzweifelt raffte sie sich wieder auf und rannte weiter.

Nichts war mehr zu hören, als ihre leichten und seine schweren Schritte, die das Gras niedertraten. Er fing an, über die Halme zu springen, deren Höhe das Laufen erschwerte, und so kam er ihr noch näher, während ihr Rock, der gegen das Gras streifte, sie behinderte.

»Bleib stehen!« rief er, doch mehr aus Instinkt, als in der Hoffnung, daß sie es wirklich tun würde.

Sie tat es auch nicht, im Gegenteil, es gelang ihr sogar ein wenig schneller zu laufen. Neville knirschte mit den Zähnen und setzte zu einem Zwischenspurt an. Er folgte ihr in gerader Linie, während sie unbewußt im Zickzack lief und ihr rotes Haar hinter ihr her wallte.

Jetzt war er ihr so nahe, daß er ihren keuchenden Atem hören konnte. Es gefiel ihm gar nicht, daß er ihr solche Angst einjagen mußte, aber jetzt konnte er auch nicht mehr aufhören. Für ihn existierte mit einemmal nichts anderes mehr als sie. Er mußte sie einholen!

Seine langen kräftigen Beine trugen ihn flink weiter. Seine Stiefel pochten eine Weile über blanke Erde, dann war wieder Gras unter ihnen.

Nun rannten sie beide keuchend. Noch einmal warf sie einen Blick zurück, um zu sehen, wie nah er ihr war. Er hatte keine Ahnung, wie angsterregend er wirkte mit seinen zwei Meter fünf, den festen Stiefeln, dem wirren Bart und dem entschlossenen Blick.

Jetzt streckte er die Hand aus und bekam sie an der rechten Schulter zu fassen.

Mit einem heiseren Schrei entwand die Frau sich ihm und stolperte dabei zur Seite. Sie verlor das Gleichgewicht und schlug mit der Hüfte auf dem hier steinigen Boden auf. Neville sprang auf sie zu, um ihr hochzuhelfen. Hastig wich sie aus und wollte aufstehen, aber sie glitt auf einem Stein aus und stürzte erneut, diesmal auf den Rücken. Ihr Rock rutschte über die Knie. Mit einem atemlosen Wimmern richtete sie sich auf. Ihre Augen waren panikerfüllt.

Neville streckte die Hand aus, damit sie sich daran festhielte, aber sie schlug sie zur Seite und kam auf die Füße. Er griff nach ihrem Arm. Ihre freie Hand schoß vor, und die langen Nägel zerkratzten ihm Stirn und rechte Schläfe. Mit einem unwillkürlichen Knurren zog er seinen Arm zurück. Sie wirbelte herum und rannte weiter.

Sofort machte Neville einen langen Satz und packte sie an beiden Schultern.

»Wovor hast du Angst ...«

Er konnte nicht weitersprechen, denn ihre Hand hieb ihm heftig über den Mund. Dann war nur noch ihrer beider Keuchen und Trampeln zu hören, während sie miteinander rangen.

»Hör endlich auf!« brüllte er, aber sie schlug weiter auf ihn ein.

Dann versuchte sie sich aus seinem Griff zu befreien, dabei zerriß ihr Kleid. Er ließ sie los. Der Stoff hing in Fetzen zu ihrer Taille hinunter. Er sah ihre gebräunte Schulter und das weiße Körbchen des Büstenhalters um ihre linke Brust.

Sie versuchte ihm die Krallen erneut ins Gesicht zu schlagen. Er packte ihre beiden Handgelenke. Da stieß sie ihm den rechten Fuß mit aller Kraft gegen das Schienbein.

»Verdammt!«

Vor Wut knurrend hieb er ihr die rechte Hand über das Gesicht. Sie taumelte zurück und schaute ihn benommen an. Plötzlich begann sie hilflos zu weinen. Sie sank vor ihm auf die Knie und hielt die Arme über den Kopf, als wollte sie weitere Schläge abwehren.

Keuchend blickte Neville auf sie hinunter. Er blinzelte und holte tief Luft.

»Steh auf!« sagte er. »Ich tu' dir wirklich nichts.«

Sie hob den Kopf. Er blickte ihr ein wenig verwirrt ins Gesicht. Er wußte nicht, was er sagen sollte.

»Ich tu' dir nichts«, wiederholte er deshalb nur verlegen.

Sie schaute ihn an, aber sein Gesicht schien ihr Angst einzujagen, denn sie zuckte zurück. Sie kauerte sich zusammen und starrte ihn furchterfüllt an.

Er wußte nicht, daß seine Stimme jeglicher Wärme entbehrte, daß sie die rauhe klanglose Stimme eines Mannes war, der jede Verbindung zur Menschheit verloren hatte.

Er machte einen Schritt auf sie zu, und wieder wich sie mit verängstigtem Keuchen zurück. Er streckte die Hand aus.

»Halt dich fest!« sagte er. »Steh auf!«

Langsam erhob sie sich, aber ohne seine Hilfe. Als ihr ihr halbentblößter Busen bewußt wurde, zog sie schnell das zerrissene Oberteil ihres Kleides hoch.

Heftig atmend standen sie einander nun gegenüber. Und jetzt, da der erste Schock überwunden war, fand Neville keine Worte. Seit Jahren hatte er von einem Augenblick wie diesem geträumt, aber in seinen Träumen war es doch immer ganz anders gewesen.

»Wie – wie heißt du?« fragte er stockend.

Sie antwortete nicht. Mit zitternden Lippen blickte sie ihm weiter ins Gesicht.

»Na?« fragte er so laut, daß sie wieder zusammenzuckte.

»R-Ruth.« Auch ihre Stimme zitterte.

Ein Schauder durchrann Robert Neville. Der Klang ihrer Stimme schien alles in ihm zu lösen. Alle Fragen waren im Moment vergessen. Er spürte, wie sein Herz heftig schlug. Ihm war, als müßte er jeden Augenblick weinen.

Fast unbewußt streckte er die Hand aus. Ihre Schulter zitterte unter ihr.

»Ruth!« sagte er mit tonloser Stimme.

Er schluckte, während er sie ansah.

»Ruth«, sagte er erneut.

Die beiden, Mann und Frau, standen einander auf der großen Wiese in der Sommersonne gegenüber.

16

Reglos lag die Frau in seinem Bett. Sie schlief. Es war vier Uhr nachmittag. Gut zwanzigmal hatte Neville sich ins Schlafzimmer gestohlen, um sie anzublicken und nachzusehen, ob sie wach war. Jetzt saß er in der Küche über einer Tasse Kaffee und machte sich Sorgen.

Was ist, wenn auch sie verseucht ist? fragte er sich.

Dieser Gedanke war ihm vor ein paar Stunden gekommen, als Ruth bereits schlief. Jetzt quälte er sich damit ab. Er versuchte sich selbst Vernunft zuzureden, aber die Zweifel blieben. Sicher, sie war sonnengebräunt und war am hellichten Tag spazierengegangen. Aber auch dem Hund hatte das Tageslicht nichts ausgemacht.

Nervös trommelten Nevilles Fingerspitzen auf den Tisch.

Sein schöner unkomplizierter Traum war zur komplexen Wirklichkeit geworden. Es war nicht zur glücklichen Umarmung gekommen, keine zärtlichen Worte hatten ihren Zauber um sie gewoben. Außer ihrem Namen hatte er bisher überhaupt nichts über sie erfahren. Sie zum Haus zu bekommen, war ein einziger Kampf gewesen, und sie hineinzubringen ein noch schlimmerer. Sie hatte geweint und gewimmert und ihn angefleht, sie nicht zu töten. Ganz egal, wie er sie zu beruhigen versuchte, was er auch sagte, sie weinte und flehte weiter. Er hatte sich mehr eine Szene aus einem Hollywoodfilm ausgemalt gehabt: daß sie beide eng umschlungen, mit verklärtem Blick, das Haus betreten würden, und dann ein ganz großes HAPPY END. Statt dessen hatte er ihr wie einem kranken Pferd zureden und, da sie ihm einfach nicht zuhörte, mit Gewalt ins Haus schleppen müssen. Es war also alles andere als romantisch gewesen.

Im Haus war sie nicht weniger verstört gewesen. Er hatte versucht, es ihr bequem zu machen, aber sie hatte sich genau wie der Hund in eine Ecke gedrückt. Sie aß und trank auch nichts, was er ihr gab. Schließlich hatte er keinen anderen Ausweg gesehen, als sie ins Schlafzimmer zu sperren. Dort war sie dann eingeschlafen.

Er seufzte müde und drehte die Tasse auf dem Tisch.

Die ganzen Jahre hatte er von einer Gefährtin geträumt, und nun, da er eine gefunden hatte, mißtraute er ihr und behandelte sie grob und ungeduldig.

Aber sie hatte ihm ja gar keine Wahl gelassen. Seit langem schon hatte er sich damit abgefunden, daß er vermutlich der einzige noch normale Mensch war. Daß sie normal aussah, hatte nicht viel zu bedeuten. Zu viele, die er im Koma hatte liegen sehen, hatten so gesund ausgesehen wie sie, aber sie waren ohne allen Zweifel Vampire gewesen. Und die Tatsache, daß sie im hellen Sonnenschein herumspaziert war, war auch kein hundertprozentiger Beweis. Zu sehr quälten Zweifel ihn. Er konnte seine Vorstellung der Gesellschaft nicht mehr ändern, konnte einfach nicht mehr glauben, daß andere, die wie er waren, überlebt hatten. Und nach dem ersten Schock hatte sein inzwischen eingefleischtes Dogma sich wieder bemerkbar gemacht.

Mit einem tiefen Seufzer erhob er sich und schaute wieder ins Schlafzimmer. Sie hatte ihre Haltung seit dem letztenmal nicht verändert. Vielleicht, dachte er, liegt sie im Koma.

Er stellte sich neben das Bett und blickte auf sie hinunter. Ruth! Soviel wollte er über sie wissen, und doch hatte er fast Angst, seine Fragen beantwortet zu bekommen. Denn wenn sie wie die anderen war, blieb ihm nur ein Weg. Und es war besser, nicht zu viel über jemanden zu wissen, den man töten mußte.

Seine Hände zuckten an seinen Seiten. Seine blauen Augen blickten sie dumpf an. Und wenn es nur eine Laune der Natur gewesen war? Wenn sie nur aus ihrem Koma erwacht und spazierengegangen war? Es schien ihm durchaus möglich zu sein. Und doch, soweit er wußte, war gerade Tageslicht das, was der Bazillus nicht vertrug. Wieso genügte das dann nicht, ihn zu überzeugen, daß sie normal war?

Nun, es gab nur eine Möglichkeit, es ganz sicher festzustellen.

Er beugte sich über sie und legte eine Hand auf ihre Schulter.

»Wach auf!« sagte er.

Sie rührte sich nicht. Er preßte die Lippen zusammen, und seine Finger klammerten sich fester um ihre weiche Schulter.

Da bemerkte er das dünne Goldkettchen um ihren Hals. Mit rauhen Fingern zog er es aus dem Ausschnitt ihres Kleides.

Er betrachtete das winzige goldene Kreuz, als sie erwachte und bei seinem Anblick verstört zurückzuckte. In einem Koma hatte sie also nicht gelegen, war das einzige, was er denken konnte.

»Wa-as machst du?« fragte sie verängstigt.

Es fiel ihm schwer ihr zu mißtrauen, wenn sie sprach. Der

Klang einer menschlichen Stimme hatte nun eine Macht über ihn wie nie zuvor.

»Ich ... nichts«, antwortete er schließlich.

Verlegen machte er ein paar Schritte rückwärts und lehnte sich an die Wand. Er betrachtete sie eine Weile stumm, ehe er fragte: »Woher kommst du?«

Sie blickte ihn nur ausdruckslos an.

»Ich fragte, von wo du kommst«, versuchte er es noch einmal.

Wieder antwortete sie nicht. Die Haut spannte sich über seine Wangen, und er stieß sich mit den Ellbogen von der Wand ab.

»Ing-Inglewood«, sagte sie hastig.

Er blickte sie einen Augenblick lang kalt an, dann lehnte er sich wieder an die Wand.

»Aha. Hast du dort – allein gelebt?«

»Ich war verheiratet.«

»Wo ist dein Mann?«

Sie schluckte. »Tot.«

»Seit wann?«

»Vergangene Woche.«

»Und was hast du gemacht, nachdem er starb?«

Sie biß die Zähne in die Unterlippe. »Ich bin davongelaufen.«

»Willst du damit sagen, daß du die ganze Zeit herumgeirrt bist?«

»J-ja.«

Er starrte sie wortlos an, dann drehte er sich abrupt um. Seine schweren Stiefel klackten auf dem Linoleum, als er in die Küche stapfte. Er öffnete die Küchenschranktür und holte eine Handvoll Knoblauchzehen heraus. Er legte sie auf einen Teller und zerquetschte sie. Der scharfe Geruch stieg ihm in die Nase.

Sie hatte sich auf die Ellbogen gestützt, als er zurückkam. Ohne Zögern schob er ihr den Teller unter die Nase.

Mit einem leisen Schrei wandte sie das Gesicht ab.

»Was soll das?« fragte sie hustend.

»Weshalb drehst du dich um?«

»Bitte...«

»Weshalb wendest du dich ab?«

»Es stinkt abscheulich!« Sie begann zu schluchzen. »Nimm es weg! Mir wird übel!«

Noch näher schob er den Teller an ihr Gesicht. Mit einem würgenden Laut wich sie zurück. Sie zog die Knie an und drückte den Rücken an den oberen Holzteil des Bettes.

»Hör auf! *Bitte!*« flehte sie ihn an.

Er zog den Teller zurück und sah, wie sie am ganzen Körper zuckte und ihr Bauch sich offenbar verkrampfte.

»Du bist eine von ihnen«, sagte er gefährlich leise.

Plötzlich sprang sie auf und rannte an ihm vorbei ins Badezimmer. Sie schlug die Tür hinter sich zu, und er hörte, wie sie sich übergab.

Die vollen Lippen fast zu Strichen zusammengepreßt, stellte er den Teller auf den Nachttisch. Er schluckte.

Sie war infiziert, daran bestand wohl kein Zweifel mehr. Schon vor einem Jahr hatte er festgestellt, daß vom *Vampiris*-Bazillus befallene Systeme allergisch gegen Knoblauch waren. Wurde das System Knoblauch ausgesetzt, sensibilisierte das stimulierte Gewebe die Zellen, Folge war eine abnorme Reaktion, wann immer sie Knoblauch auch nur nahe kamen. Deshalb hatte er keine große Wirkung erzielt, als er Knoblauch in die Blutbahn gespritzt hatte. Sie mußten den Knoblauch *riechen*. Sein Geruch erzeugte die ungewöhnliche Wirkung.

Er ließ sich schwer auf das Bett fallen. Die Frau hatte auf verräterische Weise reagiert.

Nach einer Weile runzelte Neville die Stirn. Wenn es stimmte, was sie gesagt hatte, war sie eine ganze Woche herumgewandert. Daher mußte sie erschöpft und geschwächt sein. Unter diesen Umständen konnte der Knoblauchgeruch ihr durchaus den Magen umgedreht haben.

Er hieb mit der Faust auf die Matratze. Also konnte er immer noch nicht absolut sicher sein. Objektiv gesehen hatte er kein Recht, ohne ausreichende Beweise ein Urteil zu fällen. Das hatte er auf die harte Weise gelernt. Er würde also keine vorschnellen Schlüsse ziehen.

Er saß noch auf dem Bett, als sie die Badtür aufsperrte und herauskam. Einen Augenblick blieb sie in der Diele stehen und blickte ihn an, dann ging sie ins Wohnzimmer. Er erhob sich und folgte ihr. Als er das Wohnzimmer betrat, saß sie auf der Couch.

»Zufrieden?« fragte sie.

»Nicht so sarkastisch!« mahnte er. »Dein Status muß festgestellt werden, nicht meiner.«

Wütend blickte sie hoch, als wollte sie etwas sagen, doch dann sank sie in sich zusammen und schüttelte resigniert den Kopf.

Einen Moment lang empfand er Mitleid mit ihr. Sie wirkte so hilflos mit den schmalen Händen auf dem Schoß. Sie achtete nicht mehr auf ihr zerrissenes Kleid. Er blickte auf die schwache Wölbung ihrer Brust. Das Mädchen war überschlank, fast ohne Rundungen. So gar nicht, wie er sich die Frau seiner Träume vorgestellt hatte. Vergiß es, mahnte er sich. Das spielt jetzt keine Rolle mehr.

Er setzte sich in seinen Sessel ihr gegenüber. Sie erwiderte seinen Blick nicht.

»Hör mir zu!« sagte er. »Ich habe jeden Grund anzunehmen, daß du infiziert bist, vor allem nun, da ich gesehen habe, wie du auf Knoblauch reagierst.«

Sie schwieg.

»Hast du denn gar nichts dazu zu sagen?« fragte er.

Sie hob die Augen.

»Du hältst mich für eine von ihnen«, sagte sie.

»Ich denke, daß du eine von ihnen sein *könntest*«, antwortete er darauf.

»Und was ist damit?« Sie hielt das Kreuz am Kettchen hoch.

»Das hat nichts zu bedeuten.«

»Ich bin wach«, gab sie zu bedenken. »Ich liege nicht im Koma.«

Er schwieg. Dagegen fand er kein Argument, auch wenn es seinen Zweifel nicht beschwichtigte.

»Ich war oft in Inglewood«, sagte er schließlich. »Wieso hast du meinen Wagen nie gehört?«

»Inglewood ist ziemlich groß.«

Er betrachtete sie nachdenklich, während er mit den Fingern auf die Sessellehne trommelte.

»Ich – ich möchte dir gern glauben«, gestand er.

»Wirklich?« Erneut verkrampfte ihr Magen sich. Sie biß die Zähne zusammen und beugte sich vornüber.

Robert Neville fragte sich, weshalb er nicht mehr Mitleid mit ihr empfand. Lang vergessene Gefühle aufzuwecken, war offenbar gar nicht so leicht. Vielleicht hatte er sie auch längst alle aufgebraucht und war nun leer und keiner mehr fähig.

Nach einer Weile blickte sie auf. Ihre Augen waren hart.

»Ich habe mein Leben lang einen schwachen Magen gehabt«, sagte sie. »Ich mußte mit ansehen, wie mein Mann vorige Woche umgebracht – in Stücke gerissen wurde. Die Seuche nahm mir meine zwei Kinder. Und seit einer Woche wanderte ich nur herum, verkroch mich des Nachts, und aß nicht viel mehr als ein paar Bissen. Und die Angst ließ mich nicht mehr als hin und wieder ein paar Stunden schlafen.

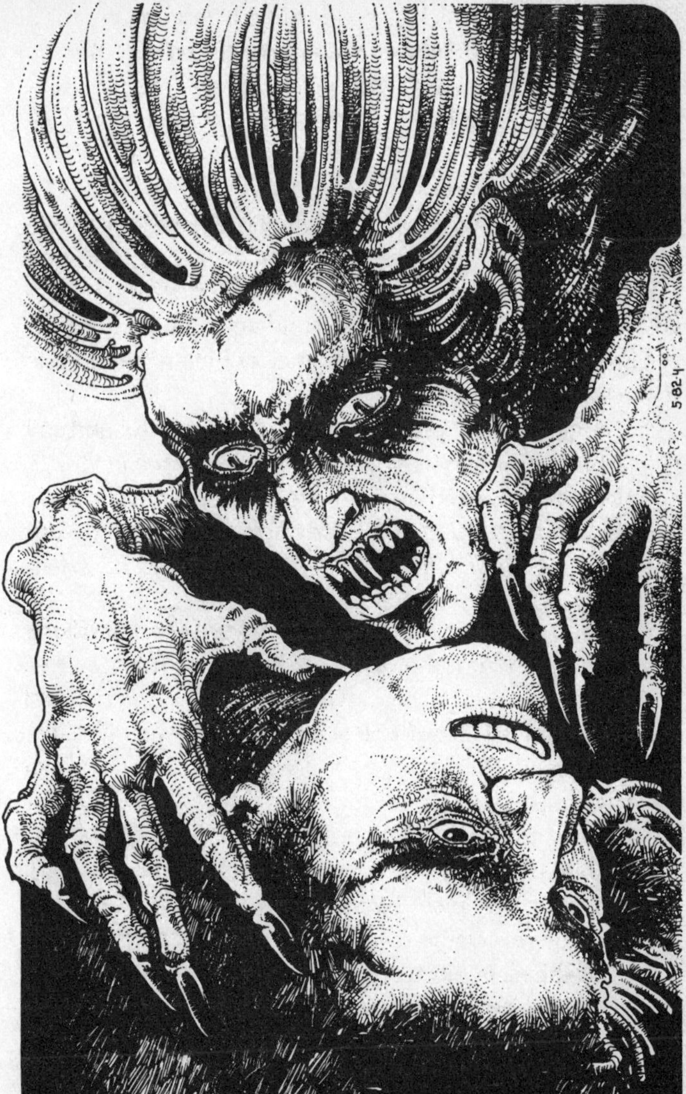

Dann höre ich plötzlich jemand brüllen, und du jagst mich durch die Wiese, schlägst mich, zerrst mich zu deinem Haus. Und wenn mir übel wird, weil du mir einen Teller voll stinkenden Knoblauchs unter die Nase hältst, sagst du gleich, ich sei infiziert!«

Die Hände auf ihrem Schoß zuckten.

»Was *erwartest* du eigentlich?« fragte sie schließlich wütend.

Sie sackte wieder zusammen und schloß die Augen. Nervös zupften ihre Finger am Kleid, und sie bemühte sich, den zerrissenen Stoff hochzuziehen, aber er hielt nicht, und sie schluchzte vor Wut.

Er beugte sich im Sessel vor. Trotz seiner Zweifel und seines Mißtrauens regte sich das schlechte Gewissen in ihm. Er konnte nicht dagegen an. Er hatte vergessen, daß Frauen weinten und schluchzten. Schwer hob er eine Hand zum Bart und zupfte verwirrt daran, während er sie beobachtete.

»Würdest...«, begann er und schluckte, »würdest du mir gestatten, eine Blutprobe von dir zu nehmen?« fragte er. »Ich könnte...«

Sie stand plötzlich auf und schwankte zur Tür.

Er sprang auf.

»Was hast du vor?«

Sie antwortete nicht. Unbeholfen versuchte sie den Sperrbalken hochzuheben.

»Du kannst jetzt nicht hinaus«, sagte er erstaunt. »Es wird gleich draußen wimmeln von ihnen.«

»Ich bleibe nicht hier!« schluchzte sie. »Was macht es denn schon aus, wenn sie mich umbringen?«

Er legte die Hände auf ihren Arm. Sie versuchte ihn zurückzuziehen.

»Laß mich in Ruhe!« schrie sie. »Ich hab' dich nicht ersucht, mich hierherzubringen! Du hast mich einfach hierhergezerrt! Warum läßt du mich nicht in Frieden?«

Mit hängenden Schultern stand er neben ihr. Er wußte nicht, was er sagen sollte.

»Du kannst jetzt nicht hinaus«, wiederholte er deshalb.

Er führte sie zur Couch zurück. Dann trat er an die Bar und schenkte ihr einen kleinen Whisky ein. Es ist ja egal, ob sie infiziert ist oder nicht, dachte er resigniert.

Er streckte ihr das Glas entgegen. Sie schüttelte abwehrend den Kopf.

»Trink!« forderte er sie auf. »Es wird dich beruhigen.«

Verärgert blickte sie hoch. »Damit du mir wieder Knoblauch vor die Nase halten kannst?«

Er schüttelte den Kopf.

»Trink«, bat er.

Nach einer kurzen Weile nahm sie das Glas und trank einen kleinen Schluck, auf den sie furchtbar husten mußte. Sie stellte das Glas auf die Couchlehne und atmete tief ein.

»Warum willst du denn, daß ich hierbleibe?« fragte sie unglücklich.

Er blickte sie an, ohne daß er wirklich wußte, was er darauf antworten sollte. Schließlich sagte er: »Selbst wenn du infiziert bist, kann ich dich nicht zu ihnen hinauslassen. Du weißt ja gar nicht, was sie mit dir machen!«

Sie schloß die Lider. »Es ist mir egal«, murmelte sie.

17

»Ich verstehe es nicht«, sagte er beim Abendessen zu ihr. »Es ist nun schon fast drei Jahre her, und immer noch leben einige von ihnen. Die Lebensmittelvorräte gehen zu Ende. Soviel ich weiß, liegen alle Infizierten tagsüber im Koma.« Er schüttelte den Kopf. »Aber sie sind nicht tot. Drei Jahre, und sie leben immer noch. Wie ist das möglich?«

Sie trug seinen Bademantel. Um fünf Uhr hatte sie sich überreden lassen, zu baden und etwas Frisches anzuziehen. So schlank war sie, daß sie in dem weiten Frotteemantel fast substanzlos wirkte. Sie hatte sich seinen Kamm geborgt und das Haar zu einem Pferdeschwanz zurückgekämmt, den sie mit einem Stück Schnur zusammenhielt.

Ruth spielte mit der Kaffeetasse.

»Wir sahen sie manchmal«, sagte sie. »Aber wir hatten Angst, ihnen zu nahe zu kommen. Wir hielten es für besser, sie nicht zu berühren.«

»Habt ihr denn nicht gewußt, daß sie nach ihrem Tod wiederkommen.«

Sie schüttelte den Kopf. »Nein.«

»Habt ihr euch denn keine Gedanken über die gemacht, die euer Haus des Nachts angriffen?«

»Wir kamen gar nicht auf die Idee, daß sie ...« Sie schüttelte den Kopf. »Es ist schwer, so was zu glauben.«

»Ja, das ist es wohl«, sagte er.

Er beobachtete sie verstohlen, während sie schweigend aßen. Es fiel ihm gar nicht so leicht, an ihre Existenz zu glauben und daran, daß es nach all diesen einsamen Jahren doch noch eine Gefährtin für ihn geben sollte. Es war mehr als der Zweifel an ihr. Es war der Zweifel, daß es auf der verlorenen Welt so etwas Bemerkenswertes überhaupt noch geben konnte!

»Erzähl mir mehr über sie«, bat Ruth.

Er stand auf und holte die Kaffeekanne vom Ofen. Er schenkte erst ihr nach, dann sich, und stellte die Kanne wieder zurück.

»Wie fühlst du dich jetzt?« erkundigte er sich.

»Besser, danke.«

Er nickte und gab Zucker in seinen Kaffee. Er spürte ihren Blick auf sich, als er umrührte. Was sie wohl denkt? fragte er sich. Er holte tief Atem und wunderte sich, daß sein Hals immer noch wie zugeschnürt war. Eine Weile hatte er geglaubt, daß er ihr trauen könnte. Jetzt war er nicht mehr so sicher.

Als läse sie seine Gedanken, sagte sie: »Du traust mir immer noch nicht.«

Er blickte auf und zuckte die Achseln.

»Das – das ist es nicht.«

»Natürlich ist es das«, sagte sie ruhig. Dann seufzte sie. »Na gut, wenn es dich beruhigt, dann untersuche mein Blut.«

Er blickte sie mißtrauisch an. War es ein Trick? Er verbarg sein Gesicht hinter der Tasse. Wie dumm von mir, so mißtrauisch zu sein, schalt er sich.

Er stellte die Tasse ab.

»Gut«, sagte er. »Sehr gut.«

Er blickte sie an, während sie in die Kaffeetasse starrte.

»Wenn du wirklich infiziert bist, werde ich alles tun, was ich kann, um dich zu heilen«, versicherte er ihr.

Ihre Augen begegneten den seinen. »Und wenn du es nicht schaffst?« fragte sie.

Eine Weile herrschte Schweigen. Dann sagte er: »Warten wir es ab.«

Beide tranken einen Schluck Kaffee. »Wollen wir uns gleich vergewissern?« fragte er.

»Bitte, hab wenigstens bis zum Morgen Geduld«, ersuchte sie. »Ich – fühle mich immer noch ziemlich schwach.«

Stumm aßen sie zu Ende. Neville war froh, daß sie sich zu einem Bluttest bereiterklärt hatte – aber so ganz wohl war ihm nicht in seiner Haut. Er hatte solche Angst, den Bazillus in ihrem Blut zu finden. Und inzwischen mußte er noch einen ganzen Abend und eine Nacht mit ihr verbringen. Er würde sie besser kennenlernen und sich vielleicht von ihr angezogen fühlen – und das, wenn er sie morgen vielleicht ... Nein, er wollte nicht darüber nachdenken.

Später machten sie es sich im Wohnzimmer bequem, nippten Portwein, lauschten Schuberts Vierter Symphonie, und sie bewunderte die Wandtapeten.

»Das hätte ich nie für möglich gehalten«, sagte sie nach einer Weile entspannt. »Ich hätte es mir nicht träumen lassen, daß ich wieder Musik hören und dazu Wein trinken würde.«

Sie schaute sich im Zimmer um.

»Du hast alles so gemütlich eingerichtet«, lobte sie.

»Wie war es bei dir zu Hause?« fragte er.

»Nicht so heimelig wie hier«, antwortete sie. »Wir hatten keine ...«

Er unterbrach sie. »Wie habt ihr euer Haus geschützt?«

»Oh ...« Sie dachte einen Augenblick lang nach. »Wir hatten natürlich auch die Fenster mit Brettern verschlagen. Und wir benutzten Kreuze.«

»Sie wirken nicht immer«, sagte er ruhig, nach einem langen Blick auf sie.

Sie schaute ihn verständnislos an. »Nein?«

»Weshalb sollte ein Jude das Kreuz fürchten?« fragte er. »Warum sollte ein Vampir, der Jude gewesen war, es fürchten? Die meisten hatten Angst davor, Vampire zu werden. Und die meisten leiden vor einem Spiegel an hysterischer Blindheit. Doch was das Kreuz betrifft –, nun, weder ein Jude, noch ein Hindu, noch ein Mohammedaner – und ein Atheist schon gar nicht – würde das Kreuz fürchten.«

Sie hielt das Weinglas in der Hand und blickte ihn mit ausdruckslosen Augen an.

»Deshalb funktioniert das Kreuz nicht immer«, fuhr er fort.

»Du hast mich nicht ausreden lassen«, sagte sie. »Wir benutzten auch Knoblauch.«

»Ich dachte, sein Geruch macht dich krank?«

»Ich war bereits krank. Ich wog ursprünglich siebenundfünfzig Kilo, jetzt habe ich höchstens noch siebenundvierzig.«

Er nickte. Aber als er in die Küche ging, um eine zweite Flasche Wein zu holen, dachte er: sie müßte sich inzwischen daran gewöhnt haben – nach drei Jahren.

Ja, aber vielleicht auch nicht. Warum hing er jetzt diesen quälenden Gedanken nach? Morgen würde sie ihn eine Blutprobe nehmen lassen. Was konnte sie mehr tun? Nicht sie benimmt sich merkwürdig, sondern ich. Ich war zu lange allein. Ich glaube nur noch, was ich unter dem Mikroskop sehen kann. Da triumphiert wieder einmal die Vererbung. Ich bin eben doch meines Vaters Sohn, mögen seine Gebeine vermodern!

Er stand in der dunklen Küche, krallte die Nägel in den Flaschenaufkleber, und starrte ins Wohnzimmer auf Ruth.

Sein Blick wanderte über den Bademantel mit der leichten Rundung des Busens hinab zu den sonnengebräunten Waden und Füßen und schließlich wieder hoch zu den glatten Knien. Sie hatte die Figur eines jungen Mädchens. Wie die Mutter von zwei Kindern sah sie wirklich nicht aus.

Das Komischste an der ganzen Sache war, daß ich absolut kein körperliches Verlangen nach ihr verspüre, dachte er. Wäre sie vor zwei Jahren aufgetaucht, oder auch noch etwas später, hätte er ihr vielleicht Gewalt angetan. Er hatte so manche unangenehme Augenblicke durchgemacht damals. Es hatte Zeiten gegeben, da er die schrecklichsten Lösungen für sein körperliches Bedürfnis in Betracht gezogen und darüber nachgegrübelt hatte, bis es ihn fast wahnsinnig machte.

Doch dann hatte er mit seinen Forschungen und Experimenten angefangen. Von da ab hatte er täglich weniger geraucht und auch der Zwang zu trinken hatte sich gelegt. Entschlossen und mit erstaunlichem Erfolg hatte er sich ganz seinen Forschungen hingegeben.

Sein Bedürfnis nach Sex war immer geringer geworden, ja fast verschwunden. Einem Mönch dürfte es ähnlich ergehen, dachte er. Der Trieb mußte früher oder später nachlassen, denn sonst könnte kein normaler Mann sich einem Leben verschreiben, das Sex ausschloß.

Und nun spürte er glücklicherweise so gut wie gar nichts, höchstens, möglicherweise, ein kaum merkliches Rühren tief unter den Felsschichten der Abstinenz. Dabei wollte er es auch belassen, und schon gar, da es absolut nicht sicher war, daß Ruth die Gefährtin war, auf die er gewartet hatte – und nicht einmal sicher, daß er nach der Untersuchung noch zulassen konnte, daß sie am Leben blieb. Sie *heilen?*

Nein, eine Heilung war nicht sehr wahrscheinlich.

Mit der geöffneten Flasche kehrte er ins Wohnzimmer zurück. Sie lächelte ihn kurz an, als er ihr Glas nachfüllte.

»Wenn man diese Wand ansieht, könnte man meinen, gleich käme man in den Wald«, sagte sie.

Er brummte etwas Unverständliches.

»Es muß viel Arbeit gekostet haben, dein Haus so herzurichten.«

»Das kannst du dir vorstellen. Bei euch dürfte es ja ähnlich gewesen sein.«

»Wir hatten kein Haus wie deines«, entgegnete sie. »Unseres war klein, und unsere Speisekammer nicht halb so groß wie deine.«

»Dann müssen euch ja die Lebensmittel bald ausgegangen sein«, sagte er und blickte sie aufmerksam an.

»Die tiefgekühlten, ja«, antwortete sie. »Aber an Dosennahrung mangelte es nicht.«

Er nickte. Es klang logisch, das mußte er zugeben, aber irgendwie war er nicht zufrieden. Es war reine Intuition, anders war es nicht zu erklären.

»Und Wasser?« fragte er.

Sie schaute ihn kurz schweigend an, dann sagte sie: »Du glaubst mir kein Wort. Habe ich recht?«

»Das ist es nicht«, erwiderte er. »Mich interessiert nur ganz einfach, wie du gelebt hast.«

»Du kannst deine Stimme nicht verstellen«, sagte sie. »Du warst viel zu lange allein und hast verlernt zu lügen.«

Er brummte etwas und hatte das unangenehme Gefühl, daß sie mit ihm spielte. Lächerlich, sagte er sich. Sie ist ja nur eine Frau. Vermutlich hat sie recht. Ich bin wahrscheinlich wirklich ein mürrischer unfreundlicher Einsiedler geworden.

»Erzähl mir von deinem Mann«, bat er abrupt.

Ein Schatten huschte über ihre Züge. Sie hob das Glas an die Lippen.

»Bitte, nicht jetzt«, murmelte sie.

Er setzte sich auf die Couch. Seine vage Unzufriedenheit beschäftigte ihn. Sie ließ sich nicht wirklich analysieren. Alles, was sie sagte und tat, mochte auf all das Schreckliche zurückzuführen sein, das sie durchgemacht hatte. Genausogut konnte es auch Verstellung sein.

Warum sollte sie lügen? fragte er sich. Gleich in der Früh würde er ihr Blut untersuchen. Was nutzten Lügen ihr jetzt, wenn er in wenigen Stunden doch die Wahrheit erkennen würde?

»Weißt du«, sagte er und versuchte die Situation zu entspannen. »Ich habe darüber nachgedacht. Wenn drei Menschen die Seuche überleben konnten, ist es doch nicht ausgeschlossen, daß es noch mehr gibt.«

»Glaubst du?« fragte sie.

»Warum nicht? Weshalb sollten nicht auch andere immun gegen den Bazillus sein?«

»Erzähl mir doch mehr über diesen Erreger«, bat sie.

Er zögerte, dann setzte er sein Weinglas ab. Was war, wenn er ihr alles erzählte? Und wenn sie dann floh und nach dem Tod mit all dem Wissen zurückkehrte, das sie von ihm hatte?

»Dazu müßte ich in endlose Einzelheiten gehen«, wich er aus.

»Du erwähntest das Kreuz«, sagte sie. »Woher willst du wissen, daß deine Theorie stimmt?«

»Erinnerst du dich, was ich über Ben Cortman erzählte?« Er war froh, daß sie nicht auf einer Erklärung des Bazillus bestand, sondern er über etwas reden konnte, von dem sie bereits wußte.

»Du meinst den Mann, der ...«

Er nickte. »Ja. Komm her, ich zeige ihn dir.« Er erhob sich. Als er hinter ihr stand, während sie zum Guckloch hinausschauten, stieg ihm der Geruch ihres Haares und ihrer Haut in die Nase. Er wich unwillkürlich ein wenig zurück. Ist das nicht erstaunlich? dachte er. Ich mag ihn nicht mehr. Genau wie Gulliver, als er von den gelehrten Pferden zurückkam, finde ich den Geruch von Menschen abstoßend.

»Der dort beim Laternenpfahl ist es«, sagte er.

»Aha«, murmelte sie. Dann sagte sie: »Ich hatte gedacht, es seien mehr.«

»Ich habe die meisten getötet«, erklärte er. »Trotzdem kommen immer wieder welche.«

»Wieso brennt die Straßenlampe eigentlich?« wunderte sie sich. »Die Kraftwerke sind doch alle vernichtet.«

»Ich habe sie an meinen Generator angeschlossen«, sagte er. »Damit ich sie beobachten kann.«

»Zerbrechen sie die Leuchtröhre denn nicht?«

»Ich habe einen sehr starken Netzschirm darüber gespannt.«

»Aber der ließe sich doch gewiß abreißen.«

»Möglich, doch ich habe auch noch Knoblauchketten darüber und um den Laternenpfahl gewunden.«

Sie schüttelte bewundernd den Kopf. »Du hast aber auch an alles gedacht!«

Er trat einen Schritt zurück und musterte sie nachdenklich. Wie kann sie sie ungerührt beobachten, dachte er, mir Fragen stellen und ihre Bemerkungen dazu machen, wenn sie erst vor einer Woche mitansehen mußte, wie sie ihren Mann in Stücke rissen? Wieder diese Zweifel! Hören sie denn gar nicht auf?

Aber er wußte, daß sie es nicht würden, solange er ihre Blutprobe nicht untersucht hatte.

Sie wandte sich vom Fenster ab.

»Entschuldigst du mich bitte?«

Er blickte ihr nach, als sie zum Bad ging, und hörte, wie sie die Tür verschloß. Er schob die Klappe wieder vor das Guckloch und setzte sich auf die Couch. Ein trockenes Lächeln spielte um seine Züge. Er starrte auf den bräunlichen Wein im Glas und zupfte abwesend an seinem Bart.

»Entschuldigst du mich bitte?«

Aus irgendeinem Grund wirkte diese Höflichkeitsfloskel auf groteske Weise erheiternd auf ihn. Knigge aus dem Grabe auferstanden, dachte er. »Gutes Benehmen für junge Vampire.«

Sein Lächeln schwand.

Wie ging es weiter? Was hielt die Zukunft für ihn bereit? Würde Ruth in einer Woche noch bei ihm sein, oder würde das nie erlöschende Feuer sie bis dahin längst verschlungen haben?

Auf jeden Fall würde er zumindest versuchen, sie zu heilen, wenn sie tatsächlich infiziert war, auch wenn seine Hoffnung nicht groß war. Doch was war, wenn er den *Vampiris*-Bazillus nicht in ihrem Blut entdeckte? Irgendwie erschreckte diese Möglichkeit ihn noch mehr. War sie infiziert, würde sein Leben weitergehen wie zuvor. Blieb sie jedoch, mußte sich zwangsläufig eine engere Beziehung zwischen ihnen entwickeln. Sie würden vielleicht Mann und Frau werden, Kinder haben ...

Ja, und das erschreckte ihn noch mehr!

Ihm wurde mit einemmal klar, daß er sich zum selbstsüchtigen eingefleischten Junggesellen entwickelt hatte. Er dachte schon lange nicht mehr an seine Frau, sein Kind, sein vergangenes Leben. Die Gegenwart genügte ihm völlig. Und er fürchtete sich vor dem moralischen Verlangen, Opfer bringen und Verantwortung auf sich nehmen zu müssen. Ja, er hatte Angst davor, noch einmal sein Herz zu verschenken, die Eisenbänder abzuzwicken, die er um es herum geschmiedet hatte, um seine Gefühle gefangenzuhalten. Kurz gesagt, es bangte ihn davor, wieder zu lieben.

Als sie aus dem Bad zurückkam, hing er immer noch seinen Gedanken nach. Es war ihm gar nicht aufgefallen, daß die Grammophonnadel in der letzten Rille kratzte.

Ruth drehte die Schallplatte um. Der dritte Satz der Symphonie begann.

»Also, was ist mit Cortman?« fragte sie, während sie sich setzte.

Er starrte sie verwirrt an. »Cortman?«

»Du wolltest mir doch etwas über ihn und das Kreuz erzählen.«

»Ach so, ja, Nun, eines Nachts zwang ich ihn, hier herein zu kommen. Ich zeigte ihm das Kreuz.«

»Und? Was passierte?«

Soll ich sie gleich töten? Soll ich ihr Blut gar nicht erst lange untersuchen, sondern sie sofort umbringen und verbrennen?

Er schluckte trocken. Diese Gedanken waren der schreckliche Beweis, daß er sich der neuen Welt angepaßt hatte, dieser Welt, in der es leichter fiel, zu morden als zu hoffen.

Ganz so weit bin ich wohl doch noch nicht, dachte er. Ich bin schließlich ein Mensch, keine Vernichtungsmaschine.

»Was hast du denn?« fragte Ruth nervös.

»Was?«

»Du starrst mich so – komisch an.«

»Tut mir leid«, entschuldigte er sich mit kalter Stimme. »Ich ... ich habe nur nachgedacht.«

Sie drängte ihn nicht weiter. Stumm nippte sie an ihrem Wein. Er bemerkte, daß ihre Hand, die das Glas umfaßt hielt, zitterte. Er zwang sich zu anderen Gedanken. Sie sollte nicht erraten können, was in ihm vorging.

»Als ich ihm das Kruzifix zeigte, lachte er mir ins Gesicht«, sagte er.

Sie nickte nur.

»Aber als ich ihm die Thora vor die Augen hielt, kam es zur erwarteten Reaktion.«

»Die – was?« fragte sie verblüfft.

»Das Deuteronomium – das 5. Buch Moses. Die Thora ist als das Gesetz Gottes das Kernstück jüdischen Glaubens.«

»Und damit hast du eine Reaktion erzielt?«

»Ja. Ich hatte ihn an einen Stuhl gebunden, aber als er die Thora sah, riß er sich mit übermenschlichen Kräften los und griff mich an.«

»Und wie ging es weiter?« Sie schien ihre Furcht wieder abgelegt zu haben.

»Er hieb mir etwas auf den Kopf – was, weiß ich nicht mehr. Es fehlte nicht viel, und ich hätte die Besinnung verloren, aber so gelang es mir gerade noch, ihn mit der Thora zur Tür zu treiben und hinaus auf die Veranda.«

»Oh.«

»Du siehst also, das Kreuz hat durchaus nicht die Kraft, wie in der Sage behauptet wird. Ich habe meine eigene Theorie darüber. Die Vampirsage kam ursprünglich aus Europa, in diesem Kontinent ist der Katholizismus am weitesten verbreitet, und so wurde natürlich das Kruzifix als das Hauptsymbol bei der Verteidigung gegen die Mächte der Finsternis erachtet.«

»Hättest du denn mit deiner Pistole nicht mehr erreicht?« fragte sie.

»Woher weißt du denn, daß ich eine habe?«

»Ich ... ich nehme es an«, antwortete sie. »*Wir* hatten Pistolen.«

»Dann müßtest du doch wissen, daß mit Kugeln bei Vampiren nichts auszurichten ist.«

»Wir waren – uns nie sicher«, sagte sie und fuhr hastig fort: »Hast du eine Ahnung, weshalb nicht? Wieso können Kugeln ihnen nichts anhaben?«

Er schüttelte den Kopf. »Nein, dahinter bin ich noch nicht gekommen.«

Eine Weile lauschten sie stumm der Musik.

Natürlich kannte er den Grund, aber in seinem Mißtrauen hielt er es für sicherer, es ihr nicht zu sagen.

Durch seine Experimente mit toten Vampiren hatte er entdeckt, daß der Bazillus die Bildung einer starkklebenden Körperflüssigkeit auslöste, die die Kugellöcher sofort verschloß. Die Kugeln selbst wurden nahezu unmittelbar eingehüllt und abgekapselt. Und da das ganze System durch die Bazillen belebt wurde, konnte eine Kugel ihm nicht schaden. Tatsächlich war es durchaus imstande, selbst eine größere Zahl von Kugeln zu beherbergen, ohne durch sie beschädigt zu werden, da die Klebeflüssigkeit des Körpers ein Eindringen von mehr als vielleicht einem halben, im Höchstfall einem ganzen Zentimeter verhinderte. Auf Vampire zu schießen war in etwa mit Steinchen in Teer zu werfen vergleichbar.

Während sein Blick auf ihr ruhte, zupfte sie den Bademantel um ihre Beine zurecht. Dadurch sah er flüchtig ihren nackten sonnengebräunten Schenkel. Doch anstatt der Anblick ihn erregt hätte, ärgerte er sich darüber. Typisch Frau, dachte er, diese aufreizende Bewegung.

Während die Minuten vergingen, fühlte er, wie er sich innerlich immer weiter von ihr entfernte. Auf gewisse Weise bedauerte er bereits, daß er sie überhaupt entdeckt hatte. Im Laufe der Jahre hatte er ein gewisses Maß an Seelenfrieden erworben. Und als er sich mit dem Alleinsein abgefunden hatte, hatte er festgestellt, daß es gar nicht so schlimm war. Und jetzt das – das Ende seines ruhigen Lebens.

Um die Leere zwischen ihnen zu überbrücken, griff er nach seiner Pfeife und dem Tabakbeutel. Er stopfte den Tabak fest in den Pfeifenkopf und zündete ihn an. Kurz dachte er daran, sie zu fragen, ob es sie störte, wenn er rauchte, doch dann unterließ er es.

Die Musik endete, Ruth stand auf. Er beobachtete sie, während sie seine Schallplattensammlung durchsah. Sie sah wirklich wie ein ganz junges Mädchen aus, schlank wie sie war. Wer ist sie? fragte er sich. Wer ist sie wirklich?

»Darf ich das spielen?« fragte sie und hielt ein Album hoch.

Er warf nicht einmal einen Blick darauf. »Was immer du möchtest«, antwortete er.

Sie setzte sich, als die ersten Takte von Rachmaninows 2. Klavierkonzert ertönten. Einen eigenen Geschmack hat sie offenbar nicht entwickelt, dachte er und betrachtete sie ausdruckslos.

»Erzähl mir von dir«, bat sie.

Wieder typisch Frau, dachte er. Dann ärgerte er sich über sich selbst, weil er so kritisch war. Er tat doch nur sich selbst weh mit seinem Mißtrauen und seiner eigenbrötlerischen Einstellung.

»Über mich gibt's nichts zu erzählen«, wehrte er ab.

Wieder lächelte sie. Lachte sie ihn vielleicht aus?

»Du hast mir heute nachmittag Todesangst eingejagt«, gestand sie. »Du und dein borstiger Bart – und dein wilder Blick.«

Er stieß den Rauch aus. Wilder Blick? Lächerlich. Was versuchte sie denn jetzt? Seine Bedenken mit Nettigkeiten zu zerstreuen?

»Wie siehst du denn aus unter diesem buschigen Bart?« fragte sie.

Er versuchte ein Lächeln, brachte jedoch keines zustande.

»Bestimmt nicht zum Verlieben«, brummte er unwillkürlich. »Ich habe ein Dutzendgesicht.«

»Wie alt bist du, Robert?«

Er schluckte. Das war das erstemal, daß sie ihn beim Namen nannte. Es verursachte ein seltsames Gefühl in ihm, nach so langer Zeit seinen Namen von einer Frau zu hören. Fast hätte er sie angefahren und ihr verboten, ihn so zu nennen. Er wollte die Distanz zwischen ihnen bewahren. Falls sie infiziert war und er sie nicht heilen konnte, war es besser, er gab einer Fremden die ewige Ruhe.

Sie wandte den Blick von ihm ab.

»Du brauchst dich nicht mit mir zu unterhalten, wenn du keine Lust dazu hast«, sagte sie ruhig. »Ich möchte dir nicht auf die Nerven fallen. Morgen gehe ich wieder.«

Seine Brustmuskeln spannten sich.

»Aber ...«, sagte er.

»Ich will mich nicht in dein Leben stehlen«, sagte sie. »Und du brauchst dich mir gegenüber in keiner Weise verpflichtet fühlen, nur – nur weil wir die einzigen Überlebenden sind.«

Düster starrte er vor sich hin. Gewissensbisse regten sich

bei ihren Worten. Warum zweifle ich denn an ihr? fragte er sich. Wenn sie infiziert ist, wird sie nicht mehr lebend von hier wegkommen. Was habe ich also zu befürchten?

»Es tut mir leid«, sagte er. »Ich war wirklich *sehr* lange allein.«

Sie schaute nicht auf.

»Wenn du dich unterhalten möchtest, erzähle ich dir, was dich interessieren könnte.«

Sie zögerte einen Augenblick lang. Dann sah sie ihn fast gleichmütig an.

»Ich würde gern mehr über die Seuche wissen«, sagte sie schließlich. »Ich verlor meine beiden Töchter an sie. Und sie ist auch schuld am Tod meines Mannes.«

Er sah sie an und begann:

»Ihr Erreger ist ein Bazillus, eine zylinderförmige Bakterie. Er erzeugt eine isotonische Lösung im Blut, läßt das Blut langsamer als normal zirkulieren, aktiviert alle Körperfunktionen, ernährt sich von frischem Blut und versorgt den Körper mit Kraft. Wird ihm das Blut vorenthalten, entwickelt er selbst zerstörende Bakteriophagen oder bildet Sporen.«

Sie blinzelte. Da wurde ihm erst klar, daß sie ihn ja gar nicht verstanden haben konnte. All diese Begriffe, mit denen er sich so lange beschäftigt hatte, mußten ihr völlig fremd sein.

»Nun«, sagte er. »Das meiste ist nicht so wichtig. Von Bedeutung ist hauptsächlich die Sporenbildung, denn die Sporen entwickeln alle Eigenschaften der ursprünglichen vegetativen Bakterie. Der Bazillus bildet Sporen, wenn er kein frisches Blut bekommt. Zersetzt sich der Vampirwirtskörper, lösen die Sporen sich von ihm und suchen neue Wirte. Im neuen Wirt entwickeln sie sich und vermehren sich durch Teilung – und wieder ist ein System infiziert.«

Ungläubig schüttelte Ruth den Kopf.

»Bakteriophagen sind nicht aktiv bewegliche Proteine, die ebenfalls gebildet werden, wenn das System kein Blut bekommt. Im Gegensatz zu den Sporen zerstört in diesem Fall jedoch ein abnormer Metabolismus die Zellen.«

Kurz erwähnte er die ungenügende Entfernung der Rückstände durch das Lymphsystem; den Knoblauch, der als Allergen zur Anaphylaxie führt; und die verschiedenen Vektoren der Krankheit.

»Aber wieso sind wir immun dagegen?« fragte sie.

Eine lange Weile blickte er sie nur schweigend an. Schließlich hob er die Schultern und sagte: »Wieso du es bist, weiß ich nicht. Was mich betrifft, habe ich eine Erklärung. Ich war während des Krieges in Panama stationiert und wurde dort von einer blutsaugenden Fledermaus gebissen. Ich kann meine Theorie zwar nicht beweisen, aber ich bin ziemlich sicher, daß die Fledermaus irgendwann früher mit einem echten Vampir in Berührung gekommen war und den *Vampiris*-Bazillus in sich trug. Dieser Bazillus veranlaßte die Fledermaus, Menschen- statt Tierblut zu suchen. Aber bis der Bazillus in mein System gelangte, war er auf irgendeine Weise durch das der Fledermaus geschwächt worden. Er machte mich zwar schrecklich krank, brachte mich jedoch nicht um. Die Folge war, daß mein Körper Immunität dagegen entwickelte. Nun, das ist jedenfalls meine Theorie. Einen einleuchtenderen Grund finde ich nicht.«

»Aber ... Ging es vielen anderen in Panama nicht ebenso?«

»Das weiß ich nicht«, antwortete er ruhig. »Ich brachte die Fledermaus um. Vielleicht war ich der erste Mensch, den sie angriff.«

Sie blickte ihn wortlos an. Ihr forschender Blick machte Neville unruhig. Er redete weiter, obgleich er es eigentlich gar nicht wollte.

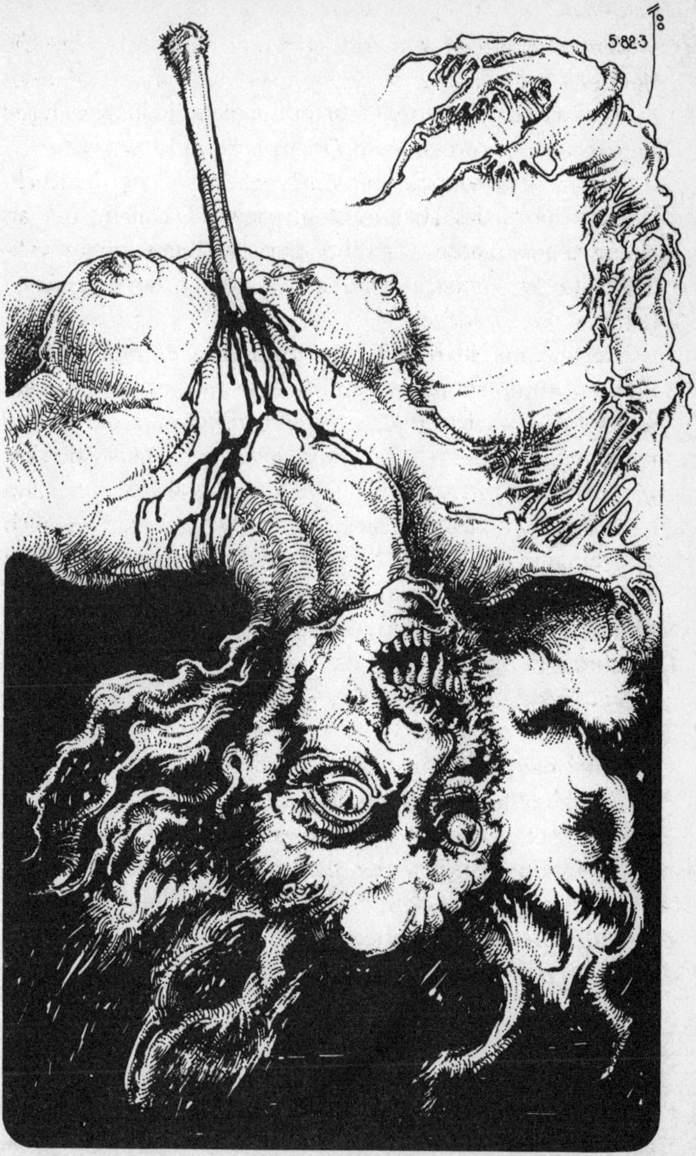
5·82·3

Kurz erzählte er ihr von seiner größten Schwierigkeit bei der Untersuchung der Vampire.

»Zuerst dachte ich, der Pfahl müßte direkt in ihr Herz dringen. Ich glaubte an die Sage. Doch dann fand ich heraus, daß das gar nicht notwendig war. Ganz egal, in welchen Teil ihres Körpers ich den Pfahl trieb, sie starben. Das ließ mich an Hämorrhagie denken. Doch dann eines Tages ...«

Er beschrieb, wie die Frau sich vor seinen Augen zersetzt hatte.

»Da war mir klar, daß es nicht innere Verblutung sein konnte«, fuhr er fort. Jetzt spürte er erst, wie gut es ihm tat, von seinen Entdeckungen erzählen zu können. »Ich wußte nicht mehr, was ich tun sollte. Eines Tages kam ich dann darauf.«

»Worauf?« erkundigte sie sich.

»Ich nahm einen toten Vampir und legte seinen Arm in ein künstlich erzeugtes Vakuum. Als ich dann im Innern dieses luftleeren Raumes in den Arm stach, spritzte Blut heraus.« Er machte eine Pause. »Aber das war auch alles.«

Sie blickte ihn groß an.

»Verstehst du nicht?«

»Ich – nein«, gab sie zu.

»Als ich Luft in den Tank ließ, zerfiel der Arm.«

Sie schien immer noch nicht zu verstehen.

»Weißt du«, sagte er, »der Bazillus ist ein fakultativer Saprophyt. Er ist mit oder ohne Sauerstoff lebensfähig. Nur innerhalb des Systems ist er anaerob und geht eine Symbiose mit ihm ein. Der Vampir versorgt ihn mit frischem Blut, und der Bazillus verleiht ihm dafür die Kraft, an weiteres frisches Blut heranzukommen. Nebenbei bemerkt, verursacht der Bazillus auch das neue Wachstum der Eckzähne.«

»Ja?« fragte sie.

»Gelangt Luft in das System«, fuhr Neville fort, »ändert die

Situation sich sofort. Der Bazillus wird aerob und aus der Symbiose Parasitismus.« Wieder machte Neville eine Pause, dann erklärte er: »Das bedeutet, daß der Bazillus den Wirt auffrißt.«

»Dann bewirkt der Pfahl ...«, begann sie.

»Daß Luft ins System gelangt«, fuhr Neville fort. »Er läßt sie ein und hält das Fleisch offen, so daß der flüssige Körperklebestoff die Wunde nicht schließen kann. Das Herz hat absolut nichts damit zu tun. Ich schneide jetzt nur noch so tief in die Handgelenke, daß dieses Körperbindemittel nichts mehr ausrichten kann.« Er lächelte ein wenig. »Wenn ich daran denke, wieviel Zeit ich zur Herstellung der Pfähle brauchte!«

Sie nickte. Dabei fiel ihr Blick auf das Weinglas in ihrer Hand. Sie stellte es ab.

»Deshalb zersetzte sich der Körper der Frau so schnell«, sagte er. »Sie war schon so lange tot, daß der Bazillus, kaum daß die Luft ins System drang, die sofortige Auflösung herbeiführte.«

Ruth schluckte; sie schauderte sichtlich.

»Wie grauenvoll«, sagte sie.

Er blickte sie überrascht an. Grauenvoll? War das nicht seltsam? Seit Jahren hatte er das nicht mehr gedacht. Das Wort »grauenvoll« hatte seine Bedeutung für ihn verloren. Ein Übermaß an Grauen machte das Wort zum Klischee. Für Robert Neville existierte die Situation lediglich als natürliche Tatsache. Adjektive gab es dafür nicht.

»Und was ist ... ist mit denen, die noch leben?« fragte Ruth.

»Wenn man ihnen die Pulsadern aufschneidet, wird selbstverständlich auch bei ihnen der Bazillus zum Parasiten. Aber ihr Tod ist ganz normaler Verblutung zuzuschreiben.«

»*Normaler* ...«

Sie wandte schnell den Kopf ab. Die Lippen hatte sie zu einem dünnen Strich zusammengepreßt.

»Was hast du denn?« fragte er.

»N-nichts. Gar nichts«, antwortete sie.

Er lächelte. »Man gewöhnt sich daran«, versicherte er. »Es bleibt einem gar nichts anderes übrig.«

Wieder schauderte sie, und er sah, wie sie schluckte.

»Im Dschungel kann man nicht nach den Gesetzen der Zivilisation leben«, sagte er. »Glaub mir, es ist das einzige, was wir tun können. Hältst du es vielleicht für besser, sie an der Seuche sterben und dann – auf wirklich schreckliche Weise – wiederkommen zu lassen?«

Sie preßte die Hände zusammen.

»Hast du nicht gesagt, daß so viele von ihnen – noch leben?« fragte sie nervös. »Woher willst du wissen, daß sie nicht am Leben bleiben würden?«

»Ich weiß es«, versicherte er ihr. »Ich kenne den Bazillus und weiß, wie er sich vermehrt. Egal, wie lange ihre Körper sich dagegen wehren, am Ende siegt doch er. Ich stellte Antibiotika her und injizierte es Dutzenden von ihnen. Aber es wirkt nicht, es kann nicht wirken. Wie sollten Impfstoffe denn noch Erfolg haben, wenn die Krankheit längst tief in ihnen steckt? Ihre Körper sind nicht imstande, gleichzeitig gegen die Erreger zu kämpfen und Abwehrstoffe zu bilden. Nein, glaub mir, das ist unmöglich. Töte ich sie nicht, sterben sie früher oder später und verfolgen mich als Untote. Ich habe keine Wahl, absolut keine Wahl.«

Sie schwiegen. Das einzige Geräusch war die Grammophonnadel, die auf den inneren Rillen der Platte kratzte. Ruth schaute ihn nicht an. Mit leerem Blick starrte sie auf den Boden. Es ist seltsam, dachte er, jetzt habe ich schon fast das Gefühl, daß ich mich für etwas verteidigen muß, das ich gestern noch als absolute Notwendigkeit angesehen habe. In all den Jahren hatte er nie auch nur die Möglichkeit in Betracht gezogen, daß er im Unrecht sein könnte. Es hatte

Ruths Anwesenheit bedurft, diese Gedanken ins Rollen zu bringen – und es waren wahrhaftig ungewöhnliche, fremdartige Gedanken.

»Meinst du tatsächlich, daß ich im Unrecht bin?« fragte er hörbar ungläubig.

Sie biß sich auf die Unterlippe.

»Ruth!« sagte er.

»Nicht ich verurteile dich«, murmelte sie.

18

»Virginia!«

Die dunkle Gestalt drückte sich an die Wand, als Robert Nevilles heiserer Schrei die Stille der Nacht brach.

Unsicher richtete er sich auf der Couch auf und starrte schlaftrunken durch das Zimmer. Sein Herz hämmerte wie verzweifelte Fäuste an eine Verliesmauer.

Er taumelte auf die Beine. Er war noch nicht völlig wach und wußte weder, wo er war, noch wie spät es sein mochte.

»Virginia?« fragte er erneut mit schwacher bebender Stimme. »Virginia?«

»Ich ... ich bin es«, antwortete eine zögernde Stimme in der Dunkelheit.

Er machte einen schwankenden Schritt auf den dünnen Lichtstrahl zu, der durch das offene Guckloch fiel. Stumpf blinzelte er ins Licht.

Sie keuchte, als er die Hand ausstreckte und ihre Schulter umklammerte.

»Ich bin es, Ruth. *Ruth!*« wisperte sie verstört.

Er taumelte noch leicht und blickte verständnislos auf die dunkle Gestalt vor ihm.

»Ich bin es, Ruth!« sagte sie erneut, und laut, diesmal.

Das Erwachen war wie ein eisiger Wasserschwall. Etwas

schien mit kalten Händen in seinem Bauch zu wühlen, ihn und die Brust zusammenzukrampfen. Es war nicht Virginia! Er schüttelte den Kopf und rieb mit zitternden Fingern die Augen.

Dann starrte er, wie von einer schrecklichen Last niedergedrückt, vor sich hin.

»Oh«, murmelte er schwach. »Oh, ich ...«

Er blieb stehen, wo er war, und schwankte noch ganz leicht, während sich allmählich die Schleier vor seinen Augen lösten.

Er blickte auf das offene Guckloch, dann auf Ruth.

»Was machst du denn da?« erkundigte er sich mit schlaftrunkener Stimme.

»Nichts«, antwortete sie nervös. »Ich ... ich konnte nicht schlafen.«

Er zuckte bei dem plötzlichen Licht zusammen, dann nahm er schnell die Hand vom Schalter und drehte sich um. Sie lehnte an der Wand, blinzelte in die Lampe. Ihre Hände hatte sie zu Fäusten geballt an die Seiten gedrückt.

»Wieso bist du angezogen?« fragte er überrascht.

Sie schluckte und starrte ihn an. Wieder rieb er sich die Augen und schob das lange Haar von den Schläfen zurück.

»Ich ... ich habe nur hinausgeschaut«, antwortete sie.

»Aber warum bist du angekleidet?«

»Ich konnte nicht schlafen.«

Er blickte sie immer noch ein wenig benommen an, aber er spürte, wie sein Herzschlag sich beruhigte. Durch das offene Guckloch hörte er ihr Schreien draußen und Cortmans Brüllen: »Komm raus, Neville!« Er trat ans Guckloch und schob die Klappe vor. Dann drehte er sich zu Ruth um.

»Ich möchte wissen, wieso du angezogen bist!«

»Oh, aus keinem besonderen Grund.«

»Wolltest du fort, während ich schlief?«

»Nein, ich ...«

»*Wolltest* du?«

Sie holte erschrocken Luft, als er sie am Handgelenk packte.

»Nein, nein«, sagte sie schnell. »Wie könnte ich, wo sie doch alle draußen sind!«

Er atmete schwer und studierte ihr verstörtes Gesicht. Unwillkürlich schluckte er. Er erinnerte sich an den Schock beim Aufwachen, als er sie für Virginia gehalten hatte.

Abrupt ließ er ihren Arm los und drehte sich um. Da hatte er sich eingebildet, die Vergangenheit sei tot für ihn! Wie lange dauerte es denn, bis die Vergangenheit starb?

Ruth blieb stumm, während er sich ein ganzes Glas voll Whisky einschenkte und ihn würgend schluckte. Virginia, dachte er elend. Virginia, du bist immer noch bei mir. Er schloß die Augen und biß die Zähne zusammen.

»Virginia«, sagte Ruth leise. »War sie deine Frau?«

Seine Gesichtsmuskeln spannten sich und erschlafften.

»Geh wieder ins Bett!« sagte er mit tonloser Stimme, ohne ihre Frage zu beantworten.

Sie wich ein wenig zurück. »Es tut mir leid«, entschuldigte sie sich. »Ich hatte nicht die Absicht ...«

Er wollte gar nicht wirklich, daß sie ins Bett zurückging, das wußte er plötzlich. Es war besser, wenn er jetzt nicht alleinblieb.

»Ja, ich glaubte, du seist meine Frau«, hörte er sich sagen. »Ich bin aufgewacht, hab' dich gesehen und gedacht ...«

Wieder nahm er einen tiefen Schluck Whisky. Er hustete heftig, als ihm ein Teil davon in die falsche Kehle geriet. Ruth blieb im Schatten stehen und hörte ihm zu.

»Sie kam zurück, weißt du?« murmelte er. »Ich hatte sie begraben, aber eines Nachts kam sie zurück. Sie sah aus, wie – wie du, Umrisse, ein Schatten. Sie war *tot!* Aber sie war zu mir zurückgekommen. Ich versuchte, sie bei mir zu behalten. Ich versuchte es wirklich, aber es war nicht mehr das gleiche – weißt du? Sie wollte nur noch ..."

Er bemühte sich, das Schluchzen in seiner Kehle zu unterdrücken.

"Meine eigene Frau", seine Stimme zitterte, "war nur zurückgekommen, um mein Blut zu trinken!"

Er stellte das Glas heftig auf die Barplatte, drehte sich um, ging ruhelos zum Guckloch und wieder zurück zur Bar. Ruth schwieg. Sie war in der Dunkelheit stehengeblieben und lauschte seinen Worten.

"Ich mußte sie wegbringen", fuhr er fort. "Ich mußte das gleiche mit ihr tun wie mit den anderen. Mit meiner eigenen Frau!" Er schluckte jetzt unüberhörbar. "Einen Pfahl!" Seine Stimme war ein Wimmern. "Ich mußte einen Pfahl in sie treiben! Ich wußte noch nicht, daß es eine andere Möglichkeit gab. Ich ..."

Er konnte nicht weitersprechen. Eine lange Weile stand er nur mit zusammengepreßten Lidern da und zitterte hilflos am ganzen Körper.

Dann fuhr er fort. "Es sind jetzt fast drei Jahre her. Aber ich erinnere mich wieder, als wäre es erst gestern gewesen. Was kann ich tun? Was kann ich *tun*?" Er hieb mit der Faust auf die Barplatte, als die unerträgliche Erinnerung ihn übermannte. "So sehr man es auch versucht, man kommt einfach nicht davon los! Ich versuchte zu vergessen, mich der Gegenwart anzupassen ..."

Mit bebenden Fingern strich er sein Haar zurück.

"Ich weiß, wie es in dir aussieht." Er blickte Ruth mit glanzlosen Augen an. "Anfangs traute ich dir nicht. Ich fühlte mich unantastbar und sicher in meiner eigenen kleinen Welt. Jetzt ..." Er schüttelte langsam, deprimiert den Kopf. "Und mit einemmal ist alles vorbei: die Gewißheit, sich angepaßt zu haben, die Sicherheit, der innere Frieden – alles wie weggewischt!«

»Robert.«

Ihre Stimme klang so brüchig und verloren wie seine.

»Warum hat man uns so bestraft?« murmelte sie.

Zitternd atmete er ein.

»Ich weiß es nicht«, erwiderte er bitter. »Darauf gibt es keine Antwort, es gibt keinen Grund dafür. Es ist eben so.«

Plötzlich stand sie neben ihm. Ohne zurückzuweichen, ohne zu zögern, drückte er sie an sich – zwei Menschen, die in dieser schrecklichen Einsamkeit, in der Finsternis der Nacht, Trost beim anderen suchten.

»Robert, *Robert!*«

Ihre Hände strichen über seinen Rücken, klammerten sich daran, während er sie noch fester an sich preßte und sein Gesicht in ihr warmes weiches Haar drückte.

Ihre Lippen fanden sich und gaben einander lange nicht frei. Mit verzweifelter Kraft lagen ihre Arme um seinen Hals.

Dann saßen sie in der Dunkelheit und schmiegten sich aneinander, als wäre alle Wärme der Welt nur in ihren Körpern, um mit dem anderen geteilt zu werden. Er spürte das Heben und Senken ihres Busens an seiner Brust und ihr Gesicht an seinem Hals. Seine große Hand strich unbeholfen über ihr seidiges Haar.

»Es tut mir so leid, Ruth.«

»Was denn?«

»Daß ich so gemein zu dir war, daß ich dir nicht traute.«

Sie schwieg und schmiegte sich nur noch fester an ihn.

»O Robert«, murmelte sie schließlich. »Es ist so unfair. So *unfair!* Warum leben wir noch? Warum sind wir nicht alle gestorben? Es wäre soviel besser, wenn wir alle tot wären.«

»Beruhige dich, Kleines.« Alle totgeglaubten und doch nur

aufgestauten Gefühle brachen sich Bahn. »Es wird alles gut«, tröstete er sie.

Er spürte ihr schwaches Kopfschütteln an seinem Hals.

»Doch«, versicherte er ihr. »Es wird alles gut werden.«

»Aber wie könnte es?«

»Alles wird gut werden«, wiederholte er, obgleich ihm plötzlich klar war, daß er es selbst nicht glauben konnte, daß nur der Schwall seiner Gefühle ihn diese Worte hatte formen lassen.

»Nein«, widersprach sie. »Nein!«

»Doch, Ruth. Bestimmt!«

Er wußte nicht, wie lange sie einander umklammert hielten. Er vergaß alles – die Zeit, den Ort. Es gab nur noch sie beide zusammen, sie beide, die einander brauchten, sie beide, die das schreckliche Grauen überlebt hatten und sich umarmten, weil sie sich gefunden hatten.

Doch dann wollte er etwas für sie tun, wollte ihr helfen.

»Komm«, forderte er sie auf. »Wir untersuchen dein Blut.«

Er spürte, wie sie in seinen Armen erstarrte.

»Du brauchst keine Angst zu haben«, sagte er schnell. »Ich bin sicher, daß wir nichts finden werden. Und falls doch, werde ich dich heilen. Ich schwöre es, daß ich dich heilen werde, Ruth.«

Sie blickte ihn in der Dunkelheit nur stumm an. Er stand auf und zog sie hoch. Er zitterte vor Erregung, einer Erregung, wie er sie seit Jahren nicht mehr gekannt hatte. Er wollte sie heilen, ihr helfen.

»Komm, laß mich!« bat er. »Ich tue dir nicht weh, ganz bestimmt nicht, das verspreche ich dir. Aber wir müssen es wissen! Wir müssen sichergehen. Dann können wir planen und Schritte unternehmen. Ich werde dich retten, Ruth. Das werde ich ganz bestimmt. Oder ich werde selbst sterben.«

Sie war immer noch starr und wehrte sich leicht.

»Komm mit, Ruth, *bitte!*«

Nun, da sie ihm nicht mehr gleichgültig war, hatte ihn seine Kraft verlassen, und er zitterte am ganzen Körper.

Er führte sie ins Schlafzimmer. Als er im Licht sah, welche Angst sie hatte, zog er sie an sich und streichelte ihr Haar.

»Es ist schon gut«, sagte er zärtlich. »Es ist schon gut, Ruth. Ganz egal, was wir finden werden, es ist alles gut. Das mußt du mir glauben.«

Er setzte sich auf den Hocker. Ihr Gesicht war eine weiße Maske, und sie zuckte unkontrolliert, während er die Injektionsnadel über dem Bunsenbrenner sterilisierte.

Er beugte sich vor und küßte sie auf die Wange.

»Schon gut«, murmelte er wieder. »Es ist schon gut.«

Sie schloß die Augen, als sie den Nadelstich spürte. Er spürte den Schmerz in seinen eigenen Fingern, während er das Blut herauspreßte und auf das Glasplättchen gab.

»Schon gut«, murmelte er erneut, denn es fiel ihm nichts anderes ein. Er drückte ein Mullfleckchen auf den Einstich in ihrer Fingerspitze. Er spürte, wie er selbst am ganzen Leib zitterte. So sehr er sich auch bemühte, er konnte das Zittern nicht unterdrücken. Er war kaum imstande, den Objektträger zu halten, aber er lächelte Ruth beruhigend zu und versuchte ihr die Furcht zu nehmen.

»Hab keine Angst«, bat er. »Bitte, hab keine Angst! Ich heile dich, wenn du infiziert bist. Ganz bestimmt, Ruth, ganz bestimmt!«

Wortlos, mit stumpfen Augen beobachtete sie ihn, während er arbeitete. Ihre Hände zuckten nervös auf ihrem Schoß.

»Was wirst du tun, wenn ich – wenn ich infiziert bin?« fragte sie stockend.

»Ich bin mir noch nicht ganz sicher«, antwortete er. »Aber es gibt eine Menge, das wir tun können.«

»Was?«

»Impfen, beispielsweise.«

»Aber du hast doch selbst gesagt, daß Impfungen nicht helfen.« Ihre Stimme zitterte ganz leicht.

»Ja, aber...« Er unterbrach sich, als er das Glasplättchen ins Mikroskop schob.

»Robert, sei ehrlich, was könntest du denn tun?«

Sie rutschte vom Hocker, als er sich über das Mikroskop beugte.

»Bitte, Robert, schau nicht!« sagte sie plötzlich flehentlich.

Aber er hatte es bereits gesehen.

Es war ihm nicht bewußt, daß er den Atem anhielt. Seine glanzlosen Augen trafen ihre.

»Ruth«, wisperte er erstickt.

Der Holzhammer krachte auf seine Stirn herab.

Etwas in seinem Kopf schien zu explodieren, und er spürte, wie ein Bein nachgab. Als er zur Seite stürzte, warf er das Mikroskop um. Sein rechtes Knie schlug auf dem Boden auf. Als er benommen hochblickte, sah er ihr angstverzerrtes Gesicht. Und dann fuhr der Holzhammer ein zweitesmal herab, und er schrie schmerzerfüllt auf. Er sank auf beide Knie, und seine Handflächen prallten auf den Boden, als er vornüberfiel. Aus unendlicher Ferne hörte er ihr verzweifeltes Schluchzen.

»Ruth«, murmelte er.

»Ich hab' doch gesagt, du sollst nicht nachsehen!« rief sie.

Er griff nach ihren Beinen, da schlug sie ein drittesmal mit dem Holzhammer zu und traf seinen Hinterkopf.

»*Ruth!*«

Schlaff glitten Robert Nevilles Hände von ihren Waden und rieben dabei ein wenig der Bräune ab. Er fiel aufs Gesicht, und seine Finger krümmten sich, als ihn die Sinne verließen.

19

Als er die Augen öffnete, war es völlig still im Haus.

Eine kurze Weile blieb er verwirrt auf dem Boden liegen, dann setzte er sich mit erstauntem Brummen auf. Sterne explodierten in seinem Schädel. Er sackte aufs Linoleum zurück und preßte die Hände gegen die pochenden Schläfen. Ein seltsam klickender Laut entrang sich seiner Kehle.

Nach ein paar Minuten griff er nach der Kante der Werkbank und zog sich vorsichtig hoch. Der Boden unter ihm schwankte. Hastig schloß er die Augen. Seine Beine drohten nachzugeben, aber er klammerte sich jetzt an die Platte der Werkbank.

Eine Minute später gelang es ihm, sich ins Badezimmer zu schleppen. Er steckte den Kopf unter das kalte Wasser, dann setzte er sich auf den Badewannenrand und wickelte sich ein nasses Tuch um die Stirn.

Was war passiert? Er blickte blinzelnd auf den Fliesenboden.

Schließlich stand er unsicher auf und taumelte ins Wohnzimmer. Es war leer. Die Haustür stand im Grau des frühen Morgens halb offen. Ruth war nicht mehr da.

Dann erinnerte er sich. Er stützte sich an die Wand und kehrte ins Schlafzimmer zurück.

Der Brief lag auf der Werkbank neben dem umgeworfenen Mikroskop. Mit fast tauben Fingern hob er das Blatt Papier auf und trug es zum Bett. Stöhnend setzte er sich und hielt den Brief vor die Augen. Aber die Buchstaben verschwammen. Es dauerte, ehe er fähig war, ihn zu lesen.

Lieber Robert,
  jetzt weißt Du es. Weißt, daß ich als Spitzel zu Dir kam; weißt, daß fast alles, was ich Dir erzählte, Lüge war.

Aber ich schreibe Dir diesen Brief, weil ich Dich retten möchte, wenn ich kann.

Als man mir den Auftrag gab, Dich zu bespitzeln, hatte ich kein Mitleid mit Dir, denn DU hast meinen Mann getötet!

Doch jetzt ist es anders, weil ich weiß, daß Dir Deine Art zu leben genauso aufgezwungen wurde wie uns unsere. Wir SIND infiziert. Aber das wußtest Du ja. Was Du nicht wußtest, ist, daß wir trotzdem weiterleben können, weil wir ein Mittel fanden. Langsam, aber sicher werden wir eine neue Gesellschaft aufbauen. Wir werden ein Ende machen mit all den Bedauernswerten, die der Tod betrogen hat. Und vielleicht wird sogar beschlossen – aber glaube mir, ich werde beten, daß es nicht soweit kommt –, daß wir Dich und Deine Art töten.

Die meiner Art? fragte er sich verblüfft. Aber er las weiter.

Ich werde versuchen, Dich zu retten. Ich erzähle ihnen, daß Du viel zu gut bewaffnet bist, als daß wir Dich jetzt angreifen könnten. Nutz die Zeit, die ich dadurch für Dich gewinne. Zieh Dich in die Berge zurück, bring Dich in Sicherheit. Bis jetzt sind wir bloß eine Handvoll, Robert. Aber ich fürchte nur, daß wir bald allzu gut organisiert sein werden, und dann wird nichts, was ich sage, die anderen davon abhalten können, Dich umzubringen. Bitte, Robert, fang jetzt ein neues Leben an, solange Du noch die Chance dazu hast.

Ich weiß, daß Du mir vielleicht nicht glauben wirst. Du wirst vielleicht nicht glauben, daß wir bereits kürzere Zeit in der Sonne bleiben können. Du wirst vielleicht nicht glauben, daß meine Bräune nur Make-up war. Du wirst vielleicht nicht glauben, daß wir mit dem Bazillus leben können.

Deshalb lasse ich Dir eine meiner Pillen hier.

Ich nahm sie die ganze Zeit, während ich bei Dir war. Ich hatte sie in einem Gürtel unter meinem Kleid aufbewahrt. Du wirst feststellen, daß sie aus einer Mischung von defibriniertem Blut und einem Arzneimittel besteht, aber welchem, weiß ich nicht. Das Blut dient dazu, den Bazillus zu ernähren, und das Mittel verhindert seine Vermehrung. Die Entdeckung dieser Mischung bewahrte uns vor dem Tod und hilft uns nun, eine neue Gesellschaft zu begründen.

Bitte, Robert, glaub mir – und fliehe!

Und vergib mir. Ich wollte Dir nicht weh tun. Es hat mich fast selbst umgebracht, als ich den Holzhammer nehmen und auf Dich einschlagen mußte. Aber ich hatte so schreckliche Angst vor dem, was Du tun würdest, wenn Du den Bazillus in meinem Blut entdecktest.

Und verzeih mir, daß ich Dich so anlügen mußte. Aber bitte glaub mir das eine: als wir in der Dunkelheit beisammenstanden und uns so nahe waren, da habe ich Dich nicht bespitzelt, sondern wirklich geliebt.

Ruth

Er las den Brief ein zweitesmal. Dann sanken seine Hände kraftlos in den Schoß, und er starrte blicklos auf den Boden. Er konnte es nicht glauben. Er schüttelte langsam den Kopf und versuchte es zu verstehen, aber es gelang ihm nicht.

Auf wackeligen Beinen schleppte er sich zur Werkbank. Er griff nach der kleinen bernsteinfarbenen Pille, betrachtete sie in seiner Hand, roch daran, probierte ein winziges Stück davon. Alle Sicherheit, die die Vernunft ihm verliehen hatte, ebbte dahin. Alles, was seinem Leben Halt gegeben hatte, brach zusammen, und die Angst griff nach seinem Herzen.

Doch wie könnte er die Beweise widerlegen? Die Pille? Die Bräune, die von ihren Beinen abgefärbt war? Daß sie tatsächlich in der Sonne spaziert war? Ihre Reaktion auf den Knoblauchgeruch?

Er setzte sich auf den Hocker und starrte hinunter auf den Holzhammer, der auf dem Boden lag. Langsam, schwerfällig dachte er über alles nach.

Als er sie das erstemal gesehen hatte, war sie vor ihm davongelaufen. War das nur eine Finte gewesen? Nein, es hatte ganz so ausgesehen, als hätte sie sich wirklich gefürchtet. Er mußte sie durch seinen Schrei erschreckt haben. Sicher hatte sie ursprünglich so etwas erwartet, doch dann war sie wahrscheinlich so in ihre Gedanken vertieft gewesen, daß sie gar nicht mehr an ihren Auftrag gedacht hatte. Dann, später, als sie sich einigermaßen beruhigt hatte, hatte sie ihm einreden wollen, daß ihre Reaktion auf Knoblauch ihrem kranken Magen zuzuschreiben war. Und sie hatte gelogen und gelächelt und hoffnungsloses Abfinden mit ihrer Lage vorgetäuscht, und so nach und nach geschickt alles von ihm erfahren, was zu erkunden man sie beauftragt hatte. Und als sie gehen wollte, konnte sie wegen Cortman und der anderen nicht. Da war er aufgewacht. Sie waren sich so nahe gewesen, sie ...

Seine Faust, von der die Knöchel sich weiß abhoben, sauste auf die Bank hinab. »Da habe ich Dich ... wirklich geliebt.« Lug und Trug! Er zerknüllte den Brief und warf ihn verbittert von sich.

Die Wut verstärkte den stechenden Schmerz in seinem Kopf. Er preßte beide Hände an die Schläfen und schloß stöhnend die Augen.

Nach einer Weile hob er die Lider. Langsam glitt er vom Hocker und richtete das Mikroskop wieder auf.

Der Rest ihres Briefes war nicht gelogen, das wußte er. Ohne die Pille, ohne die Worte wußte er es. Ja er wußte sogar etwas, das Ruth und ihre Leute offenbar nicht wußten.

Er blickte lange durch das Okular. Ja, er wußte es! Daß er nun akzeptierte, was er sah, veränderte seine ganze Weltauffassung. Wie dumm, wie beschränkt er sich jetzt vorkam, weil er es nie vorhergesehen hatte! Dabei war ihm gerade dieser eine Satz so oft untergekommen, wenn er etwas über Bakterien nachgelesen hatte. Aber er hatte ihn nie auf den Bazillus bezogen, und, um ehrlich zu sein, er hatte ihn auch nie richtig beachtet, diesen Satz:

Bakterien können besonders leicht mutieren.

IV. TEIL

Januar 1979

20

Sie kamen nachts; kamen in ihren dunklen Wagen mit Scheinwerfern, Schußwaffen, Äxten und Piken; kamen mit heulenden Motoren aus der Dunkelheit, und die blendenden Strahlen der Suchscheinwerfer peitschten um die Ecke des Boulevards und griffen nach der Cimarron Straße.

Robert Neville saß am Guckloch, als sie kamen. Ein Buch lag auf seinem Schoß. Er hatte gerade gleichmütig hinausgeschaut, als die Scheinwerfer die weißen Gesichter der Vampire erfaßten. Die Untoten wirbelten keuchend herum. Ihre dunklen seelenlosen Augen starrten in das grelle Licht.

Neville sprang vom Guckloch zurück. Sein Herz klopfte heftig von dem plötzlichen Schock. Einen Moment lang blieb er zitternd in dem dunklen Zimmer stehen und konnte sich nicht entscheiden, was er tun sollte. Seine Kehle war wie zugeschnürt, während er dem Motorenlärm lauschte, der selbst durch die Schallisolierung des Hauses zu hören war. Er dachte an die Pistolen in seinem Wäscheschrank, die Maschinenpistole auf der Werkbank, und er dachte auch daran, sein Haus gegen sie zu verteidigen.

Dann ballte er die Hände so fest, daß die Nägel durch die Haut stießen. Nein, er hatte seine Entscheidung getroffen. Er hatte sich während der vergangenen Monate alles sorgfältig überlegt. Er würde *nicht* kämpfen.

Wie mit einem Stein im Magen trat er schwerfällig ans Guckloch zurück und spähte hinaus.

Die Scheinwerfer beleuchteten eine wilde Schlachtszene, eilige Schritte waren auf der Straße und dem Beton des Bürgersteigs zu hören, dann knallte ein Schuß und hallte hohl wider, und gleich darauf zerrissen weitere Schüsse die Nacht.

Zwei Vampire stürzten um sich schlagend zu Boden. Vier Männer packten sie an den Armen und rissen sie hoch. Zwei

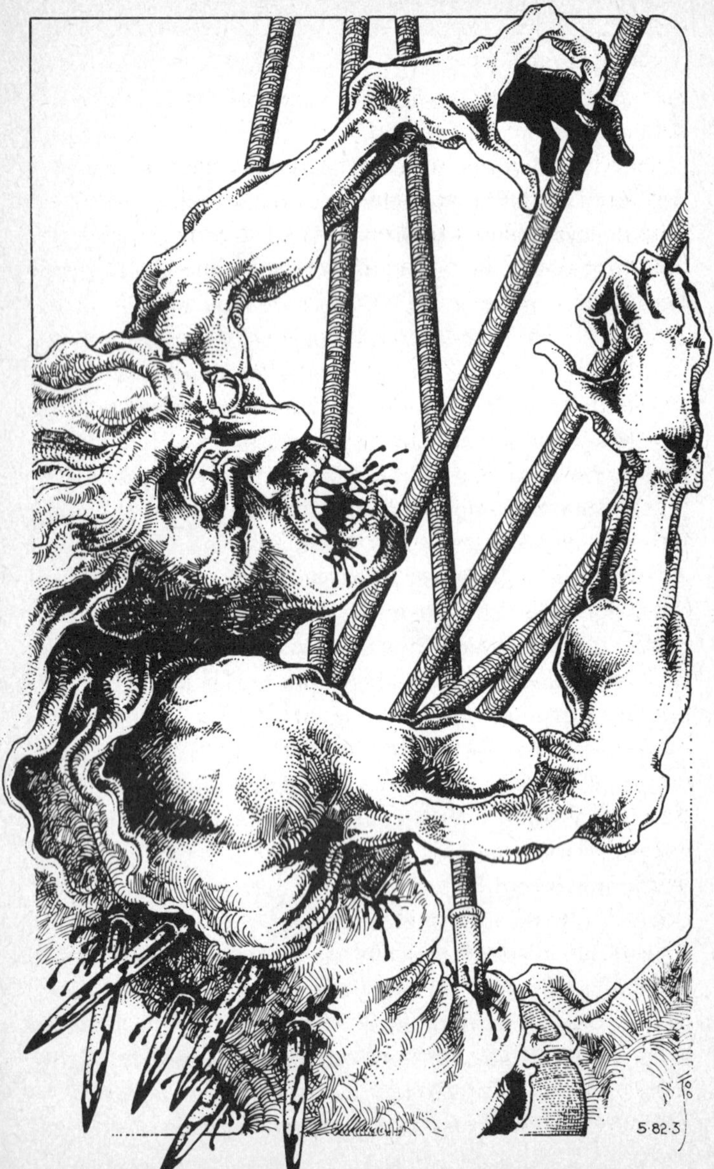
5·82·3

weitere Männer stießen ihnen die glitzernden Pikenspitzen in die Brust. Bei den schrecklichen Schreien zuckte Neville zusammen. Sein Atem ging stoßweise, während er das Massaker beobachtete.

Die Männer in den dunklen Anzügen gingen ganz offensichtlich nach Plan vor. Etwa sieben Vampire waren zu sehen: sechs Männer und eine Frau. Die Schwarzgekleideten umzingelten die sieben, packten die um sich schlagenden Arme und stießen die rasiermesserscharfen Pikenspitzen tief in ihre Körper. Blut spritzte auf den dunklen Boden. Einer nach dem anderen fanden die Vampire so ihr Ende. Neville zitterte haltlos. Ist das die neue Gesellschaft? fragte er sich. Er versuchte sich einzureden, daß die Männer sich gezwungen gesehen hatten, das zu tun, aber der Schock brachte schrecklichen Zweifel mit sich. Mußten sie es denn wirklich auf diese Weise tun? War das brutale Gemetzel notwendig? Warum hatten sie die Nacht gewählt, wenn sie die Vampire tagsüber und auf gnädigere Weise zur ewigen Ruhe hätten schicken können?

Die Nägel bohrten sich noch tiefer in die Handflächen seiner bebenden Fäuste. Die Schwarzgekleideten gefielen ihm nicht, und ihre methodische Schlächterei widerte ihn an. Sie wirkten auf ihn eher wie Ungeheuer als wie Menschen, die die Umstände zu etwas zwangen. Er las hämischen Triumph in ihren weißen, harten Gesichtern, auf die die Scheinwerfer fielen. Ja, grausame Gesichter waren es.

Plötzlich erschrak Neville. Wo war Cortman?

Sein Blick wanderte suchend über die gräßliche Szene auf der Straße. Cortman war nicht zu sehen. Er drückte sich ganz dicht an das Guckloch, um den Blickwinkel zu vergrößern. Er wollte nicht, daß sie Cortman erwischten, das war ihm plötzlich klar geworden. Er wollte nicht, daß Cortman auf diese Weise vernichtet wurde. Ein innerer Schock verhinderte, daß er seine Gefühle analysierte, aber er spürte, daß er mehr für die Vampire empfand als für ihre Henker.

Nun lagen die sieben Vampire zusammengekrümmt und still in den Lachen ihres gestohlenen Blutes. Die Scheinwerfer wanderten über die Straße und zerrissen die Dunkelheit. Neville wandte den Kopf ab, als ein blendender Strahl über die Front seines Hauses fiel. Als er vorbei war, schaute er wieder hinaus.

Ein triumphierender Schrei erschallte. Nevilles Blick folgte den Scheinwerfern.

Er erstarrte.

Cortman war auf dem Dach des Hauses unmittelbar auf der anderen Straßenseite. Er kämpfte sich, dicht an die Schindeln gedrückt, zum Kamin hoch.

Plötzlich wurde Neville klar, daß Cortman sich die meiste Zeit in diesem Kamin versteckt gehabt hatte. Er preßte die Lippen zusammen. Wieso hatte er nicht sorgfältiger nachgesehen? Er kam nicht gegen die Übelkeit an, die ihm bei dem Gedanken hochstieg, daß Cortman von diesen brutalen Fremden niedergemetzelt werden sollte. Natürlich war diese Einstellung etwas merkwürdig, aber es gefiel ihm eben nicht. Nicht sie durften Hand an Cortman legen.

Aber er konnte nichts dagegen tun.

Gequält mußte er zusehen, wie alle Scheinwerfer sich auf Cortman vereinten. Er beobachtete, wie Cortmans Hände nach dem nächsten Halt griffen. So langsam waren seine Bewegungen, als hätte er alle Zeit der Welt. Beeil dich doch! Neville zappelte fast vor Nervosität. Warum war er nur so langsam!

Von den Schwarzgekleideten kam kein Laut. Sie befahlen Cortman nicht, sich zu ergeben. Sie hoben lediglich ihre Gewehre, und Schüsse knallten.

Neville war, als drängten die Kugeln in sein eigenes Fleisch.

Bei jedem Einschlag zuckte er genau wie Cortman zusammen.

Aber immer noch kroch Cortman weiter hoch. Neville sah sein weißes Gesicht und die zusammengebissenen Zähne. Das ist das Ende von Oliver Hardy, dachte er. Das Ende aller Komik und allen Lachens. Er hörte die weiteren Schüsse nicht mehr, er spürte nicht einmal die Tränen, die ihm über die Wangen rannen. Seine Augen hingen an der unförmigen Gestalt seines alten Freundes, der sich Zentimeter um Zentimeter das grell beleuchtete Dach hocharbeitete.

Jetzt hob Cortman sich auf die Knie und griff mit spasmodischen Fingern nach dem Rand des Kamins. Sein Körper zuckte, als ihn weitere Kugeln trafen. Seine dunklen Augen starrten in die blendenden Scheinwerfer. Seine Lippen waren zu einem lautlosen Knurren über die Zähne zurückgezogen.

Dann stand er aufrecht neben dem Kamin. Nevilles Gesicht war weiß und angespannt, als er zusah, wie Cortman das rechte Bein hob.

Da spickte das ratternde Maschinengewehr Cortman mit Blei. Einen Moment lang blieb Cortman unter dem heftigen Beschuß aufrecht stehen. Die zitternden Hände hatte er über den Kopf gehoben, und sein weißes Gesicht war in berserkerhafter Wut herausfordernd verzerrt.

»Ben«, murmelte Neville krächzend.

Cortman sackte zusammen. Er rutschte und rollte langsam das schräge Schindeldach herunter und stürzte schließlich ins Nichts. In der plötzlichen Stille hörte Neville, wie er drüben auf der anderen Straßenseite aufschlug. Mit zugeschnürter Kehle sah er zu, wie die Schwarzgekleideten mit ihren Piken auf den sich windenden Körper zurannten.

Neville preßte die Lider zusammen und bohrte erneut die Nägel tief in die Handflächen.

Als er die Schritte schwerer Stiefel hörte, öffnete er die Augen wieder. Er wich in die Mitte des dunklen Zimmers zurück und wartete auf ihre Aufforderung herauszukommen. Völlig starr blieb er stehen. Ich werde nicht kämpfen, sagte er sich fest. Obwohl er kämpfen wollte, obwohl er die schwarzen Männer mit ihren Gewehren und blutbesudelten Piken bereits zutiefst haßte.

Aber er würde nicht kämpfen. Er hatte seine Entscheidung nach reiflicher Überlegung getroffen. Die anderen taten, was sie tun mußten, wenn auch, wie es jetzt aussah, mit unnötiger Gewalttätigkeit und sichtlichem Vergnügen. Er hatte ihresgleichen getötet, und sie mußten ihn gefangennehmen und sich selbst retten. Er würde sich nicht wehren. Wenn sie ihn riefen, würde er hinausgehen und sich ergeben, so hatte er es beschlossen.

Aber sie riefen ihn nicht. Neville zuckte zusammen und atmete keuchend, als die Axt tief in die Haustür drang. Zitternd blieb er im dunklen Wohnzimmer stehen. Warum machten sie das? Warum forderten sie ihn nicht auf, sich zu ergeben? Er war doch schließlich kein Vampir, er war ein Mensch wie sie! Warum machten sie das?

Er wirbelte herum und starrte in die Küche. Sie hieben mit ihren Äxten auch auf die mit Brettern verschlagene Hintertür ein. Er machte einen nervösen Schritt zur Diele. Sein Blick huschte verängstigt von der Hintertür zur vorderen Haustür. Sein Herz pochte wie wahnsinnig. Er verstand es nicht. Nein, er verstand es nicht.

Erschrocken sprang er in die Diele, als das Haus von einem Schuß widerhallte. Die Männer versuchten, das Schloß der Haustür herauszuschießen! Ein weiterer Schuß dröhnte in seinen Ohren.

Plötzlich wurde es ihm klar. Sie dachten gar nicht daran, ihn vor Gericht zu stellen, ihn der Gerechtigkeit ihrer neuen

Gesellschaft zu überantworten. Sie wollten ihn einfach abknallen!

Verängstigt vor sich hinmurmelnd rannte er ins Schlafzimmer. Mit zitternden Händen suchte er im Wäscheschrank nach den zwei Pistolen.

Seine Knie waren weich wie Gummi, als er sich mit den Waffen aufrichtete. Aber was war, wenn sie ihn doch nur gefangennehmen wollten? Auf ihre böse Absicht schloß er ja lediglich, weil sie ihn nicht zur Übergabe aufgefordert hatten. Doch vielleicht dachten sie, er sei gar nicht im Haus, weil ja kein Licht brannte.

Er wußte wirklich nicht, was er tun sollte, als er so am ganzen Körper bebend im dunklen Schlafzimmer stand. Die Angst würgte in seiner Kehle. Warum hatte er sich nicht in Sicherheit gebracht? Warum hatte er nicht auf Ruth gehört und war in die Berge geflohen? Narr, der er war!

Eine seiner Pistolen entglitt den schlaffen Fingern, als die Haustür nachgab. Schwere Schritte polterten ins Wohnzimmer. Robert Neville wich ins Schlafzimmer zurück. Die ihm gebliebene Pistole hielt er mit blutleeren starren Fingern ausgestreckt. Ohne Kampf würde er sich nicht von ihnen töten lassen!

Er keuchte, als er mit dem Rücken schmerzhaft gegen die Werkbank stieß. Angespannt blieb er stehen. Im Wohnzimmer sagte jemand etwas, das er nicht verstehen konnte, und dann leuchtete eine Taschenlampe in die Diele. Neville hielt den Atem an. Er spürte, wie das Zimmer sich um ihn drehte. Das also ist das Ende. Das war das einzige, was er denken konnte. Das also ist das Ende!

Schwere Stiefel stapften in die Diele. Nevilles Finger verkrampften sich um die Pistole, und er starrte mit vor Furcht wildem Blick auf die Tür.

Zwei Männer kamen herein.

Ihr Taschenlampenschein wanderte durch das Schlafzimmer und fiel auf sein Gesicht. Abrupt wichen die Männer zurück.

»Er hat eine Waffe!« brüllte einer und schoß seinen Revolver ab.

Neville hörte die Kugel über seinem Kopf in die Wand einschlagen. Und dann knallte die Pistole in seiner Hand, und das Mündungsfeuer blendete ihn immer wieder. Er zielte auf keinen von ihnen, er drückte nur rein automatisch ab. Einer der Männer schrie schmerzerfüllt auf.

Da spürte Neville einen heftigen Schlag auf der Brust. Er taumelte zurück, und ein brennender Schmerz schien in ihm zu explodieren. Er feuerte noch einmal, dann brach er in die Knie, und die Pistole fiel aus seiner Hand.

»Du hast ihn erwischt!« hörte er jemanden schreien, als er auf dem Gesicht aufschlug. Er versuchte, nach der Pistole zu greifen, aber ein dunkler Stiefel trampelte auf seine Hand und zermalmte sie. Mit einem würgenden Laut zog Neville die Hand zurück und starrte mit vor Schmerz glasigen Augen auf den Boden.

Grobe Hände schoben sich unter seine Achselhöhlen und zerrten ihn hoch. Er fragte sich, wann sie wieder schießen würden. Virginia, dachte er, Virginia, ich komme jetzt zu dir. Der Schmerz in der Brust war, als gösse man geschmolzenes Blei aus großer Höhe auf ihn herab. Er spürte und hörte seine Stiefelspitzen über den Boden scharren und wartete auf den Tod. Ich möchte in meinem eigenen Haus sterben, wünschte er sich. Er wehrte sich schwach, aber sie achteten gar nicht darauf. Glühender Schmerz stieß seine Sägezähne durch seine Brust, als sie ihn durchs Wohnzimmer schleiften.

»Nein!« ächzte er. »Nein!«

Und dann wallte der Schmerz von der Brust hoch und

drang wie eine Dornenkeule in sein Gehirn. Alles drehte sich und wirbelte ihn in die Schwärze.

»Virginia!« flüsterte er heiser.

Die Schwarzgekleideten zerrten seinen reglosen Körper aus dem Haus hinaus in die Nacht und in eine Welt, die die ihre war, nicht mehr seine.

21

Ein leises Rascheln drang an sein Ohr. Robert Neville hustete schwach, dann verzog er bei dem Schmerz in der Brust das Gesicht. Ein Stöhnen drang über seine Lippen, und er drehte ganz leicht den Kopf auf dem flachen Kissen. Das Rascheln wurde stärker und zu einem dumpfen Geräuschbrei. Langsam zog er die Hände an seinen Seiten näher heran. Warum nahm man das Feuer nicht von seiner Brust? Er spürte genau, wie glühende Kohlen durch die Öffnungen in seinem Fleisch fielen. Ein qualvolles, atemloses Ächzen verzerrte seine grauen Lippen, und jetzt hoben sich seine Lider zuckend.

Reglos starrte er eine volle Minute lang auf die roh verputzte Decke. In schrecklichem, verkrampfendem Rhythmus schwoll der Schmerz in seiner Brust an und ab. Sein angespanntes Gesicht versuchte ihn maskenhaft zu verbergen, denn wenn er sich auch nur eine Sekunde lang entspannte, überschwemmte er ihn wie eine Sturzflut. Er mußte dagegen ankämpfen! Die ersten paar Minuten konnte er sich nur unkonzentriert dagegen wehren, und die brennenden Dolchstiche waren schier unerträglich. Doch nach einer Weile begann sein Gehirn wieder zu funktionieren, wenn auch anfangs bloß wie ein stockender Motor, der immer wieder kurz anspringt, nur um gleich wieder keuchend zu ersterben.

Wo bin ich? war sein erster vernünftiger Gedanke. Der Schmerz war grauenvoll. Er blickte auf seine Brust. Sie war mit einem breiten Verband umwickelt. Ein großer feuchter roter Fleck hob und senkte sich ruckartig in seiner Mitte. Neville schloß die Augen und schluckte. Ich bin verwundet, dachte er, schwer verletzt. Mund und Kehle fühlten sich pulvertrocken an. Wo bin ich ...

Dann erinnerte er sich an die schwarzgekleideten Männer und den Angriff auf sein Haus. So wußte er auch, wo er war, noch ehe er den Kopf langsam und schmerzhaft drehte und die Gitterfenster auf der anderen Seite der winzigen Zelle sah. Eine lange Weile starrte er mit angespanntem Gesicht und zusammengebissenen Zähnen auf die Fenster. Dieser seltsame raschelnde, rauschende Geräuschbrei kam von draußen.

Er rollte den Kopf wieder herum und blickte erneut zur Decke hoch. Es war schwer, seine Lage zu sehen, wie sie war; schwer zu glauben, daß das Ganze nicht ein Alptraum war. Mehr als drei Jahre hatte er allein in seinem Haus gelebt. Und jetzt das!

Aber an dem stechenden, wechselnden Schmerz in seiner Brust ließ sich nicht zweifeln, und auch nicht an der Tatsache, daß der feuchte rote Fleck auf dem Verband immer größer wurde. Er schloß die Augen. Ich werde sterben, dachte er.

Er versuchte, es zu verstehen, doch auch das gelang ihm nicht. Obwohl er all diese Jahre mit dem Tod gelebt hatte, obwohl er wie ein Seiltänzer auf dem Drahtseil vegetierender Existenz über dem endlosen Rachen des Todes balanciert war, konnte er es nicht begreifen. Der eigene Tod ging über seinen Verstand.

Er lag reglos auf dem Rücken, als sich die Tür hinter ihm öffnete.

Er konnte sich nicht umdrehen, dazu waren die Schmerzen zu groß. So vermochte er nur den Schritten zu lauschen, die sich dem Bett näherten und aufhörten. Er blickte hoch, aber der, der sie verursacht hatte, war noch nicht in seinem Blickfeld. Mein Henker, dachte er, die strafende Gerechtigkeit dieser neuen Gesellschaft. Er schloß die Augen wieder und wartete.

Erneut bewegten sich die Schuhe. Er wußte, daß sein Besucher jetzt direkt neben dem Bett stand. Er wollte schlucken, doch dazu war seine Kehle viel zu trocken. Er fuhr sich mit der Zunge über die Lippen.

»Hast du Durst?«

Mit stumpfen Augen blickte er hoch, und plötzlich begann sein Herz heftig zu pochen. Der beschleunigte Zustrom des Blutes ließ den Schmerz noch stärker aufwallen, und einen Moment lang überwältigte er ihn. Er vermochte das grauenvolle Ächzen nicht zu unterdrücken. Er wälzte den Kopf auf dem Kissen, stieß die Zähne in die Lippen und krallte die Finger in die Bettdecke. Der rote Fleck wuchs.

Sie kniete nun neben ihm auf dem Boden, wischte ihm den Schweiß von der Stirn und betupfte vorsichtig die Lippen mit einem kühlen feuchten Tuch. Langsam ließ der Schmerz nach, und allmählich lösten sich die Schleier vor den Augen, und er konnte ihr Gesicht ganz klar sehen. Reglos blieb er liegen und schaute sie an.

»So«, murmelte er schließlich.

Sie schwieg, aber sie erhob sich und setzte sich auf die Bettkante. Wieder fuhr sie ihm sanft mit dem Tuch über die Stirn. Dann griff sie über seinen Kopf, und er hörte, daß sie Flüssigkeit in ein Gefäß goß.

Glühende Messer stachen in ihn, als sie seinen Kopf ein wenig hob, damit er trinken konnte. Etwas Ähnliches müssen sie gespürt haben, als die Piken in ihre Leiber drangen, dachte er unwillkürlich. Dieser schneidende brennende Schmerz, dieses Entweichen des Herzbluts.

Sein Kopf sank in das Kissen zurück.

»Danke«, murmelte er.

Sie blieb am Bettrand sitzen und blickte mit einer seltsamen Mischung aus Mitleid und Selbstbewußtsein auf ihn herunter. Sie hatte ihr rötliches Haar zu einem Nackenknoten gesteckt. Sie sah ungemein gesund und selbstsicher aus.

»Du hast mir wohl doch nicht geglaubt?« fragte sie.

Ein kurzer Hustenanfall pustete seine Wangen auf. Er öffnete den Mund und sog die feuchte Morgenluft ein.

»Ich ... ich habe dir geglaubt.«

»Warum bist du dann nicht fort?«

Er wollte antworten, doch die Worte lösten sich nicht. Er schluckte krampfhaft und atmete noch einmal schmerzhaft ein.

»Ich – konnte nicht«, murmelte er. »Mehrere Male versuchte ich es. Einmal hatte ich sogar schon alles gepackt – und war aufgebrochen. Aber ich ... ich konnte nicht weg. Ich war so ans Haus gewöhnt. Es war eine Gewohnheit, genau ... genau wie die Gewohnheit zu leben. Ich konnte nicht fort.«

Ihr Blick wanderte langsam über sein schweißbedecktes Gesicht. Sie preßte die Lippen zusammen und tupfte ihm die Stirn trocken.

»Jetzt ist es zu spät«, sagte sie. »Das weißt du doch?«

Etwas klickte in seiner Kehle, als er schluckte.

»Ja«, antwortete er nur.

Er versuchte zu lächeln, doch seine Lippen zuckten bloß.

»Warum hast du gegen sie gekämpft?« fragte sie. »Sie hatten den Befehl, dich unversehrt hierherzubringen. Wenn du nicht auf sie geschossen hättest, hätten sie dir nichts getan.«

Seine Kehle schnürte sich zusammen.

»Welchen Unterschied macht es schon ...?« krächzte er.

Er schloß die Augen und biß die Zähne zusammen, um den Schmerz zurückzudrängen.

Als er die Lider wieder hob, saß sie noch ruhig neben ihm. Ihr Gesichtsausdruck hatte sich nicht verändert.

Sein Lächeln war schwach und gequält.

»Eine – eine feine Gesellschaft habt ihr da«, keuchte er. »Wer sind diese – diese Gangster, die mich holen kamen? Eure Hüter des Rechtes?«

Ihr Gesicht blieb unbewegt. Sie hat sich verändert, dachte er plötzlich.

»Eine neue Gesellschaft ist immer primitiv«, antwortete sie. »Das müßtest du schließlich wissen. Auf gewisse Weise sind wir Revolutionäre, die mit Gewalt die Macht übernehmen. Das ist unvermeidlich. Gewalttätigkeit ist dir doch nicht fremd. Du hast selbst getötet – viele Male.«

»Nur um – zu überleben.«

»Genau aus dem gleichen Grund töten auch wir«, sagte sie ruhig. »Um zu überleben. Wir können die Existenz der Untoten neben den Lebenden nicht zulassen. Ihre Gehirne sind geschädigt, sie existieren nur noch zu einem einzigen Zweck. Sie *müssen* ausgerottet werden. Du, als einer, der sowohl die Toten als auch die Lebenden getötet hat, müßtest das ja wissen.«

Der tiefe Atem, den er holte, drohte seine Brust zu zerreißen. Er schauderte, und seine Augen waren von unerträglichem Schmerz geweitet. Es muß bald zu Ende gehen, dachte er. Lange halte ich das nicht mehr aus. Nein, der Tod ängstigte ihn nicht. Er verstand ihn zwar nicht, aber er fürchtete ihn nicht.

Der wallende Schmerz klang ab, und die Schleier lösten sich vor seinen Augen. Er blickte in ihr ruhiges Gesicht.

»Du hast – natürlich recht«, murmelte er. »Aber du hast ihre – Gesichter nicht gesehen – als sie töteten.« Er würgte qualvoll. »Mordlust. Unverkennbare Mordlust!«

Ihr Lächeln war dünn und ungerührt. Sie hat sich geändert, dachte er wieder, völlig geändert.

»Hast du denn je *dein* Gesicht gesehen, wenn du getötet hast?« fragte sie. Sie tupfte ihm die Stirn trocken. »Ich *habe* es gesehen, erinnerst du dich? Es war erschreckend! Dabei hast du nicht einmal getötet, sondern lediglich mich gejagt.«

Er schloß die Augen. Warum höre ich ihr überhaupt zu? fragte er sich. Sie hat sich hirnlos zu dieser neuen Gewalt bekehren lassen!

»Vielleicht hast du tatsächlich selbstzufriedene Freude in ihren Gesichtern gelesen«, sagte sie. »Das wäre nicht überraschend. Sie sind jung. Und sie *sind* Killer – beauftragte, gesetzliche Killer. Sie werden, weil sie es sind, geachtet, ja bewundert. Was kannst du also von ihnen erwarten? Sie sind auch nur Menschen, mit allen Fehlern und Schwächen. Und Menschen können sehr leicht Freude am Töten empfinden, das ist nichts Neues, Robert. Das weißt du genau.«

Er blickte zu ihr hoch. Ihr Lächeln war das knappe gezwungene Lächeln einer Frau, die um ihrer neuen Anschauungen willen versucht zu vergessen, daß sie Frau ist.

»Robert Neville«, murmelte sie, »der letzte der alten Rasse.«

Sein Gesicht spannte sich noch mehr.

»Der letzte?« murmelte er. Wie noch nie zuvor drückte die absolute Einsamkeit ihn nieder.

»Soweit wir wissen, ja«, sagte sie gleichmütig. »Du bist jetzt der einzige deiner Art. Wenn du nicht mehr lebst, gibt es keinen wie dich mehr in unserer neuen Gesellschaft.«

Er blickte zum Fenster.

»Das sind – Menschen – dort draußen?«

Sie nickte. »Sie warten.«

»Auf meinen Tod?«

»Auf deine Hinrichtung«, korrigierte sie.

Er spürte, wie er sich verkrampfte, als er zu ihr hochschaute.

»Dann müßt ihr euch aber beeilen«, sagte er furchtlos und mit fast einer Spur Herausforderung in der heiseren Stimme.

Sie blickten einander einen langen Moment an. Er spürte, daß etwas in ihr vorging. Einen Augenblick lang versuchte sie, ihre Gefühle zu verbergen.

»Ich wußte es«, sagte sie leise. »Ich wußte, daß du keine Angst haben würdest.«

Impulsiv legte sie ihre Hand sanft auf seine.

»Als ich erfuhr, daß sie zu deinem Haus geschickt wurden, wollte ich dich warnen. Aber irgendwie war mir klar, daß nichts dich dazu bewegen könnte, das Haus zu verlassen, falls du noch dort warst. Also beschloß ich, dir zur Flucht zu verhelfen, nachdem sie dich hierhergebracht hatten. Doch dann hörte ich, daß du schwer verwundet warst. Also war eine Flucht unmöglich.«

Ein Lächeln huschte über ihre Lippen.

»Ich bin so froh, daß du keine Angst hast«, sagte sie. »Du bist sehr tapfer« – ihre Stimme klang wie eine Liebkosung –, »Robert.«

Sie schwiegen, aber er spürte, wie der Druck ihrer Hand sich verstärkte.

»Wie kommt es, daß ... daß du hier herein darfst?« fragte er.

»Ich habe einen hohen Rang in der neuen Gesellschaft«, antwortete sie.

Seine Hand zuckte unter der ihren.

»Laß sie – laß sie nicht ...« Er hustete Blut. »Laß sie nicht – zu brutal werden, zu herzlos.«

»Was kann ich ...«, begann sie, aber sie beendete ihren

Satz nicht. Sie lächelte ihn an. »Ich werde mein Bestes tun«, versprach sie.

Er hielt es nicht mehr aus. Die Schmerzen wurden noch schlimmer. Ihm war, als würde er gleichzeitig zerrissen, erstochen, zermalmt.

Ruth beugte sich über ihn.

»Robert«, sagte sie. »Hör mir zu! Sie wollen dich hinrichten, obwohl du verwundet bist. Sie müssen es. Die Menschen warten schon die ganze Nacht dort draußen. Sie haben schreckliche Angst vor dir, Robert, sie hassen dich. Sie wollen dich sterben sehen!«

Sie nahm die Hand von der seinen und knöpfte ihre Bluse auf. Aus ihrem Büstenhalter holte sie ein winziges Päckchen und drückte es ihm in die rechte Hand.

»Das ist leider alles, was ich noch für dich tun kann, Robert. Nimm die Pillen! Oh, Robert, ich habe dich gewarnt, ich habe dich gebeten, zu fliehen.« Ihre Stimme zitterte. »Gegen so viele kann man nicht kämpfen, Robert.«

»Ich weiß.« Die Worte kamen würgend aus seiner Kehle.

Einen Moment lang blieb sie noch über sein Bett gebeugt stehen. Sie konnte ihr Mitleid nicht mehr unterdrücken. Tränen glitzerten in ihren Augen. Sie hatte ihre Härte zuvor also nur vorgetäuscht, dachte er. Sie hatte sich vor ihren eigenen Gefühlen gefürchtet. Ja, das kann ich gut verstehen.

Ruth drückte die kühlen Lippen auf seine fiebrigen.

»Du wirst bald wieder mit ihr beisammen sein«, murmelte sie.

Sie biß hastig die Zähne zusammen und richtete sich auf. Mit einer schnellen Bewegung knöpfte sie die Bluse zu. Einen Augenblick lang schaute sie noch zu ihm hinunter, dann wanderte ihr Blick zu seiner Rechten.

»Nimm sie bald«, murmelte sie und drehte sich um. Er hörte, wie die Tür sich hinter ihr schloß, und wie sie zugesperrt wurde. Er schloß die Augen und spürte, wie warme Tränen sich einen Weg unter seinen Lidern bahnten. Leb wohl, Ruth! Leb wohl, alles, was das Leben lebenswert macht.

Plötzlich holte er tief, wenn auch qualvoll Luft. Er setzte sich auf die Hände gestützt auf und weigerte sich, sich von den in seiner Brust explodierenden Schmerzen unterkriegen zu lassen. Mit knirschenden Zähnen stand er auf. Er taumelte, fiel fast, doch dann gewann er sein Gleichgewicht einigermaßen zurück und schleppte sich auf wankenden Beinen, die er kaum spürte, zum Fenster.

Er drückte die Stirn ans Gitter und schaute hinaus.

Auf der Straße drängten sich die Menschen im grauen Licht des frühen Morgens. Sie waren in ständiger, unruhiger Bewegung, und ihre Stimmen klangen wie das Rauschen eines Baches, aber auch wie das Summen einer Myriade von Insekten.

Er blickte auf die Köpfe der Menschenmenge hinaus. Seine Linke klammerte sich mit blutleeren Fingern um die Gitterstäbe. Seine Augen glänzten fiebrig.

Da entdeckte ihn einer.

Einen Moment lang schwoll das Stimmengewirr an. Ein paar brüllten erstaunt auf, riefen durcheinander.

Aber plötzlich senkte sich die Stille wie eine schwere Decke auf sie hinab. Alle blickten mit weißen Gesichtern stumm zu ihm hoch. Er blickte zurück. Mit einemmal wurde ihm bewußt: Jetzt bin ich der Abnormale! Normalität ist eine Mehrheitskonzeption, ist der Standard vieler, nicht eines einzigen.

Diese Erkenntnis fand ihre Bestätigung in dem, was er in den Gesichtern der Menge dort unten las: Scheu, Furcht, Grauen, Entsetzen. Jetzt wußte er, daß sie tatsächlich Angst vor ihm hatten, so wie seinesgleichen einst Angst vor ihnen gehabt hatte, den schrecklichen Gestalten der Legende.

Für sie war *er* die Geißel der Menschheit, der neuen Gesellschaft, und viel schlimmer als die Seuche, mit der sie zu leben gelernt hatten. Für sie war er bisher ein unsichtbares Schreckgespenst gewesen, das als grauenvollen Beweis seiner Existenz die blutleeren Leichen derer, die sie liebten, zurückgelassen hatte. Er verstand ihre Gefühle und konnte sie nicht hassen. Seine Rechte verkrampfte sich um das winzige Kuvert mit den Pillen. Solange das Ende nicht mit Gewalttätigkeit kam, solange es kein Gemetzel vor ihren Augen wurde ...

Robert Neville schaute hinaus auf die neue Menschheit der Erde. Er wußte, daß er nicht zu ihr gehörte, daß er für sie, genau wie die Vampire, ein Verdammter war – das Böse, das vernichtet werden mußte. Und plötzlich überkam ihn die Vorstellung und amüsierte ihn trotz seiner Schmerzen.

Ein hustendes Lachen quälte seine Kehle. Er drehte sich um und lehnte sich an die Wand, während er die Pillen schluckte. Der Kreis schließt sich, dachte er. Er spürte, wie die Lethargie des Todes nach ihm griff. Der Kreis schließt sich. Ein neues Grauen aus dem Tod geboren, ein neuer Aberglaube in der unbezwingbaren Festung der Unvergänglichkeit!

Ich bin Legende!

Alpers · Fuchs · Hahn · Jeschke

Lexikon der Science Fiction Literatur

Das erste umfassende bio-bibliographische Werk der Science Fiction in deutscher Sprache

Band 1
- Entwicklungsgeschichte
- Themenkreise
- Biographisches Lexikon
- Pseudonyme

Heyne Sachbuch 01/7111 - DM 12,80

Band 2
- SF in der Bundesrepublik
- Bibliographie seit 1945
- Wer ist wer in der deutschen SF?
- Internationale SF-Preise und Preisträger
- Literatur über SF
- Personenregister

Heyne Sachbuch 01/7112 - DM 9,80

Wilhelm Heyne Verlag München

Heyne Science Fiction und Fantasy:

Ausgezeichnet auf dem Eurocon in Stresa
mit dem »Premio Europa 1980« als beste SF-Reihe.

Von der nunmehr 850 Bände umfassenden Reihe sind folgende
Science Fiction-Titel derzeit lieferbar und besonders zu empfehlen:

Brian W. Aldiss
Am Vorabend der Ewigkeit
(06/3030 - DM 4,80)

Robert A. Heinlein
Weltraum-Mollusken erobern die Erde
(06/3043 - DM 4,80)

Isaac Asimov
Geliebter Roboter
(06/3066 - DM 4,80)

Harry Harrison
Die Todeswelt
(06/3067 - DM 3,80)

Harry Harrison
Die Sklavenwelt
(06/3069 - DM 3,80)

Harry Harrison
Die Barbarenwelt
(06/3136 - DM 4,80)

Anne McCaffrey
Die Welt der Drachen
(06/3291 - DM 4,80)

Frank Herbert
Der letzte Caleban
(06/3317 - DM 4,80)

Frank Herbert
Ein Cyborg fällt aus
(06/3384 - DM 4,80)

Ray Bradbury
Die Mars-Chroniken
(06/3410 - DM 6,80)

Jack Vance
Der Kampf um Durdane
(06/3463 - DM 4,80)

Larry Niven / Jerry Pournelle
Der Splitter im Auge Gottes
(06/3531 - DM 8,80)

Alan Dean Foster
Die Eissegler von Tran-ky-ky
(06/3591 - DM 5,80)

John Brunner
Der ganze Mensch
(06/3609 - DM 4,80)

John Brunner
Schafe blicken auf
(06/3617 - DM 6,80)

Isaac Asimov
Der Zweihundertjährige
(06/3621 - DM 5,80)

Arthur C. Clarke
Makenzie kehrt zur Erde heim
(06/3645 - DM 5,80)

Alan Dean Foster
Die denkenden Wälder
(06/3660 - DM 4,80)

Michael Coney
Der Sommer geht
(06/3673 - DM 4,80)

Algis Budrys
Michaelmas
(06/3683 - DM 5,80)

John Crowley
Geschöpfe
(06/3684 - DM 4,80)

Michel Grimaud
Sonne auf Kredit
(06/3689 - DM 3,80)

Ronald Hahn (Hrsg.)
Die Tage sind gezählt
(06/3694 - DM 4,80)

Jack Vance
Showboot-Welt
(06/3724 - DM 4,80)

Michael Bishop
Die Cygnus Delegation
(06/3743 - DM 5,80)

Konrad Fialkowski
Homo Divisus
(06/3752 - DM 4,80)

Gregory Benford
Im Meer der Nacht
(06/3770 - DM 7,80)

Arnold Federbush
Eis!
(06/3771 - DM 6,80)

Preisänderungen vorbehalten.

HEYNE BÜCHER

Wilhelm Heyne Verlag
München

Heyne Science Fiction und Fantasy:

Ausgezeichnet auf dem Eurocon in Stresa
mit dem »Premio Europa 1980« als beste SF-Reihe.

Von der nunmehr 850 Bände umfassenden Reihe sind folgende
Science Fiction-Titel deutscher Autoren
derzeit lieferbar und besonders zu empfehlen:

David Chippers
Zeit der Wanderungen
(06/3797 - DM 4,80)

Reinmar Cunis
Zeitsturm
(06/3668 - DM 4,80)

Der Mols-Zwischenfall
(06/3786 - DM 4,80)

Hans Dominik
Die Spur des
Dschingis Khan
(06/3271 - DM 4,80)

Himmelskräfte
(06/3279 - DM 4,80)

Lebensstrahlen
(06/3287 - DM 4,80)

Der Brand der
Cheopspyramide
(06/3375 - DM 4,80)

Das Erbe der Uraniden
(06/3395 - DM 4,80)

Flug in den Weltraum
(06/3411 - DM 4,80)

Die Macht der Drei
(06/3420 - DM 4,80)

Kautschuk
(06/3429 - DM 4,80)

Atomgewicht 500
(06/3438 - DM 5,80)

Atlantis
(06/3447 - DM 5,80)

Das stählerne Geheimnis
(06/3456 - DM 5,80)

Ein neues Paradies
(06/3562 - DM 4,80)

Der Wettflug
der Nationen
(06/3701 - DM 4,80)

Ein Stern fiel
vom Himmel
(06/3702 - DM 4,80)

Land aus Feuer
und Wasser
(06/3703 - DM 4,80)

Hans Dominik u.a.
Als der Welt Kohle
und Eisen ausging
(06/3754 - DM 6,80)

Otto Willi Gail
Der Schuß ins All
(06/3665 - DM 4,80)

Ulrich Harbecke
Invasion
(06/3632 - DM 3,80)

Wolfgang Jeschke
Science Fiction
Story-Reader 13
(06/3685 - DM 5,80)

Science Fiction
Story-Reader 14
(06/3737 - DM 5,80)

Science Fiction
Story-Reader 15
(06/3780 - DM 6,80)

Science Fiction
Story-Reader 16
(06/3818 - DM 7,80)

Science Fiction
Story-Reader 17
(06/3860 - DM 7,80)

Bernhard Kellermann
Der Tunnel
(06/3111 - DM 6,80)

Barbara Meck
Das Gitter
(06/3758 - DM 4,80)

Thomas R. P. Mielke
Grand Orientale 3301
(06/3773 - DM 4,80)

Der Pflanzen Heiland
(06/3842 - DM 5,80)

Gert Prokop
Der Tod der
Unsterblichen
(06/3851 - DM 5,80)

Roland Rosenbauer
Computerspiele
(06/3745 - DM 5,80)

Georg Zauner
Die Enkel der
Raketenbauer
(06/3751 - DM 4,80)

Preisänderungen
vorbehalten.

Wilhelm Heyne Verlag München

Jeden Monat mehr als vierzig neue Heyne Taschenbücher.

HEYNE BÜCHER

Allgemeine Reihe
mit großen Romanen
und Erzählungen
berühmter Autoren

Heyne Sachbuch
Heyne Reisebücher
Heyne-Jahrgangsbücher
Religion und Glaube

Heyne Jugend-
Taschenbücher
Das besondere Bilderbuch

Heyne Ex Libris
Cartoon & Satire

Das besondere
Taschenbuch
Neue Literatur
Heyne Lyrik

Heyne Biographien
Heyne Geschichte

Heyne Filmbibliothek
Heyne Discothek

Heyne Ratgeber
Heyne-Kochbücher
kompaktwissen

Der große Liebesroman
Blaue Krimis/Crime Classic
Romantic Thriller
Heyne Western

Heyne Science Fiction
und Fantasy

Bibliothek der SF-Literatur

**Ausführlich informiert Sie das Gesamtverzeichnis
der Heyne-Taschenbücher.
Bitte mit diesem Coupon oder mit Postkarte anfordern.**

Senden Sie mir bitte kostenlos das neue Gesamtverzeichnis

Name

Straße

PLZ/Ort

**An den Wilhelm Heyne Verlag
Postfach 201204 · 8000 München 2**